W0059620

Über das Buch:

Eigentlich ist Hildi von Henn gerade auf dem Weg zu einem Yoga-Retreat, als ihr Handy klingelt. Ihre verzweifelte Tochter fleht sie an, daheim zu bleiben und bei der Kinderbetreuung einzuspringen. Der langersehnte Kita-Platz hat sich in Luft aufgelöst, und der gute Schwiegersohn versucht mal wieder, sein Craftbeer-Start-up aus den roten Zahlen zu brauen. Und weil Hildegard zwar ihre Selbstverwirklichung liebt, aber eben auch ihre Tochter, gibt sie nach. Statt Yogis am Strand trifft sie (die Feministin der ersten Stunde) jetzt Omis auf der Parkbank. Macht aber nichts, denn auf Spielplätzen gibt es mehr zu erleben, als man ahnt, und Hildi lernt einen ganz neuen Mikrokosmos kennen: die heutige Elternwelt.

Über die Autorin:

Hildi von Henn ist leidenschaftliche Sandkasten-Feministin und Vollzeit-Oma. Sie gehört zum verarmten Adel und ist 70+, das sieht man ihr aber beides nicht an. Oma Hildegard ist glücklich geschieden und hat die Weltreise erst mal verschoben, damit sie sich um ihre zwei Enkelkinder kümmern kann.

HILDI VON HENN

OMA HILDEGARD
und der Spielplatz des Schreckens

**DEUTSCHLANDS COOLSTE OMA
ÜBERNIMMT
DIE KINDERBETREUUNG**

Jegliche Ähnlichkeit mit Lebenden oder Verstorbenen
ist nicht beabsichtigt und daher rein zufällig.
Das gilt auch für Namen und Orte.

Besuchen Sie uns im Internet:
www.droemer-knaur.de

Originalausgabe Juni 2024
© 2024 Knaur Verlag
Ein Imprint der Verlagsgruppe
Droemer Knaur GmbH & Co. KG, München
Alle Rechte vorbehalten. Das Werk darf – auch teilweise – nur mit
Genehmigung des Verlags wiedergegeben werden.
Die Nutzung unserer Werke für Text- und Data-Mining im Sinne
von § 44b UrhG behalten wir uns explizit vor.
Textredaktion: Tanja Bertele
Covergestaltung: © Margit Memminger, Lilli Flux Design, unter Verwendung
von Motiven von Getty Images / Shutterstock.com
Coverabbildung: © Margit Memminger / Getty Images / Shutterstock.com
Satz und Layout: Adobe InDesign im Verlag
Druck und Bindung: GGP Media GmbH, Pößneck
ISBN 978-3-426-44786-4

2   4   5   3   1

Für Sascha, der ganz sicher neben Roger Willemsen und
Helmut Berger sitzt und sich köstlich amüsiert.
Und nebenbei ein paar Leben von oben choreografiert.

»Es geht im Leben um nichts als um die Liebe.«
(Sascha Hans-Gert Henn)

Inhaltsverzeichnis

Prolog 9

KAPITEL 1: Tatis Brüste 15

KAPITEL 2: Altern 18

KAPITEL 3: Planänderung 21

KAPITEL 4: Stuhlkreis der Hölle 25

KAPITEL 5: Mottentempel 33

KAPITEL 6: Kinderfeindlichkeit 38

KAPITEL 7: Verbrennerliebe 41

KAPITEL 8: Zirkus-Sexismus 44

KAPITEL 9: Waldbaden 48

KAPITEL 10: Verhandlungssache 52

KAPITEL 11: Eleganz 57

KAPITEL 12: Lastenräder.................... 59

KAPITEL 13: Frauen 62

KAPITEL 14: Hadertage 66

KAPITEL 15: Männer 69

KAPITEL 16: Kita-Besorgungen 74

KAPITEL 17: Feminismus 80

KAPITEL 18: Totentanz 86

KAPITEL 19: Shooting Day 91

KAPITEL 20: Kirchgang 98

KAPITEL 21: Eingewöhnung 104

KAPITEL 22: Feng-Shui 108

KAPITEL 23: Lasten 111

KAPITEL 24: Bilderwelten 114

KAPITEL 25: Apfelkuchentag 118

KAPITEL 26: Beige-Bekanntschaften 122

KAPITEL 27: Loslassen 126

KAPITEL 28: Spielplatzflirt 130

KAPITEL 29: Harzausflug 134

KAPITEL 30: Glück 138

KAPITEL 31: Brotdosen-Terror............... 141

KAPITEL 32: Kindergeburtstag 145

KAPITEL 33: Sehnsucht 152

KAPITEL 34: Vergangenheitsduselei 155

KAPITEL 35: Löwen 158

KAPITEL 36: Aqua-Yoga 164

KAPITEL 37: Omi-Enkel-Wellness 170

KAPITEL 38: Kaltsaftbinder 178

KAPITEL 39: Lethargie 183

KAPITEL 40: Handymütter 186

KAPITEL 41: Bierträume 191

KAPITEL 42: Human Design 194

KAPITEL 43: Bankgeflüster 200

KAPITEL 44: Bügelliebe 203

KAPITEL 45: Altsein 207

KAPITEL 46: Invitations 212

KAPITEL 47: Vorbereitungen 214

KAPITEL 48: Vorlesung 221

KAPITEL 49: Cinderella 224

Dank geht an 239

Prolog

Das Ding mit dem Feminismus ist ja: Jeder kann für ihn sein, nur mit der Umsetzung ist es schwierig. Spätestens wenn die Familienplanung an die Tür klopft, denke ich, während ich auf meiner Bank sitze und Fritz-Ferdinand und Sophia beobachte und neben mir eine Apfelschnitz-Mutti ihr Meal-Prep ausbreitet. Machen Mütter jetzt so. Ich nicht. Bin ja keine.

Gestatten: Hildegard von Henn, ja, verarmter Adel, heißt aber nichts, 74, BH-Verbrennerin und Feministin der ersten Stunde, keine Ringellöckchen. Diese Bus-Omis gibt es ja auch, aber die sitzen einen Mikrokosmos weiter. Ich fahre Porsche und Defender. Damit Sie voll im Bilde sind: Ich bin das fleischgewordene Klischee eines Best Agers, wie meine Tochter Tini immer sagt. Topfit, keine Knieschmerzen, keine Zipperlein. »You can look and feel great at any age!«, ist mein Motto. Dicht gefolgt von: »Age is an illusion.« Okay, das ist Quark, aber mögen so Silversurfer wie ich ganz gern.

Eigentlich müsste ich reisen, mir Jeff-Koons-Ausstellungen ansehen, Food- und Wine-Tastings machen und mir einen neuen Lebensabschnittsgefährten für die gute erste Hälfte des letzten Drittels suchen, denn mein Mann ist mir irgendwie beim Auszug unserer Tochter abhandengekommen. Ich nehm's ihm nicht übel, geht vielen so. Er wusste halt nicht mehr, wer er ist, und musste sein Ich bei einer Jüngeren mit vielen Gebrechen suchen. Jetzt sitzt er mit ihr in den Wartezimmern und wartet auf eine neue Identität, der Gute. Und was mache ich?

Verrückterweise auf Spielplätzen neben Apfelschnitz-Muttis auf meine Enkel aufpassen. Damit meine Tochter Feministin sein kann, genug Rentenpunkte für den Fall der Fälle sammelt, sich selbst verwirklichen und eventuell auch trennen kann. Dass sie das möchte, finde ich auch völlig in Ordnung, ist ja meine gute Erziehung. Nur die Infrastruktur haben wir dafür leider nicht in diesem Land. Die bin jetzt ich!

Lebensabend auf dem Spielplatz. Ja, das hatte ich mir anders vorgestellt. Und so sitze ich da, während die Apfelschnitze oxidieren, denn die will auch keiner, und frage mich, was hier falschgelaufen ist. Führen wir den Feminismus gerade ad absurdum? Hätten wir weniger demonstrieren und mehr für die Kinderbetreuung trommeln sollen? Warum wird es Familien so schwer gemacht, ihr Lebensmodell in die Tat umzusetzen?

Ambitioniert waren wir ja, aber konkrete Konzepte braucht's – das erkenne ich jetzt ganz deutlich. Keiner gibt dir, was du willst, wenn du es nicht formulierst. Logisch. Wenn Leif-Lucas zu Hause sagt: »Bitte nimm etwas zu essen mit, Mama«, gibt es Apfelschnitze. Würde er sagen: »Aber bitte keine Apfelschnitze. Die hasse ich wie die Pest, bitte nur glutenfreie Brezen und ein kariesförderndes Quetschi!«, hätte es eventuell andere Verpflegung gegeben. Oder eine pädagogisch wertvolle Diskussion. Aber was ich von Pädagogik halte, erzähle ich Ihnen in den nächsten Kapiteln.

Meine Enkel sind völlig absorbiert von ihrem Sand-Management. Sophia backt kleine Kuchen mit Steinchendeko und Fritz-Ferdinand entwickelt ein Tunnelsystem für seine Autos mit der Erfolgsquote des BER in Berlin. No judgement. Ich muss schmunzeln. Spielen, bis der Geschlechterkampf kommt. Es ist ein lauer Frühlingstag, die Bäume säuseln über unseren Köpfen. Das blaue Band flattert wieder durch die Lüfte, hätte Mörike gesagt, als hätte man neun Monate mit dem zerknüllten Ding in der Winterjackentasche dagesessen. Endlich flattert's wieder. Im Alter ist die Kälte kein Spaß, kann ich Ihnen sagen. Ich friere mit jeder Pore. Eigentlich wollte ich Yoga machen, aber darf ich ja nicht. Stattdessen gibt es kurz etwas Zwerchfellatmung auf der Spielplatzbank.

»Omi, meine Hände sind schmutzig.« Sophia hält mir ihre kleinen Hände hin.

»Kein Problem. Reib sie einfach aneinander. Der Sand ist doch trocken. Der rieselt dann wieder runter.«

Sie strahlt mich an. Omas wissen alles.

Das Verrückte ist ja: Die Mutter, die in Berlin-Prenzlberg auf ihrem Lastenrad das Kind mit der plastikfreien Brotdose in die zuckerfreie Kita fährt, ist gar nicht so emanzipiert, wie sie denkt. Sie geht ja in den meisten Fällen nicht arbeiten, weil sie es will, sondern weil sie es muss. Da krankt eigentlich das System. Früher konnte ein Mann allein eine Familie ernähren. Problemlos. Dann wäre der wahre Feminismus die Diskussion: Wer von beiden möchte denn jetzt gehen? Nur: Heute reicht ein Einkommen nicht mehr. Und dann ist da noch die ganze »Care-Arbeit« und der »Mental Load«, was früher Haushalt, Besorgungen und Freundschaften hieß. Da steht doch eine Systemkorrektur an. Da ist es mir wurscht, wer untenrum Stütz- oder Bügel-BH oder Igelschnauze trägt. Muss ich auch noch in die Politik – nur wer betreut dann meine Enkel?

»Omi, ich hab Durst!«

»Kein Problem, mein Hase, wir gehen gleich, und Omi hat den ganzen Kühlschrank voll.«

»Okay.«

Apfelschnitz-Mutti stellt kommentarlos ihre Trinkflaschen in einer Reihe auf. Ja, guck mal, so geht das, wenn man keinen Kaufmannsladen dabeihat. Ich zwinkere.

Gott, wie kann man so verliebt sein. Man liebt ja seine Kinder schon bis zum Mond und zurück, aber was daraus für eine Affenliebe wird, wenn die Enkel kommen – und auch wieder gehen. Das ist ein Spaß. Only the good times, kann ich Ihnen sagen. Meistens jedenfalls. Immerhin darf ich noch ganz profan »Oma« sein, während sich meine Tochter in der *Tagesschau* als »gebärende Person« betiteln lassen muss, weil Mütter nicht mehr »Mütter« genannt werden sollen. Könnte sich ja jemand diskriminiert fühlen. Fragt sich nur: Wer? Ja, ja, ich weiß schon, Tini hat mir das ganze Konstrukt erklärt. Aber irgendwie will es trotzdem nicht so richtig in meinen Kopf diffundieren. Warum machen sich die Menschen heutzutage so viele Gedanken darüber, ob sie Mann, Frau, irgendwas dazwischen oder gar beides gleichzeitig sind? Verstehe ich nicht. Ich habe ja schon mit Dragqueens Tee getrunken, als keiner damit etwas anfangen konnte. Einfach tolerant sein würde doch völlig ausreichen. Wir wollten gleichwertig, nicht gleichartig, als wir auf die Straße gegangen sind. Bei der Diskussion kommt mir echt jeglicher herabschauende Hund abhanden.

Im Sandkasten vor mir ist die Welt jedenfalls noch in Ordnung. Da wird einfach zum Prinzessinnen- oder Fußballförmchen gegriffen und gut.

In diesem Moment geschieht es: Leif-Lucas entreißt Sophia ihr pinkes Schäufelchen. Folge: das große Heulen. Oma ist gefragt. Auch Wonder Woman wird älter, kann ich Ihnen sagen. Leif-Lucas kann gar nicht so schnell gucken, da umkrallt sein Patschehändchen nur noch ein Nichts. Ich möchte wieder meinen Gedanken nachhängen, aber daraus wird leider nichts. Der kleine Mann gibt nicht auf. Sophia heult wieder.

Oma ist gefragt: »Sophia, lass dir niemals die Butter von der Brezen nehmen und schon gar nicht die Schaufel aus der Hand. Zur Not hau ihm eins mit dem Eimer über.« Man kann ja gar nicht früh genug mit der feministischen Erziehung anfangen.

Sophia nimmt ein blaues Schäufelchen. Ich bin gespannt, was

sie jetzt damit vorhat. Man muss die Kinder ja auch mal ein Stück weit sich selbst überlassen. Und Mädels können auch ruhig mal eine Breitseite verpassen, finde ich. Sie legt es neben ihren Gegner. Was wird das denn? Leif-Lucas lächelt. Sie … tauschen! Ich bin entzückt. Mit Klischees aufs Kreuz gelegt. Ja, da kann sogar Omi noch etwas lernen. Aber wir wollen das Pferd mal nicht von hinten aufzäumen. Beginnen wir am Anfang.

KAPITEL 1

Tatis Brüste

*E*s fängt eigentlich alles mit einem Anruf meiner engen Freundin Hedwig von Treiden, 76, genannt Tati, an. Ja, Sie merken es schon, Spitznamen sind sehr beliebt in Adelskreisen. Es ist ein wunderbarer Junitag, der Sonnenschirm kräuselt sich unter einer norddeutschen Brise, und als es klingelt, sitze ich gerade mit einem Kaffee inmitten eines neuen Blumenarrangements auf meinem Eppendorfer Balkon, Look »Laura Ashley auf Koks«, wie Tati immer sagt.

»Hildchen, wir müssen dringend Yoga machen. Wenn ich mich bücke, fallen meine Brüste runter wie zwei Murmeln in Säckchen. Das muss sich ändern.«

Tati klingt wild entschlossen, und ich sehe sie regelrecht mit ihren roten Nägeln gestikulieren, während sie wie immer Kreise um ihren riesigen Marmor-Küchenblock läuft.

»Ich weiß gar nicht, wen du mit deinen Brüsten noch beeindrucken willst, Tati. Die haben ihren Job gemacht, drei Kinder lang. Mal davon abgesehen: Yoga wird die auch nicht praller machen, oder?«

»Das mag sein. Aber wenn wir alle Muskeln stärken, stärken wir doch auch den Brustmuskel. Also bist du nun dabei?«

»Klar. Fliegen wir in unseren Lieblings-Ashram. Wann geht es los?«

»Morgen um elf Uhr. Ich schicke dir einen Wagen. Wir nehmen den Vogel von Mickey. Den habe ich beim Poker auf Ibiza abgezogen, weißt du noch? Lasse ihn gerade volltanken.«

Habe ich erwähnt, dass Tati sich im Leben keine Sorgen mehr

um Geld machen muss und die meisten unserer Freunde ebenso wenig? Zum Glück spielt das bei uns überhaupt keine Rolle, denn wir wären auch befreundet, wenn wir als zwei Clochards unter der Pont Neuf auf Platte leben würden. Ist aber nicht so. Und Geld wie Heu ist was Nettes. Macht das Leben einfacher. Und da alle wissen, dass mein Bankkonto nicht ganz so sehr explodiert wie das von Tati, werde ich immer eingeladen. Sehr praktisch.

»Dann gehe ich jetzt Yoga-Leggins shoppen, und wir sehen uns morgen«, erkläre ich.

Wir legen auf, und ich atme einmal tief ein und aus und trinke meinen Kaffee. Das Schöne am Ehemann-Verlieren ist ja: Du hast keinen Ehemann mehr. Du kannst machen, was du willst und wann du willst, denn besprechen musst du dich ja mit niemandem mehr. Auch spontan zum Yoga fliegen. Klar war es schlimm, meiner Ehe dabei zuzusehen, wie sie den Bach runterging. Immerhin waren Hans-Gert und ich viele Jahre glücklich, haben zwei wunderbare Kinder und fünf französische Bulldoggen großgezogen, sind durch die Welt gependelt, haben ein gigantisches Haus im Leinpfad gebaut und jahrelang ein bisschen über unsere Verhältnisse residiert, aber man lebt ja nur einmal.

Das Verrückte an der Liebe ist, dass sie ein bisschen ist wie Mimikry: ändert sich einfach permanent und in den Farben des Hintergrundes. Mal kommt sie sanft-romantisch daher, dann warnleuchtend wie ein Autounfall. Und manchmal ist sie nur eine gut getarnte temporäre Illusion. Und das meine ich nicht verbittert, ich finde das völlig okay. Im Leben geht es um nichts als die Liebe, wenn Sie mich fragen. Aber wenn die Gefühle verwelken, bringt es auch nichts, sie gefriergetrocknet in die Vitrine zu stellen. Dann muss man weiterziehen. Sich neu erfinden.

Hans hat das jetzt mit seiner zehn Jahre jüngeren Puschi gemacht. Liebe auf den ersten Rentnerblick. Ich habe für mich beschlossen, ihn einfach gehen zu lassen. Reisende soll man nicht aufhalten – das gilt auch für Ehemänner. Jetzt ist einfach Zeit für mich. Fürs Atmen, für Selbstliebe, fürs Ankommen in meinem neuen Lebensabschnitt. Ich genieße die Einsamkeit. Bin ohnehin schwer kompatibel, und mein neu gebastelter Mikrokosmos ist für mich hochfunktionabel. Ich habe beschlossen, nicht müde zu werden, sondern dem Wunder leise wie einem Vogel die Hand hinzuhalten, um es mal in die Worte von Hilde Domin zu gießen. Ja, ich liebe Gedichte und Sätze, die man sich übers Bett hängen möchte. Schon immer. Mein Geist ist in dieser Hinsicht unersättlich, das werden Sie noch merken, ich entschuldige mich bereits vorab, falls Ihnen das zu viel sein sollte. Zur Not legen Sie mich beiseite und verschnaufen kurz, wenn ich Sie überfordere. Manchmal halten die Menschen mich für arrogant, aber das ist nur mein Humor. Und den braucht man im Alter, kann ich Ihnen sagen. Und noch mehr, wenn man mit 74 noch einmal das ganze Leben auf links dreht. Ich werde jetzt die Puppen tanzen lassen und mein eigener Bonvivant-Diktator.

Und sollte mich all das Neue doch langweilen oder gar ängstigen – kein Problem: Dann ziehe ich in mein kleines Landhaus im Harz, kaufe mir einen letzten Hund und streife mit ihm durch den Wald. Denn im Wald gibt es keine Neurotik. Das Dolce Vita des Eremiten kann ich. Ich habe so viel erlebt, ich kann mir bis über mein Lebensende hinaus selbst Geschichten erzählen, die ich noch nicht kenne. Aber das ist nur Plan B. Jetzt steht erst mal Yoga mit Tati an.

KAPITEL 2

Altern

Älterwerden ist nicht wie Fahrradfahren, kann ich Ihnen sagen. Sie finden, Sie haben das super hinbekommen im Abschnitt 30 bis 40? Glückwunsch! Das heißt aber nicht, dass Sie Profi in der Kategorie 50 bis 60+ sind. Diese Gewissheit können Sie gleich in den Restmüll tauchen, oder Sie traben irgendwann wie ein Zirkusgaul, dem alle Sicherungen durchgebrannt sind, durch die Arena des Alltags. Habe da etwas Erfahrung: Es ändert sich nämlich ständig etwas. Und gern auch ohne Vorwarnung über Nacht. Altern ist nichts Gemächliches, Gemütliches, als wäre man über der Stricknadel eingeschlafen. Es ist eher wie ein Raubüberfall in nächtlicher U-Bahn-Romantik, während man mit dem Leben flirtet. Man ahnte es, aber hat es doch nicht kommen sehen – und dann ist es da. Es wäre schon hilfreich, wenn die Epidermis einen Newsletter schicken würde: »Sehr geehrte Trägerin, ab morgen ziehen wir 45 Prozent der Spannkraft Ihrer Augenlider ein, und wir vertiefen die Nasolabialfalte. Im Austausch gibt es etwas Kreislauf und senile Bettflucht.« Leider ist dieser Service vom Universum noch nicht eingerichtet worden. Stattdessen wacht man auf und sieht aus wie seine eigene Bulldogge.

Tati sagt immer: »Hildi, es ist egal. Altern ist wie Dosentomaten. Passiert einfach.« Ich gehe dann gern mal für kleine, minimalinvasive Korrekturen zu Tina, meinem Schönheits-Doc. Man muss sich ja im Spiegel anschauen können, ohne wie der Schrei von Munch auszusehen. Botox ist eine feine Sache und macht wohldosiert das Antlitz doch überzeugender, ausgeschlafener. Und nein, ich mache das nicht für andere, sondern für mich. Ansonsten vertraue ich auf gesunde Ernährung – und neuerdings auch Sport. Neuerdings war so ab Ende vierzig, als ich merkte, dass meine Faszien ab jetzt Uhu spielen, mein Rücken langfristig mit einem Hexenbuckel liebäugelt und meine Hormone Samba tanzen, wenn ich so weiterlebe wie bisher. Das Problem: Haben Sie schon mal Adelige in Turnhosen gesehen? Genau. Also musste etwas her, in das ich erst mal hineingleiten konnte, das beim Üben weniger lächerlich aussieht als ein Radoutfit mit Beinklemme und Helm – und das die Hormone auf die stille Treppe setzt. Und so wurde ich zu meinem eigenen Yoga-Guru – denn ab 60+ gilt: Turn oder stirb. Dazu gesellte sich Spaß, und irgendwann konnte ich Kopfstand. Und so teste ich grundsätzlich neue Yoga-Leggins. Auch im spießigen Hamburg-Eppendorf. In meiner Lieblingsboutique kennt man das schon.

»Und? Dehnbarkeit okay, Hildegard?«, fragt die kleine Verkäuferin, die so süß ist, dass man sie am liebsten mit der Hand füttern möchte. Nanni heißt sie und ist rehäugige 23, während sie wie ein Bärenjunges immer noch mehr neue Outfits anschleppt. Wir mögen uns, und ich würde allein ihretwegen den halben Laden leerkaufen, denke ich, während ich wieder auf den Füßen zum Stehen komme.

»Wunderbar. Ich nehme gleich drei davon. Python, Tiger und Löwe, bitte.«

»Gern. Als Geschenk verpackt wie immer?«

»Wie immer!«, nicke ich. So viel Zeit muss sein. Ich kaufe doch nicht, ich beschenke mich. »Henn-Attitüdheit«, nennen Tati und ich das heimlich. Denn schließlich bedeutet diese Yoga-Leggins mehr Lebenszeit. Altwerden muss man maßschneidern, dann ist es die Lizenz zum Töten. Dann killen Sie alle mit Ihrer Effizienz, Ihrer Stil- und Selbstsicherheit. Sie werden der

Mensch, der Sie schon immer hätten sein sollen, wie mein Freund David Bowie immer sagte, nur ohne Ängste und ohne Scham. (Diese Gefühle kann man sowieso nicht gebrauchen, die bringen einen nirgendwohin im Leben.) Dazu kommen ein fein gereifter Verstand und die Seele. Die können und wollen wir nicht glattbügeln, denn beide werden schöner. Selbst mit Narben, Schrammen und Schrecken gespickt. Deswegen denke ich auch nicht in Lebensjahren, ich denke in Leveln.

Neulich fragte mich tatsächlich so ein Jungspund: »Wie alt sind Sie eigentlich, Hildegard, wenn ich das fragen darf?«

Meine Antwort kam ohne Umschweife: »Ich habe Level 74 erreicht.«

Der einzige schräge Moment ist der, in dem Sie aus der Dusche kommen, Ihr Arm winkt schlaff dem Spiegel entgegen, und Sie denken: What the hell happened? Yoga kann viel, aber nicht alles! Meine Geheimwaffe ist dann grundsätzlich: Humor. Tati sagt immer: »Das Leben ist kurz – lächele, solange du Zähne hast.« Habe ich mir gleich als Post-it an meinen Kühlschrank geklebt.

Fröhlich laufe ich mit meiner schnieken pinken Papiertüte über den Baum. Man sagt nicht mehr Eppendorfer Baum, sondern nur noch Baum. Fragen Sie meinen Friseur, der weiß das und hält mich immer auf dem Laufenden. Die Sonne zwinkert durch das Sommerblattwerk, und mein junger Geist und ich sind voller Vorfreude, denn wir sind verliebt: in die Hoffnung, Wunder aller Arten und die Möglichkeiten, die beide für uns bereithalten.

KAPITEL 3

Planänderung

Der Wagen quält sich durch den Hamburger Stadtverkehr Richtung Geschäftsfliegerzentrum. Es liegt westlich vom Terminal 2, »wo der Pöbel einsteigt«, wie Tati immer scherzhaft sagt, denn normalerweise gehören wir ja auch dazu. Nur ein glückliches Pokerhändchen rollt uns gerade den roten Teppich aus. Das GAT – kurz für General Aviation Terminal – trägt die Gebäudenummer 345, als gäbe es noch 344 andere Privatjet-Terminals mit eigener Zufahrt und Parkplatz vor der Haustür. Ich muss schmunzeln. So reist es sich doch gleich ganz anders.

Kurze Zeit später öffnet mir der nette Fahrer die Tür, hilft mir mit dem Gepäck und wünscht einen angenehmen Flug. Gute Manieren sind einfach wie Rizinusöl auf der Leber – immer eine gute Idee.

Ich bin gerade durchgescannt und beginne langsam zu realisieren, was für wunderbare Wochen vor mir liegen, als sich die Situation schlagartig ändert. Mein Handy brummt in meiner Tasche, und meine Tochter Tini leuchtet auf dem Display auf. Noch denke ich mir nichts dabei und freue mich schon, ihr zu erzählen, was ich gleich vorhabe, als das Telefon ein Geräusch von sich gibt und mir vor Schreck fast mein Lounge-Kaffee aus der Hand fällt. Ist das ein Schluchzen?

»Mamaaa, wo bist duuu?«, weint mein großes Kind in den Hörer.

»Auf dem Weg mit Tati in unseren Lieblings-Ashram. Ich warte gerade am Gate auf sie. Wieso?«

»Waaas?«, brüllt Tini mir ins Ohr. »Bitte nicht. Das geht nicht. Du kannst jetzt nicht wegfliegen. Mama, ich brauche dich. Ich bin total verzweifelt.«

Sie schnäuzt sich die Nase, als bekäme sie es bezahlt, und redet so hastig, dass ich nur Wortfetzen verstehe.

»Tini-Schätzchen, jetzt beruhige dich. Atme. Und noch mal von vorn. Was ist passiert?«

»Nichts ist passiert. Das ist es ja gerade. Wir bekommen doch keinen Kita-Platz für Fritz-Ferdinand und Sophia. Eine Gruppe wird wegen Personalmangel gestrichen und die andere halbiert, einfach so, und wir haben halt Pech. Christians Start-up läuft auch nicht, gar nicht. Er ertrinkt in Schulden, und ich habe gerade die Chance bekommen, Head of Sales bei uns in der Firma zu werden. Ich habe gar keine Wahl, wenn ich uns über Wasser halten will, aber ohne Kinderbetreuung wird das nichts.«

Erwähnte ich, dass mein Schwiegersohn leider eine Flasche ist? Jetzt hat er auch noch beschlossen, Bierbrauer zu werden, und panscht im Keller ein dunkles, ungenießbares Gesöff, das er an Bars verhökern will. Und sieht dabei so spießig aus, als würde er in einer Versicherung arbeiten und ein Reihenendhaus mit Kiesauffahrt und Wärmepumpe bewohnen. Ein Alibi-Ausbruch aus der Angepasstheit, wenn Sie mich fragen. Aber ich bin ja klug und behalte so etwas für mich. Tini ist dagegen sehr zielstrebig und ein Marketing-Talent. Konnte sich schon immer gut verkaufen, das Mädchen. Sitzt seit Jahren in der großen Versandhausfirma About Me, die Frauen und das Internet rechtzeitig als Einnahmequelle entdeckt hat.

»Und Christian? Der kann seine Kinder nicht betreuen?«

»Nein. Der soll sich um sein verdammtes Craftbeer kümmern und endlich schwarze Zahlen zapfen. Und wenn ich jetzt nicht Gas gebe, dann kriegt eine von den jüngeren kinderlosen Mädels hier den Job. Dann können wir uns aber auch ein neues, billigeres Leben suchen, denn das jetzige können wir uns dann nicht mehr leisten.«

»Ab wann brauchst du mich denn? Dann komme ich gleich nach unseren Yoga-Wochen ...«

»Neiiin, du kannst jetzt nicht zum Yoga fliegen! Ich brauche dich jetzt, ich habe gleich einen Videocall. Beim letzten hat Fritz-Ferdinand mir sein Müsli in den Schoß gekippt und Sophia ›Du dumme Kuh‹ zum Vorstand gesagt und die Zunge rausgestreckt. Die kleinen Monster kriegen jede Tür auf! Und sie haben immer Hunger, selbst wenn sie gefrühstückt haben und ich Getränke und Snacks hinstelle. Ständig will einer von beiden was! Und morgen muss ich nach Paris, das Marketing für die nächste Frühjahrskollektion mit abstimmen. Mama, ich vermassle unser Leben, wenn du jetzt nicht kommst.« Tini weint schon wieder und schnappt nach Luft, bevor sie hinterherschiebt: »... und mein zukünftiges Leben, falls ich mich trenne, was ich dann gar nicht mehr kann ...«

Meine Stimmung hellt sich schlagartig auf. Die Flasche Christian loswerden klingt nach einer guten Idee. Kann ja nicht sein, dass meine clevere Tochter in der klassischen Feministinnenfalle hockt. Das muss geändert werden. Und meine Enkel sind natürlich Zucker. Und hey – irgendwann winkt ja auch der nächste Kindergartenplatz. Bis dahin machen wir einfach Kinderyoga, gehen auf den Spielplatz und spucken Kirschkerne aus dem offenen Porsche.

»Tini, beruhige dich. Okay. Ich sage jetzt Tati ab und komme. Wir kriegen das hin.«

»Oh, Mama. Ich bin sooo froh, ich weiß gar nicht, was ich ohne dich machen würde.« Tini heult inzwischen so laut, dass ich befürchte, mein Telefon wird nass.

»Gar kein Problem. Bis gleich.«

Kurz lasse ich mich noch einmal in einen der Lounge-Sessel in dem luxuriösen Terminal sinken. Es war ein zu schöner Plan gewesen.

Was Tati wohl sagen wird? Aber jetzt habe ich eine neue, wichtigere Mission: Tini den Rücken freihalten, damit sie frei und unabhängig Karriere machen kann – und Christian bald Geschichte ist.

KAPITEL 4

Stuhlkreis der Hölle

*W*ie schnell sich das Leben ändern kann. Ein Wimpern-schlag, und man ist nicht mehr im Begriff, in einen durch-klimatisierten Privatjet zu steigen, sondern sitzt in einem un-gesaugten Taxi. Aus dem Terminal winkt mir einsam eine ent-setzte Tati hinterher, die mich natürlich versteht, aber erst mal die Situation verdauen muss. Habe ihr gleich ein paar Bittertrop-fen gegeben, weil ich weiß, dass sie in ein paar Minuten Frustku-chen in der Lounge isst. 2024 tragen wir Best Ager nämlich kei-nen Kräuterlikör in der Tasche mit uns herum, nein, wir haben Bitterstoffe dabei, um Magensäure wie Aasgeier zu entwickeln, wenn es drauf ankommt. Na ja, ich zumindest.

Ich tue mir immer noch etwas selbst leid, als wir in Tinis Straße einbiegen. Bitte nicht falsch verstehen: Ich liebe meine Enkel über alles, aber mich und meine neu entdeckte Selbstver-wirklichung eben auch. Und die wollte ich jetzt eigentlich gerade mal leben. Haltlos egoistisch sein, die Zügel lockerlassen, keine Pflichten, keine To-dos, nur ich. Das muss ich dann wohl noch mal schieben.

Das Absurde ist, dass es gleich noch absurder wird. Tini steht verheult in ihrer Haustür und sagt: »Mami, du musst jetzt gleich in die Kita Bi-Ba-Butzemann fahren. Da ist Elternabend, und wir haben die Chance, auf der Warteliste eingetragen zu werden. Aber nur, wenn jemand von uns da erscheint. Und ich muss pa-cken, und Christian ist beim Bier-Tasting. Ich habe schon alles eingereicht für das Nachrückverfahren, die Bewerbung, unsere Lebensläufe, den Stammbaum, Fotos für einen ersten Eindruck,

Bastelarbeiten und einen Brief, dass wir bei jedem Aktionstag die Planung übernehmen, backen und helfen werden. Jetzt müssen wir nur noch einmal da erscheinen und etwas demütig atmen. Kannst du ...?« Sie seufzt. »Ich schreibe dir jetzt Listen, damit du alles weißt, und morgen um fünf Uhr muss ich los. Ich bin aber noch die ganze Nacht erreichbar, wenn du Fragen hast. Wäre das okay?«

Und so sitze ich eine halbe Stunde später tatsächlich in orthopädisch bedenklicher Haltung im Stuhlkreis der Hölle. L'enfer, c'est les autres, kann ich Ihnen sagen. Wobei ich nicht glaube, dass Sartre je zu einem Elternabend musste. Es ist absurd, wie schnell man sich unter Gleichgesinnten als Außenseiter fühlen kann. Gleiches Gefühl wie mit dreißig. Ich bin nicht wie ihr – denken doch alle. Kollektiv starren Mütter, Väter und Omas konzentriert weg, denn man kennt sich ja nicht, und die Kita-Chefin, die man problemlos ohne Alibi hätte angucken können, ist noch nicht da.

Die Einzige, die meinen Blick erwidert, ist eine ebenfalls ältere Frau schräg gegenüber, die allerdings etwas seltsam anmutet. Sie trägt eine Art Baumwollkleid, das kaum eine Form aufweist, und dazu Birkenstocks mit Socken. Gut, die Frau neben ihr ist Anfang dreißig und fast identisch gekleidet, aber in dem Alter sieht das noch wie ein Mode-Fauxpas aus. Kann man verzeihen. Im fortgeschrittenen Alter hat es ein Geschmäckle, kurz vor DDR-Schrebergarten-Look meets Sanitätsfachhandel. Ich taufe sie in Gedanken Erna.

Neben Erna sitzt, wie gesagt, ihr junges Ich, daneben eine durchtätowierte Dauergebräunte in Begleitung eines genauso durchgegarten, durchstochenen Mannes und noch weiter rechts drei Frauen mittleren Alters, die alle die Beine in die gleiche Richtung übereinandergeschlagen haben, Jeans, Turnschuhe, Ringelshirt, Blazer, lackierte Fingernägel von Rot bis Pink – tragen jetzt alle Fashionistas von Malibu bis Meppen, las ich neulich –, dazu Notizblock oder Handy zum Mitschreiben gezückt. Als kleine Mädchen haben sie sich im Unterricht vermutlich mit flehendem Blick und schnipsendem Finger gemeldet, ihre Stempel im Fleißheft gezählt und bekamen von den Jungs Papierwurfgeschosse an den Kopf geworfen. Neben den Strebern sitzen zwei Frauen, die unverkennbar Mutter und Tochter sind. Sie tragen beide zarte Blumenkleider über üppigen Schenkeln, dazu eine Hochsteckfrisur, lächeln gütig wie Mutter Teresa und sehen aus, als würden sie täglich Zuckerkringel backen. Letzte im Kreis sind noch zwei Mütter, die wirken, als hätten sie ihre eigene Existenz vergessen. Blass und fad, mit dünnen Haaren und verwaschenen Einteilern hängen sie auf ihren Stühlen, als erwarteten sie Nackenschläge. Das ist also die Elternwelt von heute? Kann ja witzig werden. Wenn jetzt noch die Langeweile mit dem Sauerstoffmangel eine Kooperation eingeht: gute Nacht. Erna lächelt allwissend in meine Richtung. Ob sie das Gleiche denkt wie ich?

»So, herzlich willkommen in der Kita Bi-Ba-Butzemann!«, begrüßt uns die Chefin, Wickie-und-die-starken-Männer-Frisur, gewinnendes Lächeln, Latzhose, ein Stoffball unter dem Arm. »Da wir uns ja alle gar nicht kennen, dachte ich, wir machen ein kleines Kennenlernspiel. Jeder, der den Ball fängt, stellt sich einmal vor.«

Sie wirft den Ball schwungvoll zu unserer Tattoo-Freundin, die gleich in breitem Mecklenburgisch antwortet: »Ich bin die Anja, meine Tochddär heißt Lilly-Rooose und daaas« – sie zeigt auf den Mann neben sich – »ist nicht ihr Vaddär, sondern moin neuer Lebensgefährdeee.«

»Und Sie holen dann beide das Kind ab?«, lächelt die Wickie-und-die-starken-Männer-Frisur voller Verständnis. Sie ist absolut sympathisch dabei, aber über die Latzhose komme ich nur schwer hinweg.

»Nee, oh Gott, nein, auf koinen Fall«, sagt die Anja.

»Was? Wieso nich?«, fragt das enttäuschte Gesicht neben ihr. Seinen Arm ziert ein Clown mit einer Träne auf der Wange. Der arme Junge.

»Ach sooo. Doch. Eer schon. 'tschuldigung«, stammelt die Anja, die jetzt auch verstanden hat, dass sich die Frage nicht auf den Kindsvater bezogen hat. Sie tätschelt ihrem traurigen Clown den Arm, als wäre er ein Dackel, und lacht nervös. Gut, dann wissen jetzt alle Bescheid. Ex-Mann ist durch, neuer noch nicht ganz etabliert, aber fast. Alles in Butter. Kennt man.

Die Jeans-Blazer-Truppe macht ganz unorthodox weiter: Name, Name Kind, Alter, Gruppe, Terminwunsch wegen Berufseinstieg, ultrawichtig, brennt überall, denn ohne sie geht nichts. Sie wirken alle wahnsinnig integer, unbeirrbar und angekommen. Wenn sie wüssten, dass dieser Zustand nicht ewig anhält. Danach stellen sich die Blumenkleider vor, tatsächlich Mutter und Tochter, die sich dabei wie eineiige Zwillinge synchron am Rockzipfel zupfen. Christa und Cornelia. Klingt ein bisschen nach Musikantenstadl, wie Marianne und Michael, nur als Mutter-Tochter-Duo. Aber singen ist vermutlich nicht so ihr Ding. Ich mag sie, sie wirken tolerant und unkompliziert.

Der Ball fliegt weiter und ist dabei so beliebt wie eine volle Windel. Eigentlich hat man das Gefühl, alle möchten ihn schnell weiterreichen. Jetzt ist jemand aus der Blass-und-fad-Ecke dran: »Ich bin die Ariane, mein Sohn ist der Jedi, und uns ist eine möglichst klimaneutrale Erziehung wichtig.«

Stille.

Plötzlich fragt jemand: »Wie geht denn das im Detail?« Huch, das war ich.

Erna sekundiert: »Atmen tut der Junge doch noch? Vielleicht zuckerfrei ernähren, damit er weniger pupst?«

Die Mutter ist entsetzt, der Rest sitzt es aus und tut so, als wäre dieser Dialog ein Gespräch übers Wetter, völlig normal.

»Die Fragerunde ist noch gar nicht dran«, beschwichtigt Wickie in Latzhose. »Fehlt noch jemand? Wer hat noch nicht den Ball gefangen?«

Die Letzte der Blazer-Mütter hebt die Hand, fängt den Ball und beginnt ihren Satz mit: »Ich bin Isabell, mein Sohn ist Maxi, er ist zwei, und ich hoffe auf einen baldigen Platz, denn mein Chef kennt keinen Feierabend und …« Ihr Handy klingelt. Es ist so laut und vibriert so heftig, dass ihre Tasche runterfällt und sie dabei fast vom Stuhl. Sie stürzt mit einem »Entschuldigung, ich muss da rangehen, sonst kann ich mir den Kindergarten bald nicht mehr leisten« aus dem Raum, während sie Erna den Ball zuwirft.

»Ich bin Hannelore, habe heute Ausgang und freue mich sehr, hier zu sein.« Sie macht eine Geste, bei der jedem der Anwesenden sofort klar ist, dass sie zu der Frau gehören muss, die gerade mit dem Handy rausgestürmt ist. Vermutlich die Schwiegermutter, denn so nah wie die Blumenkinder wirken die beiden nicht. Tja, es scheint wohl an der Tagesordnung, dass die Omis einspringen müssen. Da haben wir ja echt viel erreicht mit unseren Feminismus-Demos in den Sechzigern.

Latz-Wickie erklärt uns ein bisschen was über Datenschutz, Hausregeln, wann ein krankes Kind krank ist, falls wir das nicht wissen, und was wir den Kindern alles mitgeben müssen. Wechselkleidung, Matschhosen, Hausschuhe, Zahnputzbecher, Mitbringsel zum Geburtstag, aber nur bestimmte – die Liste ist endlos, bitte alles beschriftet, bis auf die Mitbringsel, versteht sich. Und falls wir die Krätze, Typhus, Shigellenruhr oder die Pest haben, sollten wir bitte, bitte nicht kommen und die Mitteilungspflicht unbedingt einhalten. Da würde uns auch das Gesundheitsamt weiterhelfen, wenn wir mehr Informationen bräuchten. Wow. Ich warte noch auf den Tipp, unser Kind ins Krankenhaus zu bringen, falls es sich aus Neugier eine Axt ins Bein hauen sollte. Danach gibt es Hausaufgaben für uns. Wann ist es eigentlich ein Vollzeitjob geworden, sein Kind für die Betreuung auszustaffieren, das Equipment zu managen und immer auf dem aktuellen Stand zu halten? Dann bekommen wir zehn Seiten zum Lesen und Ausfüllen, außerdem eine Seite für den Kinderarzt und noch ein paar Ankreuzseiten für den Datenschutz. Eine der Blazer-Mütter heftet gleich alles in einem Ordner ab. Wow. Es ist also tatsächlich ein Job.

Als die Fragerunde eingeläutet wird, steht einer der Väter todesmutig auf und murmelt: »Sorry, nein, beim besten Willen, aber ich muss jetzt los, hab Nachtschicht.« Einige schauen ihm sehnsüchtig hinterher, als hätten sie auch gern Nachtschicht. In der ungläubigen Stille hört man draußen kurz die Blätter rauschen, als eine Brise aufkommt. Vor meinem inneren Ohr tut sich ein künstlich hinzugefügtes Vinyl-Knistern auf, als wäre die Platte zu Ende, aber niemand hat's gemerkt.

Es geht aber natürlich weiter: »Gibt es noch Fragen?« Unsere Wickie wird einfach nicht müde, und damit ist sie nicht die Einzige. Einige Eltern beten, das sieht man an ihren Augenschlitzen. Aber es gibt ja immer einen, der noch eine Frage aus dem Hut zieht. Während ich die Bilder an der Wand mustere, meldet sich eine von den Faden-Blassen:

»Verwenden Sie auch geschlechtsneutrale Pronomen? Ich bin mir bei unserem Kind noch nicht ganz sicher, womit es sich identifiziert und ob ich es prophylaktisch als divers anmelde. Würden Sie dann auch einen neutralen Sprachgebrauch pflegen?«

Latzhosen-Wickie sieht etwas irritiert aus. »Können Sie das konkretisieren?«

»Na ja, würden Sie dann auch statt ›er‹ oder ›sie‹ ein anderes Pronomen benutzen? Wenn mein Kind ein Bild gemalt hat, würde ich ungern hören, wie Sie sagen, dass ›er‹ oder ›sie‹ ein Bild gemalt hat, sondern: ›Das Bild hat dey gemalt.‹ Ist das bei Ihnen allgemeiner Sprachgebrauch, oder drücken Sie sich eher cis-normativ aus?«

Die Stille, die nun folgt, ist so laut, dass sie die davor toppt. Die Blumenkinder zupfen an ihren Röcken, die Jeansfraktion wechselt synchron das überschlagene Bein. Erna und ihr Junges machen Uhu-Augen, und die Tätowierten gucken, als hätte ihnen jemand erklärt, dass das Sonnenstudio ab sofort dauerhaft geschlossen hat. Die Kindergarten-Chefin ringt nach Worten: »Ja, also, wir sind ein sehr offener und toleranter Kindergarten, und wir wären bemüht. Ob jetzt jede einzelne Erzieherin verbal so fit ist, kann ich leider nicht garantieren, aber es wird sicher LGBTQ-Fortbildungen dazu geben. Noch jemand Fragen?«

Erna steht auf und zieht das Fazit des Abends: »Sorry, aber ihr jungen Leute habt echt einen an der Waffel. Das hält man ja im Kopf nicht aus.«

Die dritte Stille wird unterbrochen von allgemeiner Aufbruchstimmung.

»Also, dann drück ich Ihnen allen die Daumen. Die Warteliste ist lang, aber es gibt ja auch immer Fluktuation, Zu- und Wegzug. Wir melden uns bei Ihnen, wenn Sie die ausgefüllten Unterlagen bis morgen Abend eingereicht haben. Viel Glück.«

Ich lasse mich mit dem Elternstrom nach draußen spülen, als plötzlich die panische Handymutter wieder vor mir steht. »Ihre Schwiegermutter hat einen Punkt, auch wenn ihr Ausdruck für junge Eltern etwas radikal anmuten mag«, sage ich, während ich mit meinem Blazerärmel kämpfe.

Sie hilft mir hineinzuschlüpfen und murmelt nur irritiert zurück: »Meine Schwiegermutter?« Dann sprintet sie davon, denn ihr Handy klingelt schon wieder ihre Handtasche kaputt.

Ich werfe einen letzten Blick auf das Kita-Gebäude und frage mich, ob man da jemals ohne Schnupfen wieder rauskommt, als ich merke, dass sich jemand bei mir unterhakt. Erna, die eigentlich Hannelore heißt, und sagt: »Sie wissen gar nicht, dass man ihnen einen Gefallen tut, wenn man ihnen erklärt, dass man sein Geschlecht nicht frei wählen kann und sie alle nur einen Östrogenüberschuss durch zu viel Fast Food und mieses Trinkwasser mit sich herumschleppen.« Ich will gerade etwas dazu sagen, als plötzlich ein junger Mann in Weiß auf uns zuläuft. Erna-Hannelore löst sich abrupt und sagt: »Hat mich gefreut. Ich muss los.«

Der junge Mann schüttelt den Kopf. »Mensch, Hannelore, wir suchen Sie schon überall. Sind Sie mal wieder allein los? Und das mitten in der Stabilisierungsphase?«

Hannelore winkt mir, hakt sich bei dem jungen Mann unter und lässt sich zu einem Krankenwagen geleiten. »Psychiatrie Neustadt« steht auf der Schiebetür.

Ich muss kurz innehalten und atme tief die norddeutsche Abendluft ein. Tja, wenn die Irren offenbar schon mehr Durchblick haben, sagt das entweder etwas über die Gesellschaft aus – oder über einen selbst.

KAPITEL 5

Mottentempel

*Z*u Hause lasse ich mich erst einmal auf mein Bett fallen, auf das Louis XIV. neidisch gewesen wäre. Egal, was Ihnen böse Minimalisten erzählen, glauben Sie mir: Mehr ist mehr. Ich bin im letzten Lebensdrittel, ich will Opulenz, bis der Kronleuchter kracht. Schlicht und modest ist nichts für mich. Klare Linien und »Form follows function« faszinieren mich beim Bauhaus, aber so wohnen – nein, danke. Mit Ton-in-Ton oder Alles-in-beige-Stilwidrigkeiten können Sie mich jagen. Ich weiß nicht, wie lange ich noch hier bin, ich will Schnörkel und überbordenden Kitsch, bis meine Augen brennen. Wenn andere vom Wohlstand des Weniger oder vom Entfrachten fabulieren, entgleiten mir alle Gesichtszüge. Um die Form zu wahren, lasse ich sie allerdings nach innen entgleiten.

Früher konnte ich, wenn ich das nicht wollte, so herrlich arrogant über den oberen Brillenrand schauen und dabei die rechte Augenbraue hochziehen. Bei meiner neuen Corbusier-Brille gelingt das nicht mehr so ohne Weiteres, das Modell ist zu massiv, und, na ja, das Botox hat die Braue etwas lahmgelegt. Dafür tötet mein Blick auf Wunsch, wenn mir nicht nach Mimikry ist. Facettenreich muss man sein.

Tini, die ja eher modern-minimalistisch lebt, wagte es einmal, meine Wohnung, die meine Freunde liebevoll »Mottentempel« nennen, als »vollgestopft« zu bezeichnen. Zu viele Farben (der Flur ist lindgrün, das Schlafzimmer in adeligem Flieder gehalten und mein Teezimmer lila), zu viele illuminierte Gemälde (»Alles Erbstücke, also bitte!«), zu viel Gebell von Jeff Koons (ich liebe

Hundeskulpturen, egal, ob es Ballonhunde sind oder sie einen Weltraumhelm tragen).

Ich war einfach nur entsetzt über mein geliebtes Kind. Darf man auch mal sein, tut der Liebe ja keinen Abbruch. Bei dem Wort »vollgestopft« muss ich nämlich immer an Wolfgang Joop denken, wie wir vor Jahren in Mailand waren und ich zu Wolfi mit Blick auf ein Model sagte: »Da. Das Dekolleté, da muss noch was rein, finde ich – die sieht ja aus wie 'n Kerl mit dem burschikosen Antlitz.« Wolfgang schüttelte energisch den Kopf. »Um Gottes willen … Das ist dann zu vollgestopft, Hildi!« Aber ich schweife ab. Diesen Impetus, meine liebe Tini über die Wohltat des Mehrs aufzuklären, halte ich jetzt in ihrem Lebensabschnitt für unangebracht. Da weben wir lieber noch ein paar Maschen in den Teppich des Lebens. Also sagte ich nichts, lachte nur und küsste sie auf den Kopf.

Aber zurück zur Gegenwart: Ab morgen bin ich also Vollzeit-Omi, während Tati sich wie eine Brezen verbiegen darf. Warum ist so ein Elternabend eigentlich so anstrengend? War das auch schon früher so?

Mein Blick fällt auf meine Fotogalerie auf einem antiken weißen Eckmöbel. Genauer: ein Foto mit meiner Kollegin Uschi, Arm in Arm irgendwo auf Mauritius, wir beide und viel Lippenstift. Ach, das waren noch Zeiten. Stewardess in den Sechzigern bei Lufthansa war ungefähr so wie heute Influencer mit 5 000 000 Followern. Wir waren keine Saftschubsen, sondern Rockstars, die Gesichter der Internationalität. Es lag ein Zauber in der Luft, über den Wolken, auf 15 000 Fuß. Wir waren nicht dieses ungehobelte, großporige Personal, das einem heute mit dem Getränkewagen das Bein abfährt, nein. Wir waren ein Luftballett, das in Uniform, grazil wie synchron, durch den Vogel tanzte und in den verschiedensten Sprachen des Planeten unterhielt. Gut, nebenbei haben wir auch Tomatensaft ausgeschenkt,

klar. Und so manch ein Passagier träumte davon, uns unser Hals-
tüchlein lockern zu dürfen, das gehörte auch ein bisschen dazu.
Uschi und ich wurden so angehimmelt, als könnten wir selbst
abheben. Anmut, Schönheit und 50 Kilo plus Gepäck waren Ein-
stellungsvoraussetzung.

»Hildegard, spreiz nicht den kleinen Finger«, erinnerte mich
Uschi manchmal beim Espressotrinken, wenn ich es vergaß. Pardon. Der Glamour flog immer mit. Fliegen war teuer, und die
Männer, die noch wussten, dass sie welche waren, trugen Anzug
und Krawatte. Wir liefen auf Pucci-Pumps im Bleistiftrock durch
die Reihen und wären nicht mal im Traum auf die Idee gekommen, diese gegen Sneakers und Wide-Leg-Jeans zu tauschen.
Das Einzige, was mir immer wieder aufstieß, waren die Arbeits-
verträge: Ende zwanzig sollte Schluss sein mit dem Air-Manne-
quin-Dasein. Stand da tatsächlich explizit drin. So was wäre heute undenkbar. Und dieser Umstand war meine Initialzündung,
warum ich zur Feministin wurde. Schreiben Sie das mal einem
Mann in den Vertrag: »Mit Erreichung des dreißigsten Lebens-
jahres oder im Falle einer Eheschließung endet Ihr Arbeitsver-
hältnis. Bitte unterschreiben Sie jetzt, Sie zweiundzwanzigjähri-
ger Depp, der sich in diesem Moment noch unsterblich fühlt.«

Ein Mann für immer war in dem Alter längst nicht in Sicht
(warum einen nehmen, wenn man alle pflücken kann?), und so
wurde ich Promi-Fotografin. Wie es der Zufall wollte, kamen
eine große Zeitschrift mit einem Himmelskörper im Namen und
ich zusammen, als ich als einzige Fotos von Paul Newman während eines Deutschlandtrips hatte. Paul kannte mich aus der
First Class, und Uschi fand, es wäre Zeit für ein Erinnerungsfoto
am Berliner Flughafen. Auf die Fotografenmeute hatte der Gute
natürlich keine Lust, und so gab es nur das Foto von uns beiden
und dann noch eines, das ich nach dem ersten Schampus von
Paul geschossen hatte. Der Scheck war ein Wink des Schicksals –

die Connection auch. Und das Beste: Ich kannte ja schon fast alle VIPs aus der Luft. Helmut, Brigitte, Alain – standen doch eh alle in meinem Adressbuch. So schloss sich der Kreis. Fotoballett am roten Teppich. Kampf ums beste Bild. Da darf man nicht zimperlich sein, und setzt man nicht die Waffen einer Frau ein, hat man gleich verloren. Der Minirock war sowieso »in« und so manch Kollege regelmäßig irritiert, dass ich wie immer das beste Bild hatte. Ich flirtete mich einfach immer in die Front Row, denn je näher dran, desto besser. Und die Queen, Cher und Alice Schwarzer ließen sich sowieso lieber von mir ablichten als von den transpirierenden Herren.

Alice Schwarzer traf ich tatsächlich das erste Mal bei ihrem Gerichtsprozess. Sie hat damals den Fahrradsattel im Hintern eines Stern-Models ins Gespräch gebracht – aber raten Sie mal, wer sie in Szene gesetzt hat für die Tageszeitungen? Und was die Frau sagte, machte in meinen Ohren mehr als Sinn: Frauen sollten mutig sein. Und wenn sie nicht qualifiziert genug sind, den Job einfach trotzdem antreten, denn dann holt man die Qualifikation halt nach – machen Männer ja auch so. Oft hieß es: »Du machst heute den Schwarzer-Termin? Die ist doch wie schlecht gelauntes Rapsöl.« Fand ich gar nicht. Ich mochte die Ikone der Emanzipation, war selbst fröhliche Feministin und trommelte auf meine Weise mit dem Kameraauslöser für Gleichberechtigung. Ich wurde Mutter und fotografierte immer noch, etwas weniger, ausgesuchte Termine, aber ich machte mein Ding. Mein Mann und ich gaben uns die Klinke in die Hand und waren ein super Team. Heute schwimmen in der Suppe der Gleichberechtigung ja ganz neue Gewürze: Polyamorie, Gender Fluidity, Transgender … Tini würde jetzt wahrscheinlich mit den Augen rollen und mir eine Standpauke halten, aber dieser Trend, dass man sein Geschlecht alle zwei – ich betone die »zwei« – Jahre neu wählt, das ist nichts für mich. Ich entschuldige mich, falls Sie das als altmodisch empfinden, aber ich bin nun mal modisch und leider auch alt. Früher war der Feminismus noch etwas leichter zu überschauen, weil klarer definiert: Uns ging es einfach um Gleichberechtigung. Gern auch im kurzen Rock, mit Hut und großer Brille à Peggy Guggenheim – dazu trug man Haltung und Unbeirrtheit. Ja, ich war ein heißer Feger, das Spiel mit den Geschlechtern gehörte auch immer dazu – fragen Sie mal Helmut Berger, wenn das noch ginge. Mein persönlicher Feminismus war für mich hochfunktional.

Das desillusionierende Fazit ist nur: Es ist immer noch schwer, Kind und Karriere zu vereinbaren, und man braucht nach wie vor ein ganzes Dorf, um den Nachwuchs großzuziehen. Und genug Kita-Plätze gibt es nach wie vor nicht. Deshalb geht die Feministin der ersten Stunde jetzt in die Kinderbetreuung, damit die eigene Tochter unabhängig sein kann. Finden Sie den Fehler.

KAPITEL 6

Kinderfeindlichkeit

*D*ass Elternalltag in Deutschland sich nicht anfühlt wie italienische Großfamilie, lerne ich einen Tag später. »Deutschland ist so was von kinderfeindlich!«, hat Tini schon immer gesagt. Wollte ich ihr aber lange Zeit nicht glauben. An diesem sehr montagigen Dienstag werde ich eines Besseren belehrt. Situation ist folgende: Schwiegerflasche Christian ist mit dem Großen zum Fußballturnier gegangen. Sophia und ich machen also das, was am meisten Sinn macht: shoppen. Erst fahren wir in einen Babymarkt und kaufen »Nachtwindeln« – »denn ich geh jetz' au's Töpfchen, Omi!«. Sprich: Nur noch zur Nacht trägt die kleine Madame eine Windel, tagsüber ist sie trocken. Unter Beifall der gesamten Sippe hat sie heute Pipi gemacht, bevor wir alle in verschiedene Himmelsrichtungen aufgebrochen sind. Alles, damit sie unseren Einkaufsbummel auch schafft, denn auf normale Toiletten geht sie noch nicht. Und dann steht es plötzlich vor uns: das perfekte Töpfchen. Mausgrau, glatt und organisch so geschwungen, dass man sich einfach nur draufsetzen will. »Omi, ich das haben?«, fragt die kleine Maus vorsichtig und ohne Wortendungen. »Das ist schöner als mein'.«

»Aber du hast doch schon eins zu Hause«, sage ich und schaue mir den Traum-Potti näher an, was kaum möglich ist, denn sie hält das acht Euro teure Teil krampfhaft fest.

»Okay, nehmen wir mit.« Jubel von unten.

An der Kasse darf ich unseren Neuzugang nur unter Protest in eine große Papptüte packen – eigentlich will Sophia ihn wie einen Pokal vor sich hertragen. Wir legen alles in meinen Defender, rollen ein paar Straßen weiter und halten vor einer Kinder-boutique. Dort kaufen wir kleine, sauteure Püppchen in Mäuse-gestalt, dazu passende Kleidchen, Schühchen, Rollschuhe, Schlittschuhe, einen Kleiderschrank und schließlich ein Haus. Dann kann man auch gleich pädagogisch wertvoll »Maus macht Marie-Kondo-Tag« spielen und aufräumen üben. Kurz: Wir le-ben die Puppenwelt, und zwar so richtig. Sophia und ich sind so begeistert ob der ganzen Accessoire-Träume, dass wir uns völlig verlieren. Brauchen die Mäuse noch Weltraumanzüge? Oder Tennis-Outfits? Ein Pferd plus Stall?

»Omi, ich muss mal.«

O Gott. O nein. In mir rattert es. Normale Toilette können wir ja noch nicht.

»Komm mit. Omi hat eine Idee.«

Wir erklären der netten Verkäuferin, dass wir gleich wieder-kommen und sie unsere Seligkeitsdinge mit ihrem Leben vertei-digen soll, dann sprinten wir los Richtung Parkplatz. Won-der-Omi zieht das Ass aus der Einkaufstüte: den amazing Potti. Sophia strahlt. Sie versteht sofort. Wir basteln einen kleinen Sichtschutz aus Cashmere-Strickjacken, und das windelfreie Kind weiht glücklich sein neues Töpfchen ein. Ich bin stolz auf uns beide. Mit Würde und Stil haben wir das Problem umschifft. Kleenex-Boxen habe ich sowieso immer im Wagen, noch aus der Zeit, als klar war, dass Hans' und meine Ehe wie ein Atomkörper mit immer schnellerer Halbwertszeit zerfällt. Im Auto heulen war so diskret und heilsam. Wir machen Sophia trocken, ziehen sie wieder an, basteln unseren Sichtschutz zurück, und ich gehe mit dem Töpfchen an den nächsten Baum, um den Inhalt aus-zuleeren. Es weht ein leichter Sommerwind, der sanft meinen orangefarbenen Rock unter meinem Trench umspielt, ich trage meine Lieblingssonnenbrille und fühle mich endlos omicool. Und das ist der Moment, in dem es böse wird und die Kinderfeindlichkeit spontan um die Ecke guckt: Als ich Sophias Kleinkindpipi den Baumwurzeln übergeben will, schreit eine Endvierzigerin laut: »Igiiittt!« Sie ist alles andere als zart, raucht eine E-Zigarette und führt einen dicken Hund an der Leine. Die Tonne kriegt sich gar nicht mehr ein: »Gott, ist das widerlich. Igitt!«

Das Schöne am Oma-Sein ist ja: Du musst niemandem mehr gefallen. Es ist nichts mehr peinlich, dein Image der Zukunft ist kurz vor egal. Du kannst zu hundert Prozent du sein. Das hat mir Udo Lindenberg mal ins Ohr geflüstert: »Keine Panik, sei einfach mal radikal, Hildi. Bist ja eh nicht mehr ewig da.«

Ich gehe direkt auf die Frau zu, bleibe vor ihr stehen, mustere sie einmal von oben bis unten und antworte in einer Stimmlage, die laut Tini Kuscheltiere ausweiden kann: »Ach so, Sie finden ein bisschen Kleinkindpipi eklig? Aber Ihr fetter Köter darf überall das Endprodukt seines billigen Hundefutters hinkacken? Ich sag Ihnen, was eklig ist: Sie und Ihre fette Töle, mit der Sie das gleiche Mikrobiom teilen.«

Sie guckt mich wortlos an, während ich triumphierend das Töpfchen schwenke, als wäre es das Zepter des britischen Königshauses und ich Charles, der Rentnerkönig.

»Ja, googeln Sie das mal. Bildung heilt. Schönen Tag noch.«

KAPITEL 7

Verbrennerliebe

*B*evor es hier ernst mit uns wird, schließlich verbringen wir ja jetzt etwas Zeit miteinander, muss ich Ihnen noch eine Sache über mich sagen: Ich liebe Luxus. Und mein Geschmack ist ja nun wirklich simpel und nicht skandalös. Ich benötige lediglich meinen Mottentempel, meine beiden Porsche, mein baufälliges Landhaus und den dazu passenden Defender. Das ist nicht zu viel verlangt. Und ganz ehrlich: Wenn ich mich morgens im Spiegel anschaue – ich bin auch in Teilen baufällig –, passt doch. Wenn ich mich irgendwann als zu marode empfinde, um mich anderen zuzumuten, plane ich, mein Landhaus als Hauptwohnsitz zu beziehen. Aber da sind wir noch nicht. Meine Autos sind zwar auch Gebrauchsgegenstände, aber ich bin zu sehr Ästhet, als dass sie nur das sein könnten. Sie sind auch Gefährten, Zufluchtsorte, ein Faraday'scher Käfig, der mich beschützt und in dem ich immer zu Hause bin, egal wo wir hinrollen. Vermutlich ist das auch ein Generationending. Auf dem Beifahrersitz saßen meine Liebsten im Wandel der Zeit, meine Hunde, meine Träume. Ich bin Zwischengasspezialistin, fahre grundsätzlich mit Lederhandschuhen jeglicher Couleur und Absätzen. Auto Nummer eins ist ein alter dunkelblauer Porsche Targa. Wenn ich in dem Schlitten bei der *Bild*-Zeitung vorfuhr, sagte der Mann an der Schranke gerne und ohne zu wissen, wie recht er hatte: »Wie der alte Axel. Nur als Frau. Wow.« Die Feministin in mir hat triumphiert und gleich die Nase ein wenig höher getragen. Bei Porsche Nummer zwei, einem 365er, wusste ich auch nicht so richtig, was mich da geritten hatte. Es ist ein Plagiat, ein Schnäppchen, das ich günstig geschossen habe, über das man bei Adeligs die Nase rümpft. Nur leider war so oft die Kurbelwelle hinüber, dass ich bei meinem Mechaniker schon Treuepunkte hätte sammeln können. Und so ein teures Hobby muss ja auch kompensiert werden. Die Bonuskarte wollte mein Kfz-Profi mir nicht geben, aber er hatte eine Idee: Der Porsche bekam ein neues Gewand in Form einer Rostfolie. Seitdem bin ich »the most clicked car« in der Kategorie Porsche-Cabriolet im Internet, und seine Werkstatt ist Kult. Die Fake-Rost-Idee amüsiert mich sehr, vor allem weil ständig Menschentrauben um dieses Auto herumstehen, wenn ich es irgendwo parke. Und man sieht ihnen an, wie sie rätseln und rätseln, wer bloß dazu fähig ist, so ein Luxusgefährt zu kaufen und dann so verkommen zu lassen. Dabei verbirgt sich unter der Folie ja ein völlig intaktes Auto – die Rostfolie ist nur Tapete on top.

Der Defender wiederum holpert mich ins Landhaus, denn Holz für den Kamin lässt sich so besser über matschige Waldwege transportieren. Ich fühle mich in ihm wie die Queen in Balmoral, nur ohne Falken und Moorhühner. Ein paar norddeutsche Eichhörnchen haben auch ihren Zauber.

Ich glaube, wir Blaublüter haben alle eine extrem ausgeprägte Affinität Richtung Moder, Moos und Mehltau. Und alte Autos. Ist so eine ererbte Marotte, eventuell ist der Genpool schuld, Sie wissen schon, zu wenig Diversität. Ohne Hirschgeweihstuhl, Ahnenbilder und Siegelring geht es uns einfach nicht gut. Das Einzige, was fehlt im Kontrast zur Queen, sind der Begrüßungsparcours und die Pressemitteilungen, dass ich wieder im Lande war, wobei die Stille Post meiner exaltierten Nachbarn durchaus vergleichbar ist.

Jetzt fragen Sie sich bestimmt: Wie finanziert die Frau das alles, wenn sie sich selbst als verarmten Adel bezeichnet? Ganz einfach: Ich vermiete hin und wieder ein Zimmer in meiner

Wohnung unter, habe mein Konto wie eine Schwäbin im Blick und bekomme ständig Geschenke meiner wohlhabenden Freundinnen. Durch meine alten Pressekontakte kann ich mich immer mit Türen, die sich sonst für niemanden öffnen, revanchieren, und alle sind glücklich. Im Prinzip kostet mich mein Leben fast nichts. Können Sie sich gerne mit Textmarker anstreichen oder abfotografieren. Das ist mein Geschäftsmodell. Habe es quasi erfunden. So wie ich mich erfunden habe. Laut war ich ja nie, aber immer rebellisch, schon als Küken hatte ich Benzin und den Sparfuchs im Blut, und daran hat sich auch als alte Henne nichts geändert.

KAPITEL 8

Zirkus-Sexismus

*A*n meinem ersten Tag als Vollzeit-Omi will ich natürlich auf-
trumpfen: Wir gehen in den Zirkus. Fritz-Ferdinand und
Sophia freuen sich wie Bolle. Schon von Weitem fangen sie an zu
hüpfen, als sie die Zeltfahnen im Wind wehen sehen. Ein Duft
von Popcorn und Sägemehl liegt in der Luft, und die Familien
strömen wie die Lemminge zur Kasse. Und während wir anstehen, frage ich mich, wann ich das letzte Mal in einer Manege saß.
Vermutlich als Tini ein Kleinkind war und dann gute dreißig
Jahre nicht mehr. Fast war ich überrascht, als ich an einer Ampel
über das Plakat fuhr. Flatterte mir glatt vor die Stoßstange, das
arme Ding. Dann bin ich umgedreht und dachte mir, das könnte
ein guter Auftakt werden.

Und bestimmt hat sich der moderne Zirkus weiterentwickelt.
Ist ja schließlich kein Kuriositätenkabinett mehr. Die Zeiten der
Freaks und wilden Tiere im Käfig sind zwar vorbei, aber das
Spektakuläre hat immer Hochsaison. Ich kann das beurteilen,
denn ich bin es ja selbst. Nur eben ohne Ganzkörperpaillette im
Scheinwerferlicht.

Wir haben Logenplätze – Omi lässt sich ja nicht lumpen –,
und so sitzen wir gleich in der ersten Reihe des kleinen, voll kli-
matisierten Zeltes. Es ist laut. Vorfreude wabert durch die Luft,
und die kleinen Zirkusbesucher, überwiegend Kindergarten- bis
Grundschulalter, tauschen fleißig Gummischlangen, reichen
sich ihre Popcorntüten oder fuchteln mit illuminierten Zauber-
stäben herum.

»Herzlich willkommen!«, begrüßt uns der Zirkusdirektor und

kündigt gleich die erste Sensation an: eine dicke Seiltänzerin. Ja, das geht. Das Seil ist ja aus Stahl, und sie hat es wirklich drauf, die Gute. Balanciert, wechselt die Füße vorwärts, rückwärts, springt, landet im Spagat. Ein kleiner, draller Junge neben uns hat das gespannt, dreht sich um und sagt zu seiner Mutter: »Siehst du, Mama, man kann auch mit Nutellabrot was werden.« Die Mutter sieht nicht gerade glücklich aus. Muss sie sich wohl eine andere Strategie überlegen, wie sie das dicke Kind schlank kriegt.

»Oma, jetzt kommen die Trapezkünstler!«, stellt Fritz-Ferdinand fest und klatscht mit ganzer Hingabe.

»Ja, Ferdchen, ich weiß«, sage ich und seufze. Artisten gehen doch immer.

Und tatsächlich sieht es irre aus, was da unter der Kuppel geturnt wird. Mit einer Leichtigkeit fliegen ein Mann und eine Frau an zwei Seilen über unsere Köpfe, bis sie an einem Reifen hoch über dem Publikum Position beziehen, um sich dann zu verrenken und nur an den Fußspitzen festzuhalten. Tiere sind nicht Teil der Vorstellung, was mir als Hundefan ganz gut gefällt, aber einer darf natürlich nicht fehlen: der Clown. Und nachdem das Turnpärchen wieder gelandet ist – übrigens wieder Wasser auf die Mühlen des dicken Kindes neben uns, weil auch eher gut mit Hüftgold ausgestattet (»Guck mal, Mama, die essen bestimmt auch Gummischlangen und sind trotzdem Artisten!«) –, steht sein Auftritt an. »Der luschtige August! Applaus!«

August sieht aus, als käme er direkt aus den Achtzigern. Gestreifte weite Hose, etwas Bauch, Schuhe wie Boote und rote Haare plus rote Gumminase. Sein Auftritt hat etwas von einer Zeitreise, denn es läuft immer nach dem gleichen Prinzip ab: August versucht etwas, es misslingt, er versucht es wieder, es misslingt, er versucht es ein letztes Mal – und es passiert etwas Überraschendes, natürlich unter massivem Trommelwirbel. Nachdem der Gute an seinen Akrobatikversuchen gescheitert ist, scheint es, als wolle er beleidigt hinter dem Vorhang verschwinden. Doch dann kommt er wieder heraus und hat einen Miniatur-Basketballkorb dabei. Er reicht der Mutter des dicken Kindes neben uns einen Basketball und bedeutet ihr, ihn doch bitte in den Korb zu werfen.

»Schafft sie das, Omi?«, fragt mich Sophia.

»Mal schauen!«, kommentiere ich.

Trommelwirbel. Natürlich klappt es nicht. Die Mutter zuckt mit den Schultern, lächelt und setzt sich wieder. Der »luschtige August« läuft wieder hinter die Bühne und kommt mit einem überdimensional großen Basketballkorb heraus. Jetzt muss die Gute wieder ran. Sie zielt – Trommelwirbel – und hätte auch fast getroffen, hätte der »luschtige August« nicht furchtbar »luschtig« den Korb weggezogen. Die Kinder schütten sich aus vor Lachen. Mein Humor ist es nicht, aber ich bin ganz verliebt in das Lachen meiner Enkel, insofern bin ich zufrieden.

Unser Clown animiert die arme Frau neben mir schon wieder. Dieses Mal trifft sie aber, denke ich noch, da zieht August den Korb wieder weg. Er macht eine wegwerfende Handbewegung in ihre Richtung, zaubert plötzlich einen weiteren Ball aus seiner Jackentasche und gibt ihn … einem Vater. Der wirft – Trommelwirbel – und trifft, obwohl August extra weit weggerannt ist, denn er springt und fängt den Ball mit seinem Korb. Die Kinder brüllen vor Lachen, der Vater klatscht mit seinem Sohn ab, der neben ihm sitzt, und kurz schwappt eine Welle der Empörung durch den Raum.

»Das ist die sexistischste Clownsnummer, die ich je gesehen habe!«, schimpft die Mutter des dicken Kindes. Eine Loge weiter pflichtet man ihr bei: »Heutzutage so ein dummes Klischee bedienen. Das geht gar nicht.«

»Don-Hugo, wir gehen!« Meine Sitznachbarin mag nicht mehr. Erst wird ihre Erziehung durch zu viel Körperfettanteil untergraben, dann wird sie auch noch als Basketballerin diskriminiert. »Wir auch! Und das Popcorn ist bestimmt ohnehin aus genverändertem Mais!« Die Mutter neben ihr steht ebenfalls auf. Und während sich der »luschtige August« direkt vor uns am Manegenrand verbeugt und noch etwas herumulkt, weil noch für die Jongleure aufgebaut werden muss, entlädt sich die Wut: Hugos Mutter nimmt das genveränderte Popcorn und stülpt dem Spaßmacher die Tüte über den Kopf. Die Kinder jubeln. Der Clown ist natürlich Profi und spielt mit, aber wir zwei – Mutter Hugo und ich – haben diese eine Schreckenssekunde in seinen weiß geschminkten Augen gesehen. Er hat verstanden. Ganz sicher. Wenn er kein dummer August ist, wird er nächstes Mal eine Mutter treffen lassen. Man kann vielleicht wie ein Achtzigerjahre-Clown ins Zelt kommen, aber ob man mit einem Altherrenwitz auch heil wieder rauskommt, steht dann auf einem anderen Zirkusplakat geschrieben.

»Vielleicht wäre es ganz ratsam, wenn er seinem Humor die machistische Attitüde entzieht«, konstatiere ich, mehr für mich, als Hugo zu seiner Mutter beim Durch-die-Reihen-Zwängen sagt: »Aber Mädchen können auch echt nicht werfen, Mama. Du auch nicht.« Auweia. Das gibt Nutellaverbot.

Wir sitzen bestimmt noch eine Stunde auf den brettharten Logenstühlen und bejubeln Akrobaten, Zauberkünstler, Kaskadeure und Einradler. Als wir rausgehen, muss Sophia unbedingt noch ihre Händchen waschen, und so stehen wir in der Schlange vor einem blitzsauberen Toilettenwagen, an dem ein Zettel hängt, den ich den Kindern aus Langeweile vorlesen soll: »Fröhliche Putzfee gesucht!« Darunter die Arbeitsstunden, »Vergütung nach Absprache«, aber kein »m/w/d«.

Sophia bringt es auf den Punkt: »Wieso wollen die nur eine Fee? Es gibt doch bestimmt auch einen Putzelf? Und was, wenn sich ein Kobold bewerben will?«

KAPITEL 9

Waldbaden

*M*ama, heute ist ein entscheidender Tag. Vielleicht können wir als Aufrutscher auf der Warteliste doch noch einen Kindergartenplatz für Fritz-Ferdinand bekommen!« Tini ist ganz aufgeregt, während sie durch das Viertel Le Marais läuft und im Hintergrund laute Motorroller knattern. »Bitte bleib heute unbedingt erreichbar. Ich drücke uns allen die Daumen und hole mir jetzt in der Boulangerie ein böses Croissant.«

»Mach dir keine Sorgen. Wir kommen so oder so zurecht«, erkläre ich und zwinkere den beiden kleinen Mäusen vor mir zu. »Genieße dein Croissant et jusqu'à plus tard!

Wir legen auf, und Fritz-Ferdinand guckt mich aus großen Augen an. »Das ist aber ein großer Baum, Oma!«

»Ja, mein Schatz, das ist ein guter alter Freund von Omi«, antworte ich. Und während wir um eine massive alte Eiche herumwandern, bin ich mehr als zufrieden. Gestern war Action, heute gibt's Unterricht. Im Wald.

»Omi, es ist langweilig hier. Können wir auf deinem iPhone etwas angucken?«

»Nein, wir wollen doch den Wald erleben.«

»Aber was soll man denn hier machen?«

»Spielen! Ich habe früher an Bächen Aquädukte aus Baumrinden gebaut, kleine Mooskörbchen gebastelt oder Gänseblümchenkränze geflochten. Oder bin auf einen Baum geklettert und habe Indianer gespielt.«

»Aber hier ist kein Bach, das Moos ist noch feucht, und Indianer sagt man nicht mehr. Du hast indigene Völker gespielt.«

Wenn Winnetou das wüsste – er würde sich in den ewigen Jagdgründen umdrehen, denke ich und erinnere mich zurück an die Sexyness von Lex Barker, den perfekten Kajalstrich von Karin Dor, explodierendes Pappmaschee und diese Melodie: Dada-da-da-daaa daaa-daaa-daaadaaaaaa. Summen Sie gedanklich mit? Karl May wollte doch niemanden niedermachen, er hat sich einfach spannende Geschichten über eine Blutsbrüderschaft dicker als Wasser ausgedacht. Ich verbinde damit nur Gutes.

Wir laufen weiter durch den Wald, die Bäume rascheln sanft, und ich genieße, während die Kinder etwas ratlos neben mir herlaufen. Wir entdecken ein Reh auf einer Lichtung, beobachten einen kunstvoll kreierten Ameisenhaufen, klettern über einen umgestürzten Baumstamm. Ich merke, wie ich klarer werde mit jedem Schritt. Der Wald ist wie eine Kopfwäsche. Keine Störgeräusche. Keine Neurotik. Keine irren Stadtaffen. Das ist es, was ich den beiden Mäusen heute mitgeben werde. Hast du Kummer oder Sorgen, geh in den Wald. Das wusste schon Sissi, als es mit Franzl nicht so funktionieren wollte. Natürlich nicht bei Nacht, und wenn dunkle Gestalten unterwegs sind, bitte in einen sicheren, vielleicht auch in einen Privatpark, aber bitte dahin, wo Bäume wachsen.

Die Terpene diffundieren durch uns hindurch, und es ist einfach nichts Verkehrtes daran. Ich bin ja ohnehin der festen Überzeugung, dass der Mensch einen eingebauten Wandertrieb im Bauplan hat. Ein Souvenir aus der Zeit, als es noch keine ständig nachgefüllten Kühlschränke, Fernseher und Smartphones gab. Und auch wenn die meisten Menschen ihn vergessen haben, er ist noch da, wie ein kleines Rudiment hockt er in uns und wartet, dass wir es endlich schnallen, wedelt mit dem imaginären Schwanz und seufzt leise, wenn wir uns mit unseren zwei, drei Schwimmringen aufs Sofa fallen lassen. Dabei sind wir nicht dafür gemacht, einfach herumzusitzen. Sitzen ist das neue Rauchen. Einfach mal herumstreifen wie eine Wildkatze, atmen, den Duft von Morgentau inhalieren und den Vögeln zuhören. Kann ja keiner mehr. Und so verpassen wir alle diesen Aha-Moment, wenn die rostigen Gelenke sich lockern, die Füße wieder in Bewegung kommen, der Kopf sich leert und Tagträume und Pläne wie Seifenblasen durchs Gehirn wabern. Laufen hat etwas zutiefst Menschliches, Archaisches. Es braucht keine ausgetretenen Pfade dafür, man geht einfach neue. Und erst das Unspektakuläre, der Ort, an den man nie zuvor gedacht hat und den man auch nicht auf der Bucketlist hatte, garantiert die Erholung, das Makeover durchs Gehen. Ich könnte ein ganzes Buch drüber schreiben. Es ist eine Philosophie, die mich in so manch dunklem Moment vor der Verzweiflung bewahrt hat.

Manchmal muss man auch improvisieren. Es kann nicht immer der Wald sein. Ich habe mich auch schon an öden Flussläufen, vergessenen Baustellen und Häusern, aus denen Birken wuchsen, wieder innerlich aufgerichtet. Könnte ich meinen Enkeln diesen Samen nur heute in den Kopf pflanzen – ich könnte beruhigter in die Kiste steigen. Modernes Ressourcenmanagement von innen.

»Warum hast du einen Lieblingsbaum, Omi? Die sind doch alle gleich!«, wirft jetzt Fritz-Ferdinand ein.

»Nein, aber gar nicht. Schau sie dir ganz genau an, Ferdchen. Er ist der älteste, er hat den dicksten Stamm. Er hat also schon ganz viel gesehen und ist der weiseste. Ich nenne ihn Gutfried.«

»Oh.«

»Umarme ihn mal. Das tut gut.«

Er legt seine kleinen Ärmchen um den Stamm. »Und jetzt?«

»Schweigen?«

»Okay.« Er schließt sogar seine Augen. Gutes Kind.

»Omi! Ameisen!« Der Kleine springt regelrecht weg vom Stamm. »Gutfried mag mich nicht.«

»Nein, er mag dich ganz sicher, aber eben auch alle Waldbewohner. Und Ameisen sind so fleißige Tiere, die hier die ganze Zeit aufräumen, verstehst du? Deine Mama liebt doch auch eure Putzhilfe?«

»Das stimmt. Sie sagt immer, sie könnte eine Trennung von ihr schlechter verkraften als von Papa.«

Dem ist nichts hinzuzufügen. Wir laufen weiter über weiches Moos. Ein Kuckuck ruft. Die Kinder antworten. Schließlich basteln wir doch noch Kränze aus Buschwindröschen, steigen auf einen Hochsitz und balancieren über Baumstümpfe, die auf ihren Abtransport warten. Die Natur, sie scheint uns zuzusehen. Vorurteilsfrei. Einfach, weil sie ist. Gutfried wird es noch geben, wenn wir nicht mehr sind, vorausgesetzt, es fällt ihn niemand und es tobt kein Tornado über die Waldwege. Er wird dicker werden, seine Ringe ausgeprägter, aber er wird nie an gebrochenem Herzen sterben. Das Gras an seinen Wurzeln wird nie an einem Schnupfen leiden oder den Verstand gegen Psychopharmaka austauschen. Die Natur ist unantastbar – von innen kann ihr keiner was. Da sind alle gut aufgestellt. Die einzige Bedrohung ist der Mensch, der sich selbst und alles um sich herum zerstört.

Zufrieden schlendern wir den Waldweg Richtung Defender zurück. Jetzt noch einen Kaffee, und die Welt ist in bester Ordnung. Bis die Blumenkinder und ich im Auto sitzen und mein Handy »pling pling pling« macht. Eine SMS nach der anderen. Alles verpasste Anrufe. Mist. Im Wald gibt es nicht nur keine Neurotik, sondern auch keinen Empfang.

KAPITEL 10

Verhandlungssache

*M*ama? Du hast dein Handy ausgemacht? Das ist nicht dein Ernst?« Tini ist völlig außer sich.

»Schätzchen, nein, wir waren etwas Waldbaden, pädagogisch wertvoll, und da gibt es zum Glück wenig Strahlung …«

»Aber: Es ging um *den* Kindergartenplaaatz!« Tini schreit das Wort Kindergarten, als ginge es um ihr Leben. »Wenn wir Pech haben, ist der Platz weg und der nächste Aufrücker auf der Liste hat ihn! Dann gute Nacht.«

»So verhält sich doch niemand, Tini.«

»Mama, hier geht es um Kinderbetreuung. Wir leben nicht mehr in den Achtzigern, als die Welt nur aus Milchschnitten, Hörspielkassetten und Glückseligkeit bestand. Heutzutage ist allen Eltern jedes Mittel recht. Am besten fährst du morgen in die Kita und klärst das, bittest um Vergebung, dass du nicht erreichbar warst, und bietest an, dass du jederzeit als Vorlese-Omi zur Verfügung stehst und einmal die Woche glutenfreien Kuchen und Overnight-Oats vorbeibringst, wenn wir den Platz bekommen!«

»Tini. Alles entspannt. Ich regle das. Und jetzt komm bitte runter. Ich bin doch da. So oder so.« Das klang jetzt etwas scharf, aber so langsam reicht's.

Die kleinen Engelchen klettern in den Defender, und wir ruckeln über schiefe Waldwege nach Hause.

»Was hat Mama denn?«, fragt Fritz-Ferdinand von hinten.

»Ach, Mama hat nur etwas Stress im Beruf. Erwachsene lassen sich immer stressen, mein Hase. Nichts Besonderes. Das muss dich nicht beunruhigen.«

»Erwachsene sind komisch. Immer wollen sie nur arbeiten. Und dann müssen sie sich davon erholen. Sie sollten lieber spielen. Das ist viel besser für die Leber.«

»Woher hast du das denn?«, frage ich interessiert zurück und werfe einen Blick in den Rückspiegel.

»Weil dann weniger Läuse über die Leber laufen – ganz einfach«, erklärt mir Fritz-Ferdinand völlig überzeugt. »Wenn man sich ärgert, leidet die Leber, und dann kommen die Läuse und laufen drüber. Weißt du das nicht? Ohne Ärger keine Läuse. Ist doch logisch!«

Ganz schön schlau, mein kleiner Enkel.

»Omi, ich hab Hunger«, wirft Sophia ein.

»Ich auch. Dann halten wir kurz in meinem Lieblingsbiomarkt und kaufen frisches Brot, Butter und Aufschnitt ein.«

Der Markt ist übrigens wunderschön. Die Ware ist in weißen Regalen platziert und flüstert: »Kauf mich, ich bin bio und gesund!« Nicht wie beim Discounter, wo man das mit Billiggluten versetzte Fleischimitat aus Metallkäfigen zerrt, während der Vorgänger aus Hamburg-Billstedt einem in die Nase transpiriert. Hier kaufen die Menschen ein, die es können. Traurig, aber wahr. Hier stehen keine Osterhasen ab Neujahr und keine Weihnachtsmänner ab Ostern, und es muss selten etwas wegen Nanopartikeln aus dem Sortiment genommen werden. Der Durchschnittsdeutsche fährt trotzdem lieber ein größeres Auto, isst unglücklich gezüchtetes Schwein aus der Batterie und trinkt Pestizid-Kaffee. Auch okay. Ich bin da eher französisch. Essen ist Kultur. Dann hat der Defender halt 'ne Delle, aber auf dem Teller liegt dafür etwas Gutes. Du bist, was du isst.

Ein Vater und sein Sohn hinter den Kichererbsenchips reißen mich aus meinen Gedanken.

»Also, Oskar, was soll es denn werden zum Abendbrot? Wonach ist dir denn? Was soll der Papa am Herd zaubern? Nudeln? Oder Pellkartoffeln mit Quark? Oder doch lieber Käsebrot?«

Oskar ist ungefähr zwei und hält mit seiner tendenziell indifferenten Antwort nicht hinterm Berg: »Ja.«

Man kann ein Kind auch überfordern, denke ich, während wir an ihnen vorbeischieben. Mitspracherecht ist ja schön und gut, aber da, wo es sinnvoll ist. Auf die clevere Fragestellung kommt es an: Käsebrot oder Käsebrot? Du kannst einem Kind ja die Wahl lassen, aber dann bitte die richtige. Bedürfnisorientierte Erziehung nennt Tini das. »Es geht um gleiche Augenhöhe, Mama!« Aber seit wann ist ein Kind mit mir auf Augenhöhe? Vermutlich handelt es sich vielmehr um Überforderung auf Augenhöhe. Dabei sollten wir doch die Leitplanken für den Nachwuchs sein, nicht das Auto daneben. Ich bin für liebevolle Grenzen, die haben noch niemandem geschadet. Und zur Not auch mal deutlichere. Die jungen Mütter sehen das allerdings anders. Irgendwie verstehe ich das auch, denn sie stehen unter richtig großem Druck. Sie wollen alles richtig machen. Die ganz große Nähe aufbauen, indem das Kind den Ton angibt. Ist ja auch ein liebevoller Gedanke. Aber ständig die Oskars dieser Welt fragen, was sie denn gern hätten? Was ist mit dem Tag, an dem die gluten- und laktosefreie Pizzastange ausverkauft ist?

»Nein, wir lassen die Kinder nie schreien, es sei denn, wir stecken in einer Felsspalte.«

»Nein, ich trage Julius Caesar (Bitte mit ›K‹ sprechen, wie die Lateiner, da legen wir Wert drauf!) gern und schiebe den Kinderwagen vor mir her!«

»Nein, die Kinder schlafen bei uns im Bett, bis sie Konfirmation feiern, auch wenn wir jeden Morgen mit Fuß in der Nase aufwachen und wie Brüderlein und Schwesterlein leben.«

Tini hat mir das »neudeutsche« Attachment Parenting ihrer Freundinnen genau erklärt. Das fand sie nämlich selbst irgendwann etwas drüber. Ich war da ziemlich klar: »Tini, diese Erziehung ist der Eingang in die Hölle der Selbstoptimierung, und plötzlich pickt man Krümel vom Boden auf, bevor Besuch kommt, und wischt minütlich die Türklinken mit Sagrotan ab.«

»Ich weiß, Mama, ich sehe die Opfer täglich. Sie tragen nachts Beißschienen und ihre Kinder Bernsteinketten, absolvieren SAFE-Ausbildungen, schleppen sich zur Trageberatung und zu Nacktkrabbelkursen und stellen Wasservasen in ihre Feng-Shui-Kinderzimmer – und krümmen sich jeden Abend, wenn der Säugling am Nippel eingeschlafen ist, mit dem Gefühl in die Schlafposition, dass es die anderen besser können. Das kann ja nicht gesund sein. Und später kommt dann der Hobbywahn in Form von musikalischer Früherziehung, Schach, Jiu-Jitsu und Chinesischunterricht. Alles aus der Angst heraus, dass das Kind später nicht in der Gesellschaft klarkommen könnte. Und wenn sie selbst nicht mehr klarkommen, besuchen sie Kurse mit so klangvollen Namen wie ›STEP‹, ›Gordon‹ oder ›Starke Eltern – starke Kinder‹.«

Ich nickte zufrieden. »In short: Existenzielle Verunsicherung, da machen wir nicht mit. Opfer-Eltern produzieren nur Opfer-Kinder.« Und die taugen wenig zur Selbstbestimmtheit.

Aber zurück in unseren Biomarkt. Fritz-Ferdinand mustert den kleinen Oskar, der permanent in eine Richtung schielt. »Er will einfach nur Ketchup!«, stellt mein Enkel fachmännisch fest. Oskar lächelt ein fast zahnloses Lächeln und greift selig nach der rot leuchtenden Flasche.

Der Vater schüttelt den Kopf, nimmt Oskar das Seligkeitsding wieder weg, stellt es wahllos zwischen den Akazien- und Wildblumenhonig und geht weiter. Oskar heult den ganzen Laden zusammen, bis die beiden durch die Automatiktür verschwunden sind. Ferdi guckt ihnen hinterher, als wir uns an der Kasse anstellen, und murmelt: »Siehst du, der stellt lauter Fragen, aber die Antworten will er gar nicht hören. Möchte gar nicht wissen, wie viele Leberläuse bei dem laufen. Etwas mehr in den Wald gehen würde denen guttun.«

Muss ich noch erwähnen, dass Omi ein Tränchen über dem Warentrenner verdrückt hätte?

KAPITEL 11

Eleganz

*W*issen Sie, ich komme aus einer anderen Zeit, was das Verständnis für Eleganz angeht. Ich bin da völlig anders sozialisiert als die Menschen heutzutage.

Das fällt mir besonders dann auf, wenn ich an Ampeln stehe und gucke, was da so über die Straße kreucht und fleucht, während ich warten muss.

Frauen laufen heutzutage herum wie Wurfzelte. Von Weiblichkeit oder Verspieltheit keine Spur. Und ja, das dürfen Sie als kontroverse Meinung einstufen. Dafür rennen sie alle zum Beauty-Doc und machen dort das Falsche: Schlauchbootlippen, Brüste oder Po. Dabei müssten sie nur gerade gehen. Aufrechter Gang – mehr Titten. So einfach ist das. Und ja, manchmal muss man die Dinge beim Namen nennen, da führt kein Boxenstopp dran vorbei. Tati und ich wissen genau, was sich gehört, aber wenn wir reden, dann reden wir. Unmissverständlich. Da nehmen wir kein Blatt vor den Mund.

Es ist ein nieselnassgrauer Tag, also klassischer Sommertag in Hamburg, und genau in diesem Moment schieben sich so einige junge Schlauchboote an meiner Porsche-Kühlerhaube vorbei. Eigentlich hübsche junge Frauen, nur eben grausam verunstaltet. Die Jeans sind so weit, dass von ihrer Figur wenig zu sehen ist, und wenn doch, dann sind es immer die, die besser keine Skinny Jeans tragen sollten. Man könnte meinen, ganz London ist auf der Straße. Auf der Insel haben sie das nämlich noch nie verstanden.

Mode ist ein Gefühl, entweder man hat es oder nicht. In meiner Generation wurde das mit der Muttermilch aufgesaugt. Was das heutige Modeverständnis angeht, halte ich es wie mein alter Freund Karl Lagerfeld mit Heidi Klum: »Die kenne ich nicht. Die war nie in Paris. Sogar Clooodia kennt die nicht.« Ich catwalke dann lieber im Leo-Look durch Eppendorf und denke mir meinen Teil. Wie jetzt auf dem Weg zum Kindergarten, um Abbitte zu leisten. Wobei ich das nicht wirklich vorhabe. Es ist mehr zu Tinis Beruhigung.

Und so fahre ich völlig entspannt in ein Lastenrad auf dem Kindergartenparkplatz.

KAPITEL 12
Lastenräder

*W*as nun folgt, ist unfreiwillig komisch: Ich steige aus meinem Porsche und taste mich an das Lastenrad heran wie Tarzan an Jane. Ja, ich muss gestehen, es ist mein erstes aus der Nähe. Eigentlich möchte ich denen, die mit einem Lastenrad rumfahren, vorn immer ein bisschen Geld reinwerfen, weil sie so hilflos und mitleidenswert aussehen. Wenn ich sie nicht hinter meiner Frontscheibe bepöbele – im Geheimen. Denn manchmal benehmen sie sich wirklich wie Asphaltwildsäue mit eingebautem Selbstmordantrieb. Militant wird da gefahren. Straße kann auch Krieg sein. Es ist sicher sinnvoll, die Abgase in der Innenstadt zu reduzieren. Ich atme auch lieber saubere Luft, keine Frage, aber mit dem Lastenrad drei Kinder in die Kita strampeln, noch den Wochenendeinkauf erledigen und dann auf der Herbstlaubschmiere nach Hause rutschen, das möchte ich mir gar nicht vorstellen. Da möchte ich nur leise hüsteln und eine Augenbraue hochziehen, wenn ich es noch könnte. Sind ja kaum ein paar Wochen Sommer in Deutschland. So schnell hat man sein veganes Würstchen auf dem Grill gar nicht gewendet, da ist er schon wieder vorbei.

Mein Blick tastet das Lastenrad vor mir weiter ab. Es sieht eigentlich genauso unversehrt aus wie mein Porsche und hat sogar einen Namen. »Long John«? Ernsthaft jetzt? Als ich jung war, war der Porsche doch immer die Penisverlängerung, unter den veganen Ökos ist es jetzt also das Tretmobil, das so viel wie ein Kleinwagen kostet und durch seinen E-Antrieb Kinder im Kongo zum Kobalt-Abbau zwingt. Fürchterliche Sache. Aber lassen wir das. Ich bin kein Fan von moralischer Überheblichkeit. Das lasse ich den jungen Menschen von heute, da sind die ganz groß drin.

In diesem Moment steht plötzlich jemand neben mir, die Haare als Zopf, behelmt, kurze, beige Cargopants, abgewetzte Barfußschuhe. Gott sei Dank hat Tini nicht so einen angeschleppt. Der wäre noch schlimmer als die Schwiegerflasche.

»O Gott, was haben Sie getan?«, fragt der junge Höhlenmensch. Er sieht aus, als hätte ihm jemand gesteckt, dass im Baumarkt der Kleber für die nächste Sitz-Demo auf der Autobahn ausverkauft ist.

»Geparkt«, antworte ich und nehme in einer theatralischen Geste die Sonnenbrille ab. Finde, das passt einfach in die Situation, und fahre fort: »Aber Ihr Lastenrad steht auf einem Parkplatz für Autos. Es tut mir leid. Schauen wir einfach, ob etwas passiert ist, und tauschen Versicherungsdaten aus?«

»Mann, Oma, Sie kommen hier als Umweltsau mit Ihrem Schlitten an, fahren mein Lastenrad kaputt und zeigen kaum Reue?«

»Ich ersetze Ihnen selbstverständlich jeglichen Schaden. Reue ist jetzt aber ein großes Wort für einen kleinen Parkrempler, finde ich.«

Er japst kurz nach Luft, verschränkt die Arme und sagt: »Und genau deshalb denke ich ständig: Warum reden Sie überhaupt noch mit? Sie sind doch eh bald nicht mehr da und verpesten uns nur mit Ihrem Verbrenner die Zukunft.« Jetzt kocht es bei mir unterm Scheitel. Spinnt der?

»Okay, Freundchen, bis hierhin war das verbale Geplänkel ganz nett. Aber jetzt ist Schluss! Ich fahre im Hühnerstall Motorrad, solange ich will, und zwar, weil ich es mir verdient habe. Sonst würdest du hier in Trümmern aufwachsen. CO_2 ist nicht dein Untergang, denn solange ihr Trottel nicht alle Bäume für

Windräder rodet, betreiben die noch Fotosynthese. Mal davon abgesehen, dass Deutschland nur 0,002 Prozent Kohlendioxid ausstößt. Weltweit. Hier ist meine Karte, falls Sie sich Ihr Taschengeld aufbessern und einen Kratzer in Ihren Lack machen wollen. Diese Konversation ist beendet.«

Ich drehe mich um und will in meinen Porsche steigen, da fällt mir ein, dass ich ja noch den Kindergarten-Kniefall machen muss. Also fische ich einfach irgendwas aus dem Auto, damit ich nicht planlos wirke und meine schöne Rede entkräfte. Das Erste, was ich finde, ist eine Dose »Kaviar to go« samt Löffel, die Tati bei unserem letzten Adelsgeburtstag mitgenommen und im Auto gebunkert hat – für den kleinen Hunger zwischendurch. Könnte passender nicht sein. Jetzt fresse ich ihm auch noch die letzten Fischbestände weg. Hat er wenigstens etwas zu erzählen, wenn er heute Abend seinen milchfreien Hirsebrei löffelt.

»Long John« guckt mich nur sprachlos an, während ich, ohne den Blickkontakt zu unterbrechen, direkt vor ihm die Dose öffne, den Löffel in den kleinen Fischeiern versenke, um sie in meinen Mund zu verfrachten. Abgang. Das hat gesessen. Ein Hoch auf Tati! Aus »long« mach »little« – so geht das!

KAPITEL 13

Frauen

Als ich die Kita betreten will, klatscht es mich fast gegen die Tür. Grund: Die geht natürlich nur mit Chip auf. Zum Glück lässt mich eine Erzieherin rein und fragt aber auch gleich: »Haben Sie einen Termin?«

»Ja, mit Wickie… äh … Ihrer Chefin«, sage ich und lächle so nett ich kann.

»Ich sage ihr Bescheid. Würden Sie hier kurz Platz nehmen?« Sie deutet auf zwei Stühle und einen kleinen Tisch im Eingangsbereich, neben dem eine bunte Bildergalerie mit Blumenbildern hängt.

»Ja, gern. Danke.« Kaum habe ich das gesagt, stürmt eine Gruppe kleiner Menschen herein. Einige winken – ich winke zurück. Ein paar kleine Mädchen in luftigen Sommerkleidern gehen Hand in Hand und tragen Pippi-Langstrumpf-Zöpfe, zwei Jungs fliegen mit Flugzeugen durch die Gegend, die unter scharfen Auspuffgeräuschen Loopings drehen, und drei kleine Zwerge mit dicken Windelpopos trotten müde hinterher. Die Größeren verschwinden in die winzigen Toilettenkabinen, andere waschen sich die Händchen an den kleinen Miniatur-Waschbecken. Zumindest hört man die Wasserhähne rauschen. Ein ganz kleines Mäuschen krabbelt schnell ins Bällebad in der Ecke und gräbt sich unter lautem Gekicher ein.

Ich bin amüsiert und völlig absorbiert, bis mich ein paar wartende Mütter aus meinen Gedanken reißen. Drei junge Frauen stehen plötzlich direkt in meinem Sichtfeld. Dachte ich bisher, Mütter hätten alle ein goldenes Herz und würden sich gegenseitig empowern oder zumindest Verständnis füreinander zeigen, so kann ich Ihnen sagen, das war einmal: Mutter Nummer eins ist der Typ »Ich gebe mich auf«, Nummer zwei ist »Die Party ist noch nicht vorbei, oder?«, und Typ drei ist gar nichts und Fähnchen im Winde.

Mutter Nummer eins ist ziemlich aufgebracht, weil Nummer zwei wohl gegen den Perfekte-Mütter-Kodex verstoßen hat: »Was, Igor-Ludwig hat einen Schnupfen mit seinen elf Wochen? Dann stillst du wohl nicht voll, oder? Sonst würde er ja von deinem Nestschutz profitieren.«

Mutter Nummer zwei hat die Klatsche noch nicht ganz geblickt und schnieft: »Ich weiß es doch auch nicht, die Nase ist einfach dicht. Keiner schläft mehr. Ich bin völlig fertig.«

Mutter Nummer eins findet das gar nicht witzig: »Das ist eigentlich gar nicht möglich. Schrecklich für das arme Würmchen. Am besten bestellst du sofort Engelwurz und Thymian-Myrte-Balsam in der Bahnhofsapotheke. Und Bernsteinketten. Nicht, dass er schon zahnt, und du merkst es gar nicht. Und dann würde ich ihm ganz viel Liebe geben. Immer im Tragetuch – nichts anderes.«

Mutter Nummer drei nickt nur, und Nummer zwei ist kurz davor, wie ein Soldat zu salutieren. Doch dann fällt ihr ein: »Aber ... wir haben doch Konzertkarten! Wir wollten mal wieder was zu zweit machen. Nur einen Abend. Haben extra einen Babysitter aufgetrieben und ...«

Mutter Nummer eins kommt fast Qualm aus den Ohren: »Du hast einen Babysitter? Jetzt? In dieser Phase? Also damit haben wir uns ganz lange Zeit gelassen. Wir wollten als Familie erst einmal ankommen. Ich hätte mein Kind in diesem Alter niemals freiwillig abgegeben, aber das müsst ihr natürlich selbst wissen.«

Stille, die nur durch das Nicken von Mutter Nummer drei akzentuiert wird. Dann meldet sie sich aber auch mal zu Wort:

»Wir auch. Wir fangen jetzt erst langsam damit an – schließlich gehe ich in vier Wochen wieder arbeiten.«

Mutter Nummer eins kann ihr Entsetzen kaum verbergen: »Was, du willst schon wieder arbeiten gehen? Also für uns kommt das erst infrage, wenn Paul-Erich mir seine Gefühle mitteilen kann.«

Zum Glück springen in dieser Minute drei fröhliche kleine Jungs auf die Mütter zu und unterbrechen das Programm »Ratschläge« – Betonung auf »Schläge«. Am liebsten möchte ich ja hingehen und Mutter Nummer eins vorschlagen: »Wenn Sie das Leben kennen, geben Sie mir doch bitte seine Handynummer.« Aber ich verstehe auch, dass das nicht mein verbales Schlachtfeld ist. Mutter Nummer zwei tut mir einfach leid, als wäre sie meine Tochter. Vernichtet von ihren Geschlechtsgenossinnen schließt sie ihr Kind in den Arm. Fragt sich, wer die Umarmung gerade mehr braucht. Man möchte ihr fast über den Kopf streicheln und sagen: »Solche Freundinnen brauchst du nicht. Das sind nämlich keine. Du musst dich nicht schlecht fühlen. Und denk immer daran: Kein Gefühl ist final. Schreib dir das auf ein Post-it und klebe es an deinen Badezimmerspiegel. Das ist sehr beruhigend – vor allem für eine Mutter, die sich gerade wie eine Rabenmutter fühlt. Wobei Raben äußerst fürsorgliche Tiere sind, völlig verkannt.«

Warum verurteilen Frauen eigentlich ständig andere Frauen? Ich frage für eine Freundin. Nur mal so als Zwischenruf. Selbst ein eigener Begriff hat sich dafür eingeschlichen: Mom Bashing. Dabei haben sie am Ende des Tages doch alle eins gemeinsam: Sie sind Mütter und wollen das Beste für ihr Kind. Reicht das nicht als kleinster gemeinsamer Nenner? Sollte nicht ein unsichtbares gegenseitiges Verständnis füreinander durch die Luft wabern? Für Schlafentzug, Erschöpfung und Verzweiflung in der Trotzphase? Ich kann mich nicht erinnern, dass wir anderen

Müttern früher so reingeredet haben. Heutzutage muss sich jeder für irgendwas schämen: fürs Nicht-Stillen, fürs Babysitter-Engagieren, fürs Nicht-Babysitter-Engagieren, für die Tiefkühlpizza, fürs Arbeiten-gehen-und-nicht-genug-Zeit-Haben genauso wie fürs Zu-Hause-bleiben-und-trotzdem-nicht-genug-Zeit-Haben. Was wären Mütter ohne ihre Freundinnen? Vielleicht zufrieden. Schon verrückt, dass die Verunsicherten, die nach Anerkennung lechzen, den anderen erzählen, wie sie ihre Mutterrolle zu erfüllen haben.

»Frau von Henn?« Die Kindergarten-Chefin und ihre Wickie-Frisur unterbrechen meine Gedanken. Und keine fünf Minuten später teilt sie mir im Büro mit, dass wir einen Drei-Stunden-Platz für Fritz-Ferdinand bekommen, sofern wir ihn denn antreten wollen. Und das alles trotz Waldbadens ohne Handyempfang. Man muss eben doch noch nicht für alles Gewehr bei Fuß stehen. Und falls doch, dann war es nicht das Richtige. An alle »Rabenmütter«: Textmarker raus, bitte die letzten Zeilen anstreichen, danke.

KAPITEL 14

Hadertage

*J*a, die gibt es. Bin ja kein Übermensch. Heute ist so ein Hadertag, denn ich habe Zeit. Schwiegersohn Christian hat sich bereit erklärt, mit Fritz-Ferdinand und Sophia in den Zoo zu gehen, und Omi kümmert sich jetzt um ihr »Wellbeing«. Nachdem ich durch meine Wohnung getanzt bin und den Balkon bezupft habe, überkommt mich nur irgendwie die Tristesse, etwas Melancholie. Es fängt an beim Abstauben meiner Bildergalerie und endet mit Wehmut auf der Yogamatte. Sich zu nah an sich selbst heranzupirschen, kann auch wehtun, und ich schaffe es heute einfach nicht, die Dankbarkeit dagegenzusetzen. Und da man der Härte der Traurigkeit besser etwas Weiches anbietet, lege ich mich ins Bett und sinke in meine barocken Kissen. Wer alt werden will, der muss tough sein, kann ich Ihnen sagen. Dieses Hin-und-her-gerissen-Sein in der Jugend, die Rushhour des Lebens zwischen dreißig und vierzig, der offizielle Eintritt ins »erreichte« Rentenalter, all das liegt schon lange hinter mir. Das kann man mal gut, mal schlecht finden. In jedem Fall gibt es immer mal wieder was zu bedauern: die Epidermis, die Dinge, die man getan oder nicht getan hat, die Gebrechen, das nahende Ende. Klingt etwas morbide, ich entschuldige mich auch postwendend dafür, aber nennen wir das Kind einfach mal beim Namen. Ist doch erfrischend.

Das Rezept dagegen: Dieser Lebensabschnitt muss mit Sinn gefüllt sein wie ein Butterfass. Ist nichts mehr drin, kommt's weg. Will nämlich keiner mehr haben. Also besser immer auffüllen.

Meine Enkel schließen diese Lücke auf einer Seite perfekt, auf der anderen hätte ich dieses Feld lieber etwas später bestellt.

Eigentlich könnte ich jetzt in der Provence, in der Nähe von Saint-Rémy, sitzen, dem ausklingenden Blühen des Lavendels zusehen und einer lang ausgesprochenen Einladung in das Zuhause der französischen Diva Amanda Lear gefolgt sein. Final darüber philosophieren, ob sie nun ein Mann oder eine Frau ist – was bei ihr schon Thema war, bevor es ihr alle Welt nachtat –, und hier und da ein paar Petits Fours und Tarte Tatin naschen. Ich hätte diese Woche auch zu meinem langjährigen Freund John, dem Leadsänger einer New-Wave-Band, in das südenglische Seebad Brighton fliegen können, früher ein jährliches Ritual, um dort das Ende des Sommers zu genießen. Bei Nina, einer alten Lufthansa-Kollegin, die seit vielen Jahren in Mailand glücklich verheiratet ist, soll ich mich auch schon ewig blicken lassen. Wir hätten mit dem Rad – ja, ich fahre auch Rad, aber dann zum Vergnügen und nicht, um andere zu belehren – in die Biblioteca Ambrosiana fahren und uns Da-Vinci-Skizzen anschauen können. Alles zumindest drei Orte und Menschen, die nach einem größeren Abenteuer klingen, als mit Bio-Franzbrötchen und zu stark geröstetem Kaffee und daraus resultierenden Bitterstoffen in Hamburg-Eppendorf auf Spielplätzen auszuharren. Meine neue Aufgabe kettet mich ja regelrecht an diese dörfliche Stadt am Lauf der Elbe. Auf der einen Seite überflutet mich die Liebe für diese kleinen Mäuse, auf der anderen fühle ich mich gefangen und in meinem neuen Lebensplan beschnitten. Wofür ich mich ein bisschen schäme, denn keine Enkel sind der Fluch des Alters. Ohne diese kleinen Wesen fehlt etwas. Da winkt die Demenz bei so manchem schneller um die Ecke.

Aber zurück zu meinen Freunden: Ich hätte mich mit allen über das austauschen können, was mich bewegt, über das Dolce Vita im Alter, den gereiften Verstand und Königinnenpastete.

Nächtelang auf wachsgeflochtenen Gartenstühlen dem Mond ein Glas Wein einschenken und immer alles abbinden wie eine Endgültigkeit, weil kein Tag wie der nächste sein kann. Ich wollte mich mit all dem Schönen verwöhnen, Gastfreundschaft erwidern und mich von meinem plötzlichen Single-Dasein etwas erholen.

Denn auch wenn ich damit meinen Frieden geschlossen habe und Hans gut gehen lassen konnte, musste ich das Alleinsein erst wieder lernen. Böse oder verbittert war ich nie. Es war, als würde man sein Kind in die Welt hinausschicken. Lachen Sie nicht! So fühlte es sich an. Es voller Liebe ziehen lassen, damit es auf den letzten Metern etwas Neues erleben kann. Er konnte nicht anders. Und an einem Menschen festhalten, der bereits geht, ist in meinen Augen sinnlos. Wer weiß, welche Seele mir noch begegnen soll. Dafür muss ich ja auch frei sein. Mein Ego war natürlich gekränkt, aber das ist so kurz gedacht. Papperlapapp der Eitelkeit. Männer im Alter haben gewisse Impeti. Sie arbeiten plötzlich noch mal ihre Jugend auf, und das passiert nicht gemächlich, sondern von einem Tag auf den anderen. So schnell kann man gar nicht gucken, da buchen die sich einen Flug und gehen mit einem Gottfried, von dem man noch nie etwas gehört hat, zu einem Spiel von Manchester United, weil sie mal in einer WG in Cambridge zusammengewohnt haben. Aber auch das kann ich verstehen.

Ich kann generell alles verstehen, und das macht mich reich. Auch mich und meine Melancholie heute. Aber jetzt ist Schluss. Schließlich lebt das Glück in uns und ist überall zu finden. Wir müssen nur vermögen, es aufzuschließen. Jetzt liegt es halt mal in der Sandkiste.

KAPITEL 15

Männer

*A*m nächsten Morgen geht es gleich wieder los. Eine Nachricht von Tini lässt mein Display aufleuchten: »Mama, heute Nachmittag ist Kinderturnen. Bitte nicht zu spät kommen. Die flippen aus, wenn man den Begrüßungskreis nicht mit sitzt. Und könntet ihr gleich noch die Kita-Liste abarbeiten? Das wäre super! Du bist die Beste! In ewiger Liebe und endloser Dankbarkeit, Tini.« Ich grinse in meinen Zimtkaffee. Dann mischen wir heute also mal die Turnhalle auf.

Ein paar Stunden später sind wir bereits auf dem Weg. Immer wieder schön, wenn Erinnerungen an feuchte Füße, rutschgehemmte Böden und einen Hauch Fremdschweiß wach werden. Am liebsten möchte man ja mit Nasenriechklemme durch die Umkleiden robben. Aber die Kinder freuen sich wie verrückt, und darum geht es ja. Ich bin ja immer für Bewegung und entsprechend motiviert.

Tatsächlich muss ich nach den ersten fünf Minuten feststellen, dass die jungen Leute, die das hier veranstalten, ein ulkiger Mix aus kreativ und wahnsinnig spießig sind. Die Nummer ist perfekt durchdacht: Die Halle wird in zwei Hälften geteilt, in der Mitte eine Stoffwand heruntergelassen. Auf der einen Seite turnen die älteren Kinder in größeren Gruppen mit Fritz-Ferdinand und üben ganz konkret Purzelbaum, Bockspringen und Balancieren. Auf der anderen tollen die Kleinen in Sophias Alter herum und machen, worauf sie Lust haben. Die Geräte sind so ungewöhnlich zu verschiedenen Turnstationen aufgebaut, dass ich zweimal hinschauen muss: An der ersten müssen die Minis eine Bank nach oben balancieren, die in einem Sprungkasten eingehakt wurde. Oben schwingen sie sich mit einem Tau auf eine Rutsche, die eigentlich eine Weichbodenmatte ist. Als Nächstes geht es in einen vertikalen Sprossenwandtunnel, den man hochklettern muss, um dann an der Seite wieder runter in Richtung Rutsche zu gelangen. Den Turnzwergen bleibt dabei selbst überlassen, ob sie entweder nach unten rutschen oder herunterlaufen wollen. Da die Rutsche ganz schön weit oben eingehängt ist, ist das Ganze sogar richtig steil. Sophia ist begeistert. Dahinter ist aus ein paar Sprungbrettern eine Hügel-Laufstrecke geworden und aus dem Barren eine Kletternummer mit Absprungplatz. Eine Turnmatte, um die Hula-Hoop-Reifen gequetscht sind, fungiert als flexible Schaukel. Toll, was man sich hier einfallen lässt.

Sophia rennt sofort los, und auch Ferdchen will so schnell hinter der Wand zu seiner Gruppe verschwinden, dass ich kaum Zeit habe, ihm auch nur zu winken. »Nein, wir machen jetzt erst mal den Begrüßungskreis!«, herrscht mich eine junge Frau in engen Leggins an. Den Kindern gefällt das gar nicht, aber alle zwingen ihren Nachwuchs in einen Sitzkreis. »Wir wollen uns doch alle ordentlich vorstellen. Und dann müssen wir uns noch warm laufen und spielen ›Feuer, Wasser, Eis‹.« Natürlich hat sie da nicht ganz unrecht, und so erklärt jedes Kind einmal, wie es heißt, wie alt es ist und warum es so gern hierherkommt. Als wir damit durch sind, spielen alle »Feuer, Wasser, Eis«. Kennen Sie, oder? Alle galoppieren durch die Halle. Ruft einer »Feuer!«, müssen sich alle auf die Matten retten, ist der Ausruf »Wasser!«, müssen sich alle Mitspieler auf eine Höhe begeben, um sich vor dem Wasser in Sicherheit zu bringen, in unserem Fall auf die Bänke, den Barren oder die Sprossenwände. Fällt das Wort »Eis!«, bleiben alle Kinder stehen und bewegen sich nicht mehr, als wären sie die anstrengende Anna aus »Die Eiskönigin«. Das Witzige: Die Kinder sind so amüsiert über ihre Mütter, Väter und

Omis, die das Kinderspiel mitspielen, dass sie ihren Einsatz fast vergessen. Danach verteilen sich alle auf die Turnstationen.

»Omi, komm!«, jubelt Sophia, fasst meine Hand und rennt mit mir los. »Pferdchen spielen!« Bedeutet: Sie rennt mit einem Hula-Hoop-Reifen quer durch die Halle, und ich muss hinterher. Gut, dass ich yogafit bin. Was mir auffällt: Die Eltern haben keinen blassen Schimmer, wie die anderen heißen. Man unterhält sich zwar gelegentlich, aber es ist so, als hätte die aufgezwungene Vorstellungsrunde nie stattgefunden. Außerdem gibt es offenbar eine Trennung nach Body-Mass-Index bei den Müttern. Die dickeren Muttis bleiben alle beieinander, genauso wie die gertenschlanken. Oder liegt es daran, dass die meist auch schwereren Kinder der Mütter mit Übergewicht länger brauchen?

»Warte mal, Mausi, Omi muss etwas trinken«, japse ich und greife zu meinem grünen Tee to go, als die Vorstellungsrundenbeauftragte vor mir zum Stehen kommt: »Offene Getränke sind hier verboten. Das geht nicht.«

»Das mag sein, aber anstatt gleich wegen Kreislauf zusammenzubrechen, ist es vielleicht besser, wenn ich jetzt etwas aus dem verbotenen Becher trinke und wir keinen Krankenwagen rufen müssen, oder?«, zwinkere ich zurück. Sie presst die Lippen aufeinander und geht weiter. Mein Gott, sie wird ja nicht sterben, falls ich kleckere. Warum so unentspannt?

Aber wir sind noch nicht ganz fertig mit meiner neuen Freundin, denn Sophia greift fünf Minuten später nach einem Reifen, der zufällig neben uns liegt. Leider der einzige rote weit und breit, den unbedingt die Tochter unserer Hallen-Domina haben will. Ihr Kind flippt völlig aus und läuft heulend mit hochrotem Kopf hinter Sophia her.

»Else mag nur Rot. Und es ist der einzige. Den kann man ja auch mal abgeben«, motzt es hinter mir unter aufgeblähten Nasenlöchern.

»Das wird Sophia sicher gleich tun. Aber wissen Sie, was das Leben echt bereichern kann: etwas Flexibilität. Tut allen ganz gut. Falls Rot mal aus ist.« Ich sage das voller Mitgefühl, denn das Mädel tut mir wirklich leid. Vielleicht macht es ja noch klick. Man kann sich auch selbst im Weg stehen.

Überhaupt spüre ich Anspannung unter den Eltern. In ihnen rattert es, das merkt man: Gleich müssen wir noch einkaufen, was essen wir heute Abend, was ist heute eigentlich in der Kita schiefgelaufen mit dem Essen/den Erziehern/dem Englischunterricht, was stehen morgen für Termine an? Wobei der Stresspegel exponentiell steigt, sobald sich Mütter nähern, die Väter sind tatsächlich nur am Turnen und Anfeuern. Die verzweifeln höchstens, wenn es Paul-Moritz-Mitch nicht vom Trampolin auf den Barren schafft. Das denke ich auch noch, als wir wieder in die Umkleide wollen und einen Zwischenstopp an der Toilette einlegen müssen, die sich direkt vor der Männerumkleide befindet. Zwei Väter, deren Namen ich natürlich vergessen habe, helfen dort gerade ihren Söhnen aus den Hosen, und der eine sagt zum anderen: »Ich war auf einem irren Männerfestival letztes Wochenende. ›Spüre deine Eier, deinen Arsch, dein Geschlecht‹ war das Motto. Richtig gut. Tänze, Kämpfe, Yoga, gute Crowd. Alle sehr reflektiert, auch etwas lost, aber angenehm auf der Suche.«

Sein Gegenüber ist eigentlich im Begriff, sich die Straßenschuhe anzuziehen, hält jetzt aber inne. »Alter, und das fandest du gut? Sorry, aber zu so was kriegen mich keine zehn Pferde. Ich freu mich für dich, wenn du ein gutes Wochenende hattest, ehrlich, aber da würde ich lieber meine Frau und meine Kids zu ihren Eltern schicken und eine Runde Playsi zocken oder biken gehen.« Und damit ist der Spaß vorbei.

»Du benimmst dich echt wie die personifizierte toxische Männlichkeit!«, giftet der Festival-Fan. »Habe ich dich um deine Meinung gebeten? Willst du mir etwas aufoktroyieren? Ich bin da aus freien Stücken hin. Immerhin hinterfrage ich mich und die Geschlechterstereotypen unserer Gesellschaft, die du gerade bedienst.«

Jetzt schaut der Playsi-Zocker-Biker wie ein Hund, dem man den Knochen entrissen hat. Die Söhne auch. »So war es doch gar nicht gemeint, Mann. Ich wollte es dir nicht schlechtreden. Ich kann nur nichts damit anfangen, und ich bin zufrieden mit mir und meine Frau auch.«

»Ich sag dir mal was: Das denkt ihr nur. In Wirklichkeit lebt ihr das Patriarchat weiter, das man uns anerzogen hat. Und du verleugnest deine Gefühle.«

»Also, eigentlich ja nicht. Die habe ich gerade deutlich zum Ausdruck gebracht und …«

»Nein, du merkst es nicht mal mehr. Wäschst du daheim die Wäsche? Schmierst du die Schulbrote? Wischst du den Tisch mit einem Lappen oder der Handkante ab, mein Freund? Wer macht denn die Care-Arbeit? Du oder Ille? Ha! Dabei bist du längst in der Andropause, und dein Testosteron sinkt, und die harten Kerle sterben aus! So sieht's mal aus! Wir müssen uns neu erfinden – und zwar besser gestern als heute! Denk mal drüber nach!«

Hocherhobenen Hauptes packt der Yoga-Daddy seinen Turnbeutel und rennt aus der Umkleide. Unsere Blicke kreuzen sich, also der des Zurückgelassenen und meiner. Kurz muss ich an die SMS von Tini heute Morgen denken: »Mama, heute Nachmittag ist Kinderturnen. Bitte nicht zu spät kommen. Die flippen aus, wenn man den Begrüßungskreis nicht mit sitzt …« Sie hätte noch ergänzen können: »… und wenn man aus offenen Behältern trinkt, den einzigen roten Reifen der Halle anfasst, sich selbst nicht infrage stellt, weil man aus Versehen mit seiner Existenz zufrieden ist, und Männerfestivals redundant findet.«

KAPITEL 16

Kita-Besorgungen

*H*ast du die Liste mit? Die musst du brav abarbeiten. Da darf nichts fehlen, sonst sind die sauer.« Tini hängt schon wieder total gestresst im Türrahmen, während wir noch am Küchenblock frühstücken.

»Schätzchen, wolltest du nicht aus dem Kita-Mental-Load aussteigen und das alles mir überlassen?«, zwinkere ich und trinke einen Schluck Kaffee.

»Ja, entschuldige. Danke.« Tini wirft mir eine Kusshand zu und schnappt sich ihre Aktenordner, die bereits auf dem kleinen Konsolentisch an der Treppe im Flur warten. Es ist ein wunderschönes kleines Stadthaus, in dem die Familie meiner Tochter ihr Zuhause gefunden hat, und ich muss gestehen, ich bin sehr stolz darauf, dass Tini mein ausgeprägtes Stilgefühl geerbt hat. Auch wenn es nicht mein Geschmack ist. Hier weht ein Hauch Britstyle, gepaart mit dem von mir verhassten Minimalismus, den ich mich weigere zu verstehen, unterbrochen von einem gelegentlichen Augenzwinkern à la Mottentempel. Die Grundfarbe bei Tini ist Weiß, und alles muss immer verstaut sein. Dazu Holz meets Metall. Nichts Antikes natürlich, eher klare Flächen, aber immerhin etwas Relief, wie man es aus den Hamptons-Küchen kennt. Manchmal gefällt mir das, manchmal ist es mir zu sehr Ton in Ton. Das Leben ist ja nicht beige. Zu viel Minimalismus ist in meinen Augen wie mit Helm Fahrrad fahren: Einfach peinlich, weil man auch wirklich jedem klarmacht, dass man bei dieser Form der Fortbewegung um sein Leben fürchtet – und das mehr als um seine Frisur.

Der Minimalist hat Angst zu leben, wenn Sie mich fragen, denn Leben ist Chaos. Er versteckt sich lieber hinter der Reduktion und der Funktion, als seinen Charakter zu verraten. Und genau deswegen bringe ich Tini hin und wieder penetrante Knall-Accessoires mit, die sie dann auch behält und irgendwann sogar mag. Wie eine rote Kuckucksuhr, die im Flur hängt, um das ganze Wohnkonzept ad absurdum zu führen, was mich mit tiefer Befriedigung erfüllt. Gestatten? Grand-mère terrible! In der Küche hängen von mir Andy-Warhol-Geschirrtücher, die Schwiegerdepp Christian notorisch hasst, und als Rutschauto für die Kleinen rollt natürlich ein von Omi gespendeter grüner Miniatur-Porsche übers Parkett. Prägung und so. Kann man gar nicht früh genug mit anfangen.

Tinis Telefon klingelt, als würde das Gerät dafür bezahlt.

»O Gott, was?« Tini weicht sofort alle Farbe aus dem Gesicht. »Was ist passiert?«, fragt sie und schaufelt in einer Art Übersprungshandlung noch schnell Geschirr in die Spüle, was ja nun wirklich keinem weiterhilft, weil man es von da eh noch mal Richtung Geschirrspüler tragen muss. »Okay, ich bin gleich da.«

Sie legt auf und macht ein Gesicht, als hätte man ihr vorgeschlagen, als Work-Life-Balance-Optimierung ihren Laptop in einen Bach zu ditschen und sich mit einem Eichhörnchen anzufreunden. Schließlich findet sie ihre Fassung wieder: »Wir haben einen Mitarbeiter, dessen Frau sich vor einiger Zeit von ihm getrennt hat und bei dem dann eine Depression diagnostiziert wurde, mit der er offen umgeht, dummerweise nun auch gegenüber dem Assistenten der Geschäftsleitung. Der hat nicht gerade verständnisvoll reagiert und gepoltert, er identifiziere sich heute mit Taubstummen und habe kein Ohr für so einen Blödsinn. Daraufhin hat sich der Mitarbeiter beim Betriebsrat beschwert und ein Waschbecken demoliert.«

»Also früher war auch mehr Lametta. Da hätte man ganze Büroräume aus dem Fenster geworfen – heute reicht's gerade mal für ein Waschbecken«, entgegne ich trocken.

Tini guckt mich fassungslos an.

»Tini, das war ein Scherz. Und was passiert jetzt mit ihm?«

»Ich muss vermitteln. Schließlich habe ich ihn vor seiner Krise ja eingestellt.« Tini greift nach ihrem Blazer, küsst die Kinder und läuft Richtung Tür.

»Vielleicht fängt er mal an zu daten und verliebt sich in eine Sanitärinstallateurin. Davon hätten alle was. Tschüs, mein Herz!«, rufe ich und fange an, etwas aufzuräumen. Diese jungen Menschen und ihre modernen Krisen. Früher hätte man seine Zipperlein doch auch nicht mit zur Arbeit genommen, aber inzwischen gibt es ja für jeden Gemütszustand eine eigene Diagnose. Wenn ich mal im Flow bin, ist das manisch, wenn mir meine Konzentration nach einem langen Tag flöten geht, habe ich ein Aufmerksamkeitsdefizit … Als ob das Leben leichter wäre, wenn man allem immer gleich einen Namen gibt. Und am Ende ist ja doch immer die Mutter schuld. Oder die Großmutter. Das hättet ihr wohl gern.

Als die Küche aufgeräumt ist, fällt mein Blick auf DIE LISTE: »Passfotos, bitte zwei große und zwei kleine, einen Trinkbecher, Brotdose, Hausschuhe, Gummistiefel, Matschhose, Sonnencreme, ein Handtuch, Badebekleidung, einen Leinenbeutel mit Wechselkleidung, Malkittel, Geld für Gruppenkasse, Turnbeutel mit Turnzeug. Bitte alles mit Namen beschriften.« Hollala. Die machen echt keine Scherze. Da haben wir heute ordentlich zu tun.

Eine halbe Stunde später sind wir auch schon unterwegs. Eigentlich hatte ich mich auf einen gemütlichen Einkaufsbummel gefreut, aber irgendwie hat ständig jemand Hunger oder Durst, oder der Kinderwagen verkeilt sich an Aufstellern, Bordsteigen oder Gehhilfen meiner Altersgenossen. Wir kämpfen uns durch den Trubel und haken alles brav ab: Becher, Brotdose, Leinenbeutel, Turnbeutel. Irgendwie nimmt es kein Ende. Die Geschäfte sind alle viel zu warm oder zu klimatisiert, und so schicke ich zwischendurch immer wieder Stoßgebete zum Himmel, es möge doch endlich ein Ende nehmen. Um uns herum: viele andere Eltern mit quengelnden Kleinkindern. Zwischendurch klingelt mein Handy, aber ich gehe nicht ran. The person you are calling is mentally not available. Ich will nur noch fertig werden. »Omi, Durst!«, »Omi, Hunger!«, quengelt es dazwischen immer wieder. Hier ein Wasser, da ein Milchbrötchen. »Omi, ich habe mich gestoßen!« – »Können wir den Teddy da kaufen?« – »Kann ich auf das Mini-Karussell/Auto/den Massagesessel?« – »Nein.« – »Nein.« – »Nein!«

Irgendwann sind wir tatsächlich fast fertig. Es fehlt nur noch eins: die Matschhose. Und tatsächlich finden wir ein letztes Exemplar! Fritz-Ferdinand ist ganz aufgeregt, denn die Hose ist baggergelb. Das ist natürlich »cool«. Es ist auch noch die letzte! Und auf halb neun steht eine Mutter, die genau das Gleiche gespannt hat. Jetzt heißt es schnell sein, oder wir müssen durch die halbe Stadt ins andere Kaufhaus. Nicht mit mir! Zwei Gehetzte, ein Gedanke – und so dämlich das auch ist, hechten wir auch schon beide auffällig unauffällig in Richtung Textil. Die junge Frau erwischt das linke Hosenbein, ich das rechte. Wut steigt in mir hoch, schließlich sind wir schon ewig unterwegs, die Luft ist entsetzlich, und meine Enkel machen mich wahnsinnig. Da kann man als junger Mensch auch mal nachgeben, oder? Ich schaue zur Seite und sehe, dass meine Widersacherin drei Kinder dabeihat. Sie ist bestimmt erst Mitte dreißig, aber trägt Augenringe wie eine Hundertjährige. Doch nachgeben? Nein, egal, ich brauche diese Matschhose, dann ist endlich Feierabend.

»Sie sind so albern! Wollen Sie sie nicht loslassen?«, faucht mich meine Matschhosenmitstreiterin an.

»Nein, eigentlich nicht, es ist das letzte Teil auf der Kindergartenliste!«

»Ach, und bei mir vielleicht nicht? Hau bloß ab, Oma!«

In dem Moment, als ich mir überlege, ihr das Matschteil zu entreißen, um es ihr um die Ohren zu klatschen, springt ein Verkäufer zwischen uns.

Er hüstelt und greift mit langen spitzen Fingern nach der Hose. Nanu? Was soll denn das?

»Tut mir leid, meine Damen. Dieses Produkt wurde zurückgerufen.«

»Wieso das?«, fragen wir zeitgleich.

»Das Gelb der Hose besteht aus einem Azofarbstoff, der den gesetzlichen Grenzwert überschreitet, was bedeutet, dass kanzerogene Amine im Spiel sind, die im menschlichen Körper durch reduktive Spaltung wieder in ihre Ausgangsstoffe zerlegt werden können, was durch Darmbakterien oder Azoreduktasen der Leber oder von extrahepatischem Gewebe geschehen kann. Außerdem ist die Sonnenschutzkennzeichnung falsch. Bedeutet: Die angegebenen UV-Werte sind nicht verlässlich. Und wir haben hier Kordelzüge mit freien Enden, die können sich bei verschiedenen Aktivitäten eines Kindes verfangen und zu einer Strangulierung führen. Total gefährlich. Ich muss diese Hose leider beschlagnahmen. Sie ist eine Gefahr für sich und andere.«

»Für sich? So gefährlich kann Kleidung sein?«, fragt meine Matschhosengegnerin zurück und schaut mich an. Ich zucke mit den Schultern.

»Es freut mich, dass ich Sie vor größerem Schaden bewahren konnte«, sagt der junge Mann, zupft noch einmal an der Hose, die meine Mitkämpferin bis eben noch mit zwei spitzen Fingern festgehalten hat, und verschwindet.

»Es tut mir leid, ich war wie von Sinnen«, sage ich und schaue die junge Frau an.

»Ich auch. Sorry. Es ist alles so viel. Ich brauche das alles mal drei.«

Wir lächeln uns an. »Wollen wir einen Versöhnungskaffee am Rande des kleinen Indoor-Spielplatzes gegenüber trinken?«, schlage ich vor. Bin mir selbst peinlich und muss mich erst mal wiederherstellen.

»Gern …«, sagt mein Gegenüber, die Kinder jubeln, bis Fritz-Ferdinand auf den Verkäufer zeigt, der gerade an uns vorbeigehen will – mit einer Tüte und einem mehr als verdächtigen Kassenbon in der Hand. Alle kapieren sofort.

»Der Wicht ist überhaupt gar kein Verkäufer!«, stellt meine neue Freundin fest und stößt einen Schrei aus.

»Wenn sich zwei streiten …«, lacht der junge Mann und streicht sich durch die gegelten Haare. Er ist sogar so schadenfroh, dass er die Hose aus der Tüte holt und damit winkt. Wir schauen ihn fassungslos an. Kindergarten ist offenbar Krieg. Und ich dachte immer, das gilt nur für die Autobahn.

»So eine miese Type, jedes Mittel ist denen recht«, flucht es neben mir. In dem Moment kommt eine Verkäuferin mit einer dicken fahrbaren Kleiderstange, an deren Ende Handtaschen im Rockstud-Look hängen, um die Ecke – und ritsch-ratsch ist die Hose Geschichte. Aufgespießt. Regenschutz adé, am Schritt komplett aufgerissen, nicht mehr praktisch, sondern unbrauchbar.

»Du verdammte Pute!«, schreit der Mann. »Das war die letzte. Und jetzt kann ich wieder mit der Liste losrennen!«

Muss ich noch sagen, dass die Kids und ich einen neuen Running Gag haben? Wir lachen immer noch.

KAPITEL 17

Feminismus

Der Regen trommelt gegen die Fenster, und die Kinder spielen Ladybug mit kleinen Filzmasken im Gesicht, während ich Käsebrote schmiere und nachdenke. Vielleicht verstehe ich ja auch alles falsch, was den modernen Feminismus angeht, aber irgendwie treibt er doch seltsame Blüten. Neulich surfte ich kurz durchs Netz und blieb an der Werbung eines Sportartikelherstellers hängen: Da posierte ein Mann mit viel Brusthaar im Badeanzug. Was will man uns damit sagen? Ist der Mann jetzt die bessere Frau? Miss Nederland ist eine Transfrau mit schiefem Gebiss geworden. Vielleicht wäre sie die schönste Miss Trans gewesen – aber unter den anderen Teilnehmerinnen gab es doch auch hübschere mit geraden Zähnen. Und eine Bundestagsabgeordnete, die als Mann geboren wurde, Kinder gezeugt hat und den Großteil ihres Lebens als Mann in Erscheinung getreten ist, hat unter ihrem männlichen Vornamen einen der Frauenquotenplätze ihrer Partei bekommen. Von Quoten habe ich zwar noch nie etwas gehalten, aber ist das ihr Sinn? »Inzwischen hat sie ihren Vornamen geändert und ist auch rechtlich kein Mann mehr«, erklärte mir Tini letztens. Ich bin ja bereit, zu lernen, aber bis ich das nachvollziehen kann, wird wohl noch viel Wasser die Elbe runterfließen müssen.

»Kennst du den Begriff TERF, Mama?«, fragte mich Tini später.

»Nein, was ist denn das?«, wollte ich wissen.

»Das steht für Trans-Exclusionary Radical Feminist, also für eine Emanze der alten Riege, die der Ansicht ist, dass der Feminismus nicht für Transfrauen gedacht war, und die sich durch Transmenschen als Frau diskriminiert fühlt.«

»Da kann einem aber auch schwindelig werden. Alle kämpfen für ihre Akzeptanz und dann wieder gegeneinander. Wie redundant. Klingt nach Arbeitsbeschaffungsmaßnahmen.«

Wir mussten lachen, aber eigentlich ist es nicht witzig, denn sind wir nur einen Schritt weitergekommen? Nein. Die Emanzen aus meiner Zeit müssten doch eigentlich daheim die Hände über dem Kopf zusammenschlagen. Die Frauen haben schon wieder das Nachsehen. Sie sind ja keine Frauen mehr, die sind nämlich eine Erfindung des Patriachats. Es gibt nur noch »weiblich gelesene Menschen«, die ihre reaktionäre Umwelt für Frauen hält. Eigentlich sind sie nur ein kulturelles Konstrukt. Sogar beim Menstruieren machen schon die Männer mit.

Ich sage es Ihnen: Die Weiblichkeit ist in Gefahr, wenn sie uns abgesprochen wird. In Flensburg an der Uni musste tatsächlich eine Bronzeskulptur abgebaut werden. Die Frauenfigur mit »gebärfreudigem Becken« hatte die Studentinnen verstört. Also weg mit dem Ding. Stattdessen wurde ein Fragezeichen aufgestellt. In Regenbogenfarben. Symbolischer geht es nicht. Die Geschlechtsverunsicherten mit ihrem geschlechtsneutralen Fragezeichen. Zu viel Sinnlichkeit und weibliche Kurven sind jetzt, Pardon, »verstörend«. Die Frage ist nur: Waren sie jetzt frauenverachtend oder frauenverherrlichend gemeint? Und wenn eine Figur mit einem breiten Becken alle nur ans alleinige Mutterdasein denken lässt, ist das dann nicht Diskriminierung durch die eingeschränkte Sichtweise des tumben Betrachters? Auch breitbeckige Damen haben Geist und Intellekt. Ihnen diesen abzusprechen ist doch genau das, was wir nicht wollten. Der Grundgedanke war doch die Gleichwertigkeit, gleiche Stimme, gleiche Chancen. Nicht, dass unsere Körper gleich sind, das können sie ja gar nicht sein. Wäre ja auch langweilig.

Wo ist Alice Schwarzer, wenn man sie braucht? Sie müsste mal auf den Tisch hauen, aber sie ist ja jetzt unter die Friedenstauben gegangen, was auch nicht verkehrt ist, Frieden ist immer gut, aber das ist eben nicht genug. Eigentlich bräuchten wir die Frauenbewegung jetzt mehr denn je, weil alles aus dem Ruder läuft.

»Oma, ich hab Hunger«, reißt mich ein kleiner Engel aus meinen Gedanken. Ferdi steht vor mir.

»Geht gleich los. Omi schält noch schnell ein paar Möhren, okay?«

»Okay, aber bitte beeil dich.« Er trollt sich wieder. Guter Junge.

Und während ich noch über den modernen Feminismus in seiner Ganzheit nachdenke, schmiert er sich mir gleich am nächsten Tag schon wieder aufs Brot.

Es ist noch früh, und eigentlich will ich nur ein paar frische Brötchen für die Kinder holen, bevor »meine Schicht« beginnt. Trotzdem muss man sich ja nicht wie der letzte Clochard unters Volk mischen. Ich schlüpfe in ein dunkelblaues Cashmere-Kleid, echt Vintage, wie die jungen Leute heute sagen, aber wie neu. Früher waren die Cashmere-Ziegen einfach besser im Fell, Pilling kannten wir nicht, und das, wo meine Pullover Vielflieger waren und echt was mitmachen mussten. Zufrieden betrachte ich mich im Flurspiegel. Selbst die Bulldogge mit Weltraumhelm auf dem kleinen Konsolentisch scheint mir beizupflichten. Darüber einen Trenchcoat geworfen, und los geht's.

Vor der Biobäckerei »Backfein« laufen meine Loafer und ich über einen improvisierten Bürgersteig, während die Pressufthämmer dröhnen. Die Männer an der Baustelle sind so vertieft in ihre Bauarbeiten, dass sie gar nicht merken, dass sich die Fußgänger rückstauen. Und so stehen wir in einem immer größer werdenden Grüppchen an, zwei Männer, eine Studentin, eine Mutter mit Kinderwagen, ein Kollege der Bauarbeiter in Orange.

Direkt neben mir wartet ein älterer Herr, er trägt ein Hahnentritt-Jackett mit Einstecktuch, Budapester und dazu Chino Pants. Er ist ergraut wie der Himmel, aber er sieht dabei himmlisch gut aus. Ich tippe auf sechzig, ein Jungspund, aber ganz wegsehen kann ich auch nicht. Es ist einfach schön, wenn Männer gepflegt und stilvoll altern. Weiße Zähne, aber nicht zu weiß, kein Bleaching-Opfer – Sie wissen, was ich meine? Typ *Bild*-Chefredaktion unter Kai Diekmann, in die Jahre gekommen, ohne exzessiv geraucht oder gebechert zu haben. Ja, das trifft es. Er korrigiert seine schwarze Brille mit dem dicken Rahmen, guckt mich an und sagt aus dem Nichts: »Entschuldigung, darf ich Ihnen ein Kompliment machen? Dieses Kleid steht Ihnen ausgezeichnet.«

Ich bin so perplex, dass ich nur lächeln kann. So etwas höre ich ja nicht ständig, auch wenn er völlig recht hat.

Ich will gerade zu einem »Danke, das freut mich« ansetzen, da sagt die junge Frau hinter mir, die ihren Fahrradlenker umkrampft: »Das ist total übergriffig. Was erlauben Sie sich? Lassen Sie die alte Dame in Ruhe.«

Wie bitte? Ich bin völlig entsetzt. Da bekommt man mal ein nettes Kompliment, einfach so auf der Straße, das man mit in den Tag hätte nehmen können, das einen leichtfüßig über den Eppendorfer Baum hätte schweben lassen können und an dem man sich hätte laben können, während man auf dem Spielplatz auf der Parkbank zwischen sich auftuender Ödnis und Entzücken zu verschwinden droht, und dann kommt diese dumme Pute und macht alles kaputt? Und wer ist hier eine alte Dame? Klingt so nach Rollator, Kartoffelsuppe im Altersheim löffeln und rausnehmbarem Gebiss.

»Entschuldigung, was fällt Ihnen denn ein? Der Herr war gar nicht übergriffig, und ich freue mich über das Kompliment. Wenn Sie so weitermachen, Kindchen, und jedes Kompliment als Übergriff abwerten, werden Sie ganz schön allein durchs Lebens gehen. Und wenn Sie es bis in mein Alter schaffen, werden Sie den Pfiffen der Bauarbeiter aber so was von nachtrauern, denn irgendwann werden Sie unsichtbar, und kein Schwein guckt mehr, und dann können Sie sich noch nicht einmal daran erinnern, dass Sie mal verdammt heiß waren.«

»Genau«, pflichtet mir einer der Bauarbeiter bei. Mein Kompliment-Mann schmunzelt, die Mutter mit dem Kinderwagen ebenfalls, während sie murmelt: »Geht mir jetzt schon so. Mit Bauch oder Kinderwagen ist ja das Gleiche.« Und plötzlich klatscht einer der Straßenarbeiter, sein Kollege stimmt mit ein, der Rest auch. Die Presslufthämmer stehen still. Nur die vorbeifahrenden Autos – und das sind noch nicht so viele um diese Zeit – und das Klatschen sind zu hören. Es ist ein bewegender Moment.

»Sie sind fantastisch, darf ich Ihnen über diese Baustelle helfen? In diesem fantastischen Kleid? Und Ihnen meine Karte geben?«, fragt mein Spontan-Schwarm: »Ich bin übrigens Wolfgang, Designer, und Ihre Attitüde ist einfach inspirierend. Würden Sie mir die Ehre erweisen und Teil unserer neuen Kampagne werden?«

»Aber gern!«, lächle ich, ergänze »Hildegard!«, reiche ihm meine Hand und lasse die junge Frau mit offenem Mund über ihrem Kinnriemen stehen. Fast wäre sie über die Pedale ihres Fahrrads gestolpert.

Als wir die provisorische Holzbrücke überquert haben, pfeift einer der Bauarbeiter zwischen seinen Fingern hindurch und ruft: »Hildegard, wäre ich älter, ich würde sofort mit dir ausgehen!« Ich winke allen wie die Queen, stecke Wolfgangs Kärtchen in meine Manteltasche und steige eine Stufe hoch in den Bäckereiduft.

So schön kann ein Morgen beginnen, wenn man durch und durch man selbst und Frau ist. Auf dem Weg zu den Kids summe ich »I Am Woman« und mustere mich kurz im Schaufenster. Ja, Kinder, der neue Feminismus mag hier und da gut gedacht sein, aber da müsst ihr noch mal ran. Seine Weiblichkeit mit Stolz leben und Männer in ihrer Andersartigkeit genießen macht nämlich auch Spaß. Und der ist euch irgendwie abhandengekommen.

KAPITEL 18

Totentanz

*H*eute ist Volkstrauertag. Zumindest in meiner Welt, denn auch wenn das Alter ein Geschenk ist, es bringt leider auch ungebetene Gäste mit: den Schmerz des Abschieds. Leben ist Veränderung, weiß ja jedes Kind, fängt schon im Säuglingsalter an, tschüs zur Brust, zum Schnuller, zur Windel. Aber diese Adieus feiert man noch, denn es geht immer weiter bergauf. Die Abschiede transformieren sich in größere Freiheiten, es findet eine Entwicklung statt, alles gedeiht. Das kann ich vom letzten Drittel des Lebens leider nicht behaupten. Vielmehr ist es ein Adieu für immer, während man peu à peu eingeht wie eine vergessene Topfprimel. Die einen besser, die anderen schneller. Ich für meinen Teil welke gut, aber ich arbeite natürlich auch daran. Und zwar so kontinuierlich, dass meine Yogamatte bald Rücken hat. Aber auch ich stehe vor dem Spiegel und denke: tschüs, Unterhautfettgewebe, tschüs, Spannkraft, tschüs, Fortpflanzungsfähigkeit, tschüs, Baustellenpfiffe, tschüs, Helmut, Karl und Hannelore. Ja, es wird gestorben, und zwar gefühlt öfter, als wir Geburtstag feiern. Neulich wollte Tati eine Soiree schmeißen, so wie früher, sie hatte schon die Kellner mit den weißen Handschuhen auf ihren Landsitz bestellt, die Blumen ausgewählt, das Catering im Kopf vorgekocht und die bunten Tischdecken aufbügeln lassen, da fiel uns auf, dass es ein Problem gab.

»Hildi, was ist denn mit Theo? Der war doch immer super für die Stimmung. Großer Knotentänzer! Ich erreiche den nicht!«, stellte Tati am Telefon fest.

»Der ist gerade in der Reha nach einer Hüft-OP«, antwortete

ich im herabschauenden Hund von meiner Yogamatte in meinen Lautsprecher.

»Oh. Und Roberta?«

»Die kriegt gerade die zweite Hüfte und wird morgen operiert.«

»Oh. Und Ernesto? Und Gustav?«

»Tot. Und noch nicht mal beerdigt.«

Ergo: Die Hälfte der Gäste war bereits unter der Erde, der Rest unpässlich, die Party wie geplant musste ausfallen. Es wurde stattdessen ein Mädelsabend. Der war fein wie ernüchternd, denn er war technisch gesehen ein Vorgeschmack aufs Witwendasein. Alles, was fehlte, war die Gruppenanreise per Bus mit Magnetfeldmatratzen- und Heizdeckenverkauf. Aber so sind wir ja nicht, dafür reihten sich vor dem Haus die Landrover und im Flur die fuchsbraunen Reiterstiefel aneinander. Tatis trockenes Fazit: »Gut, etwas Testosteron fehlt, aber mal ganz ehrlich: Wären die Männer hier, sie würden eh nur alle die Kürbiskerne aus dem Salat picken wegen ihrer Prostata und lamentieren. Dann können wir auch gleich allein tanzen.«

Ganz unrecht hatte sie damit nicht. Aber etwas Verunsicherung huschte doch über unsere Gesichter bis in die Magengegend. Es ist eben leichter ohne Mann, wenn er daheim wartet, anstatt gerade zu Erde zu kompostieren.

Abschied nehmen ist meiner Meinung nach das Schwerste am Menschsein. Selbst dahinscheiden stelle ich mir manchmal leichter vor. Und dann gibt es diese Menschen, die man einfach nicht gehen lassen möchte. Weil man es nicht schafft. Oder weil man Trost aus der Erkenntnis zieht, dass man wenigstens den Schmerz nicht loslassen muss, denn den kann man auch behalten. So geht es mir bei meinem Neffen Sascha. Ein possierliches Kerlchen, blitzgescheit, wortgewandt, intellektuell wie kein Zweiter und philosophisch ganz weit vorn. Und dann guckt er in einem unbedachten Moment im Januar auf sein Handy. Dummerweise sitzt er da am Steuer seines Drittwagens, eines widerlichen Smarts, und fährt über die Autobahn, während ein Sattelschlepper vor ihm bremst. Stauende. Sascha fährt gerade mal 80 Kilometer pro Stunde, aber er ist sofort tot. Mit 52 Jahren. Fast noch ein Teenager. An seinen Tod kann ich mich einfach nicht gewöhnen. Ursprünglich studierte er Theologie, dann wurde er Radiomoderator und schwappte rüber zum Fernsehen. Und da er wirklich, wirklich zuhören konnte wie ein Geistlicher, bekam er die dichtesten Interviews. Dazu kam noch eine Persönlichkeit, die phänotypisch an einen Kieler Segler mit Columbo-Schusseligkeit erinnerte, und eine sonore Stimme. Nur haben Künstler es so an sich, dass sie bitte an der Welt leiden müssen, steigert ja die Kreativität, ist nur nicht immer so gesund. Und unter Umständen wird man seelisch so osmotisch, dass alle durch einen hindurchdiffundieren, weil Abgrenzung schwierig wird. Und so litt mein Lieblingsneffe häufig an der Welt, an der Endlichkeit, an den Menschen und an sich, was ich gut verstehen kann, auch wenn ich nicht so bin. Aber er litt auch meist nur ein, zwei Flaschen Wein lang, dann stand er wieder auf und stellte sich dem Alltag wie eine robuste Eiche und drehte Filme und liebte das Leben.

Wir teilten so viel miteinander: die Liebe zu Hunden, Tulpen, zum Segeln, zu Altadel-Spleens und Kaviar statt Butterbrot, wofür man bitte ungesalzenes Streichfett verwenden muss, da der Kaviar quasi an die Stelle des Salzes in der Butter tritt. Merken Sie sich das, falls Sie mal zum Adel müssen. Zwischen Sascha und mir gab es immer einen Running Gag: Er rief an und gab mir Bescheid, wann das nächste Familientreffen anstand. Ich fragte dann immer: »Auf welchem Schloss sind wir denn?« Und er pflegte zu sagen: »Hildi, Schlösser hängt man an Türen. Es ist nur ein Haus. Und dieses Jahr sind wir in Bückeburg.«

Dort stand er dann, mit Einstecktuch und gewichsten Budapestern, und hielt mir die Tür auf. Und wir saßen bis spät in die Nacht mit einer Flasche Wein, und er erklärte mir, was er am Hause Schleswig-Holstein so schätzte: »Die britische Noblesse. Die haben nicht so dieses Gekippte wie so manch andere Adelshäuser, deren Protagonisten mich immer an Zirkuspferde erinnern, denen alle Sicherungen durchgebrannt sind: Da siehst du im Auge die letzten Funken schlagen. Ich denke so oft, diese Akkuratesse, die hatte ich einst auch. Aber ich liebe es so sehr, das Enfant terrible zu sein. Ich mache mir über von Motten zerfressene Hemdkragen mehr Gedanken als früher um das Tweedsakko mit dem richtigen Einstecktuch. Ich habe alles. In hundertfacher Ausführung. Aber ich mag der Geist sein, der immer stört und nie verneint.«

Ach, Sascha, warum musstest du so früh gehen? Und auf so unnötige Art und Weise? Heute möchte ich weinen, und das mache ich auch. Als ich von seinem Tod hörte, war ich am Boden, hätte am liebsten im Himmel angerufen und »Nehmt mich, doch nicht ihn, ihr Trottel!« geschimpft. Aber da lag er schon im Leichenschauhaus und lächelte, ohne zu atmen. Er lächelte tatsächlich als einzige Leiche, wie mir der Bestatter versicherte. Wer weiß, wer ihn in Empfang genommen hat? Es kann nur ein Engel gewesen sein. Er war selbst in jungen Jahren schon alt und immer weise. Eine alte Seele. Hätte sie nur etwas mehr Zeit bekommen. Und weniger Smart und Smartphone – beides in Kombination war sein Ende. Mein Defender hätte dem Sattelschlepper etwas gehustet. In der Elchschleuder war gleich Schluss.

»Du musst es einfach akzeptieren, ändern kannst du es eh nicht mehr«, sagt Tati immer mal wieder zu mir. Und: »Lebenskunst ist die Kunst des richtigen Weglassens. Lass den Schmerz gehen.« Recht hat sie. Und bei vielen anderen steh ich auch leichtfüßig am Grab, werfe mein Röschen ins Loch und denke:

Du hast dein Leben gelebt, es war alles dabei, es ist traurig, aber okay, wann gibt es Kuchen? Nur bei Sascha kann ich es nicht.

»Die meisten Menschen beweinen sowieso nur ihre eigene Endlichkeit am Aushub und Schäufelchenheben, wenn wir ehrlich sind«, pflegt Tati zu sagen und meint es auch so. »Und der Rest von uns hält Ausschau nach heißen Witwern, um dann festzustellen, die haben auch wieder nur Prostataprobleme oder suchen eine neue Haushälterin.«

Ich hoffe, dieses Kapitel ist nicht zu derbe für Sie? Wir verlieren unseren schwarzen Humor doch nicht, weil wir irgendwann gehen müssen. Der Tod ist der Gleichmacher, dem wir alle unterliegen – man sollte sich mit ihm anfreunden, denn er ist ja wie die Steuer. Unaufhaltsam. Zum Bedauern dieser Tatsache habe ich auch gar keine Zeit, ich werde schließlich gebraucht und bin viel zu neugierig auf alles, was noch so kommt. Nur heute möchte ich im Schmerz baden, mich mit Kleenexboxen von Lüster zu Lüster schleppen und kurz klammern, um dann loszulassen und mich im Akzeptieren zu üben. Ich halte das für völlig gesund. Ist wie Steppjacken in die Reinigung tragen. Trauer erzeugt Tiefe, und ich mag Deep Dive. Schmerz ignorieren bedeutet nur, die Krankheiten von morgen hereinzubitten. Morgen verleihe ich dem Ganzen wieder einen Hauch Leichtigkeit und sage mir, dass der Schmerz nur durch meine Bewertung entsteht und ich meinen Sascha in meinem Herzen trage und er dort für immer wohnt wie früher im Eppendorfer Altbau.

»Tante Hildi«, hätte er gesagt, sich geräuspert, die Brille auf der Nase hochgeschoben und gelächelt. »Du kannst dich täglich selbst entscheiden. Jedes Lied, jeder Moment, jeder Mensch hat nicht mehr als die Bedeutung, die du ihm verleihst.«

Recht hat er, der gute Junge. Und jetzt heul ich mich aus, bis die Tränendrüsen sich mit der Wüste Gobi identifizieren. Und morgen liebe ich das Leben.

KAPITEL 19

Shooting Day

*E*s ist unser vorletzter Tag, bevor Ferdchens Kindergarten los-
geht. Jetzt muss Omi noch schnell zum Shootingstar werden.
Wolfgang hat tatsächlich nicht übertrieben: Er ist der Head of
Design bei Moop, dem angesagten Cashmere-Label. Wahnsinnig
schick, wahnsinnig angesagt. So gut, so teuer. Und nach unserer
Baustellenaktion stand für ihn eins fest:

»It's all about attitude. Hildi, du musst Teil des Shootings werden. Bitte, bitte. Du bekommst auch Cashmere for free im Abo,
bis zur Urne.«

Und so fahren Ferdchen, Sophia und ich aufs schleswig-hol-
steinische Land, denn die Kampagne soll in der Natur geshootet
werden. Es ist ein wunderbares Anwesen. Ein Gut im Grünen
wie aus der Rama-Werbung der Achtziger. Einfach alles in Butter. Ländereien, Herrenhaus, Ställe, hier bröckelt kein Putz. Gut
Panker ist ein Hotspot für Hochzeiten, Adelstreffs und Rosa-
munde-Pilcher-Süchtige, das umliegende Gutsdorf touristisch
erschlossen mit Gaststätten, Galerien und Kunsthandwerk. Alles
wie im Bilderbuch. Holsteinische Schweiz at its best. Wir fahren
an weißen Zäunen und meditativ grasenden Pferden vorbei. Als
wir vorfahren, fällt mein Blick auf eine alte Inschrift über dem
Eingangsportal, vermutlich 18. Jahrhundert: »Altes ausgebesser-
tes Haus/keines Tadels werth.« Dem ist nichts hinzuzufügen.

An den zentralen Mittelbau schmiegen sich vier Anbauten:
zwei Flügel zur Hofseite, zwei gartenseitige Turmpavillons. Im
Mittelbau erkennt man noch den Ursprung des Ganzen, das
Herrenhaus mit den ältesten Bauteilen aus dem 17. Jahrhundert.

Die Fassaden leuchten uns strahlend weiß entgegen, schlicht, kein Schmuck, kein Firlefanz, Klassizismus halt. Vor den Fenstern die Buchsbäumchen, frisch gestutzt. Hach, ein guter Ort. Sascha hätte gesagt: »Ein schönes Haus. Du weißt ja: Schlösser hängen an Türen.« Der Garten hat einen englischen Touch, 19. Jahrhundert: Wasserläufe, Brücken, ein riesiger Teich voller Seerosen und größere Baumgruppen. Wir fahren vor und parken neben einigen großen Kastenwagen voller Equipment und aufgehangener Wollträume.

Producer »Kitty« stürmt auf uns zu. Er ist in seinen Zwanzigern, vermutlich eher Männern zugeneigt, trägt bunte Fingernägel in allen Regenbogenfarben, grüne Haare und ist auch sonst ein Paradiesvogel. »Hildi, du bist jetzt schon unser Star des Tages!« Er macht eine ausladende Handbewegung und klopft sich in vollkommener Selbstzufriedenheit auf die Schulter. Dann sieht er, wie die Kinder aus dem Porsche klettern. »Aber Hildegard, du kannst doch nicht die Kinder mitbringen! Ts, ts«, sagt er und guckt mich an, als hätte ich ein paar alte weiße Männer aus dem Kofferraum gelassen.

Ich runzele die Stirn, so gut das noch geht. »Kitty, ich muss mich doch sehr wundern: Ist das jetzt ein inklusives Shooting, bei dem alle willkommen sind, oder nicht? Ich habe keine Kinderbetreuung – ich *bin* die Kinderbetreuung. Und das geht jetzt nicht? Dann muss ich wohl wieder fahren.«

»Nein, o Gott, nein!« Er guckt mich schreckerfüllt an, sammelt sich und nickt. »Ja, okay, mit den eignen Kampagnen-Waffen geschlagen. Na, dann kommt mal mit.«

Wir laufen durch den Garten, und ich genieße das Gewusel. Die Kinder auch, zumal sie die einzigen kleinen Menschen hier sind. Überall wehen die Cashmere-Teile auf großen mobilen Kleiderstangen im Wind. Es sind mehrere Sets aufgebaut, und überall halten Assistenten Lichtreflektoren und machen Probeaufnahmen. Ich schaue etwas genauer hin und muss schmunzeln, denn der Look geht tatsächlich Richtung Tati. Schick, knallige Farben, lebensbejahend, wie die Socken des Adels. Nur möglichst divers soll die Nummer hier heute sein – kann man ja vom Adel nicht behaupten.

Kitty bemerkt meine neugierigen Blicke. »Ja, die Botschaft ist eindeutig, oder? Jeder kann Moop sein. Vorausgesetzt, er hat Cash für unser Cash-mere!«, jubelt er und klatscht in seine kleinen dicken Hände.

Diversität wird hier wirklich großgeschrieben, das wird mir klar, als ich neben einem dürren Model stehe, das einarmig mit seinem Handy hantiert. Neben ihr steht ein weiteres Model mit einer Augenklappe und daneben eine Afroamerikanerin, die man nicht mehr so nennen darf, sondern eine PoC, eine Person of Color. Ist der Begriff der Stunde, das hat mir Tini kürzlich verdeutlicht. Ein dicker junger Mann in einem Tenniskleidchen schlendert an uns vorbei, grüßt und wirft seine Löwenmähne auf die andere Seite seines Scheitels. Er ist schon fertig mit der Maske.

»Hildi, du bekommst noch dein Make-up, würdest du bitte in die Maske gehen?«, miaut Kitty und geleitet mich zu einem Zelt, in dem mehrere Stühle nebeneinanderstehen, davor kleine Schminktische, die einen voll illuminiert in ein ungnädiges Licht tauchen. Überall wird gepinselt, getuscht und geföhnt. Das macht Spaß, und ich will mich dem gerade voll hingeben, diesen jungen Menschen und ihren Ideen vom Leben in einer Verkaufsutopie, die zu mir passt, denn ich bin ja bereits mein ganzes Leben lang voll inklusiv, bis ich merke, dass das nicht so ganz funktionieren wird. Mein Make-up ist noch nicht mal zur Hälfte fertig, als Kitty aufgeregt ins Zelt stolpert und keucht: »Hildi, deine Kinder! Das geht so nicht! Du bist hier nicht im Homeoffice! Die können nicht mit den Puderdosen spielen, Sonja ihre

Ersatzaugenklappe klauen und die Türklinken an den Gartentoren ablecken.«

»Nicht?« Kurz steigt in mir Überforderung hoch. Wie soll ich das alles machen, aufpassen und posieren?

Wie machen das denn die Mütter, wenn sie mit ihren Kindern unterwegs sind? Ich muss an Tini denken und alle anderen jungen berufstätigen Frauen und ihren immerwährenden Spagat. Und dabei findet niemand, dass sie zwei Jobs parallel machen. Muttersein muss nebenbei laufen. Dabei ist es der krasseste Job der Welt. Geht ja 24/7, wie man so schön sagt. Es gibt keine dreißig Tage Urlaub und nie Feierabend. Dazu kommt in den ersten Jahren noch Folter wie Schlaf- und Gesellschaftsentzug. Langfristig gehen die jungen Frauen auf dem Zahnfleisch und ihre Melatoninproduktion auch. Dafür schreiben sie auf dem Kopfkissen in nächtlicher Rufbereitschaft To-do-Listen. Muttersein ist der beste Job der Welt, aber auch der absorbierendste. Und dann kam noch diese Idee des Homeoffice dazu. Klar, wenn die Kleinen wie kleine Einsteins schon nebenbei Schwerkrafttheorien prüfen, ist das ja auch gar kein Problem. Aber was, wenn es Kinder sind, die Unfug machen wollen, gelangweilt sind, Hummeln im Hintern haben? Heutzutage setzen viele aus Verzweiflung die Kinder vor iPads. Gerade erst vor einer Weile in Berlin im Borchardt gesehen, eine indische Familie, die wollten halt auch mal was vom Abend haben. Ich verstehe es ja. Aber der kleine Junge war gar nicht richtig da. Saß wie paralysiert vor *Spider-Man*. Dann doch lieber Regenwürmer essen, mit Stöcken Zelte bauen und sich mit Dreck bewerfen, dachte ich. Das war auch nicht immer gesund, aber irgendwie analoger, näher dran an der Welt.

Jetzt sitze ich hier, mit meinem halb fertigen Make-up, und muss den Spagat der modernen Mütter machen. Dabei habe ich gar keine digitale Ablenkung dabei. Während ich noch überlege, wie das alles funktionieren soll, läuft Augenklappen-Sonja an mir vorbei, sichtlich frustriert, eine Träne im Augenwinkel des frei liegenden Auges. O Gott, haben die Kinder die Augenklappe gegessen? Ich laufe schnell hinterher, berühre sie an der Schulter und frage: »Sonja, ist alles in Ordnung? Meine Enkel sind eigentlich ganz lieb, nur etwas ungestüm viellei…« Da dreht sie sich um und fällt mir um den Hals. Das ganze große, zarte Mädchen. »Aber Kind, was ist denn?«, frage ich in ihr haarspraygetränktes Haupthaar.

»Die wollen, dass ich Auto fahre, aber ich darf das gar nicht. Ich bin doch auf einem Auge blind.«

Ich streichle ihr über den Kopf und flüstere: »Dann machst du das auch nicht. Dann erklären wir das. Ganz freundlich, aber bestimmt.«

Sie sieht mich an und lächelt ein bisschen. »Können wir zusammen hingehen?«

Im selben Moment tippt mich von hinten die Einarmige an. »Ich soll Tennis spielen, aber das ist so ein Bullshit. Das ist so übertrieben woke.«

»Und ich soll mit dem übergewichtigen Typen da hinten flirten, weil ich die schwarze Quotenfrau bin, die dabei sein muss«, sagt das schwarze Model. »Aber mal ganz ehrlich: Wer würde mit dem flirten?«

»Okay, ich verstehe, aber unfair dürfen wir auch nicht werden. Gehen wir mal zu Kitty«, beruhige ich meine jungen Kolleginnen. Wie aufs Stichwort zerren meine süßen kleinen Monster in diesem Moment Kitty ins Zelt. Perfekt.

»Hildegard, ich gebe die gleich zur Adoption frei.«

»Müssen wir mit dir leider auch machen«, sage ich streng und bedeute ihm, sich auf einen Schminkstuhl zu setzen.

»Wie bitte?« Er wirft mir einen Blick zu, als hätte man ihm die Katzenminze geklaut.

»Also, wir haben hier ein Problem. Die Mädels sollen alle in

Rollen schlüpfen, die ihnen unangenehm sind, weil unrealistisch. Alle verstehen den Grundgedanken, aber so können wir es nicht machen. Alle werden geliebt, alle sind erwünscht, jeder kann Moop sein, schon klar. Nur die Umsetzung ist noch nicht so ganz ausgereift. Ich hätte allerdings eine Idee, um alle auf einen Nenner zu bringen …«

Kitty reißt die Augen auf und ist ganz Ohr.

»Was haben alle Menschen gemeinsam?«, fahre ich fort. »Genau. Die Grundbedürfnisse! Wer kennt sie?«

Kitty sagt auf wie in der Schule: »Atmen, Wärme, Essen, Trinken, Schlafen. Und Sex natürlich.«

»Brav. Und die setzen wir um – bis auf den Beischlaf. Wir holen den langen Tisch hinten aus dem Schlossgarten und bauen eine große Tafel auf. Hübsch ist immer Frühstück oder Brunch mit viel buntem Obst und Gemüse. Das wird das erste Foto. Das zweite ist ein Spaziergang und Spielen im Garten. Für das dritte Motiv kuscheln wir uns alle ins hohe Gras auf Picknickdecken und chillen, wie ihr jungen Leute immer sagt.«

Kitty guckt mich an, als würde er gleich einen Haarballen hochwürgen. »Wenn ich das Wolfgang vorschlage, feuert er mich …«

»Da irrst du dich, Kitty!«, meldet sich eine Männerstimme aus dem Hintergrund. Wolfgang schaut uns strahlend an. »Ich hatte dir doch gesagt, Hildegard ist ein Juwel. So wird es gemacht. Ihr könnt gleich ein paar Producer damit beauftragen, das Catering auf dem Tisch zu dekorieren. Hildegard muss in die Mitte des Tisches – gebt ihr das pinke Cashmere-Kleid aus der neuen Kollektion und viel Goldschmuck und ordentlich Lippe dazu, bitte. Dazu große Vasen mit dicken Sträußen. Das wird großartig. Husch, husch, an die Arbeit. Und diese zwei wilden Mäuse kommen auch mit aufs Bild. Die müssen auch nicht posieren, sie sollen einfach herumflitzen, wie im realen Leben!«

Ferdchen und Sophia gucken stolz wie Bolle, denn ihnen ist klar, dass sie jetzt eine Hauptrolle haben.

Eine Stunde später sitzen wir alle an einer langen Tafel.

»We are family. Oder was meint ihr?«, frage ich lachend in die Runde. »Ja!«, schreien die Mädels und Jungs neben mir, halten ihre Gläser hin, und ich schenke uns allen aus einer unkenntlich gemachten Champagnerflasche ein. Dazu gibt es ein Blitzlichtgewitter und frische Beats, bis wir alle tanzen. Fast auf dem Tisch.

Eine Woche später stehen Tini, Schwiegerflasche Christian, Ferdi, Sophia und ich an einer großen breiten Straße vor einer riesigen Anzeigetafel, die immer wieder die Bilder austauscht. Wir haben Kindersekt, einen Rosé und eins von Chris' Craftbeers dabei. Als die Anzeige switcht und sich das Bild von unserem Festmahl im Grünen vor uns auftut, stoßen wir an.

»Fabelhaft!«, sagt Tini. »Die können dir so dankbar sein, dass du ihnen die Kampagne gerettet hast.«

»Da bin ich ganz bei dir!«, entgegne ich. »Und das Beste ist: Das Honorar reicht für den nächsten Yogatrip, Ferdchens und Sophias Sparkonten fürs Studium, die neue Kurbelwelle für den Porsche und jetzt einen Tisch im 100/200 Kitchen. Ich hoffe, ihr habt Hunger mitgebracht. Wer hat Lust auf Sauerteigbrot mit Joghurtbutter, eingelegte Trüffel und zimtgeschwängerte Brioche mit Vanillerahm?«

KAPITEL 20

Kirchgang

*W*elche Konfession haben Sie? Evangelisch oder katholisch?«

Ich lächle, was den Herrn dazu verleitet, weiterzufragen.

»Konvertiert zum Judentum?«

»Nein.«

»Islam? Buddhistin?«

»Meine Religion ist die Liebe.«

»Was soll das heißen?«

»Ich bin multireligiös. Ich picke mir überall das Beste raus. Ich bete es nicht herunter, ich lebe es einfach. Wenn ich meine Hände falte, dann nicht auf Kommando. Oblaten esse ich an Weihnachten unter meinen selbst gebackenen Kokosmakronen, und das Brot breche ich grundsätzlich, wenn ich Gäste zum Abendmahl dahabe.«

Der Mann, schütteres Haar, Nadelstreifenanzug, optisch ein mittelalter Heinz Erhardt, setzt sein Champagnerglas an die Lippen, trinkt es auf einen Rutsch aus, zeigt darauf und murmelt: »Mein Glas ist leer. Ich hole mir ein neues.« Und schiebt sich mit etwas Bauchfett Richtung Büfett.

So geschehen auf einer erzkatholischen Kommunion in einem altenglischen Herrenhaus irgendwo in Norddeutschland, auf die mich Tati mitgenommen hatte, damit ein bisschen Stimmung in die Bude kommt. Hatte sie sich nur etwas anders vorgestellt. Am Ende stellte sich heraus, dass es auch noch der gestresste Organist war, der an dem Tag mehrere Kirchen beorgeln musste. Wegen Personalmangel. Ohne Gottes Hilfe.

»Beorgeln klingt wie Beischlaf!«, konstatierte Tati trocken. Wir musterten ihn von hinten, und sie fügte hinzu: »Nein, ich glaube, der führt ausschließlich eine Beziehung mit Gott. Zungenstimmung macht der nur auf seiner Orgel.«

»Tati, das ist nicht die Konversation, die ich auf einer Kommunion in meinen Siebzigern führen möchte. Das verstört die Menschen zu sehr. Das ist etwas für abends auf dem Mottentempel-Balkon mit zu viel Rotwein.«

»Ja, du hast recht.«

Wir lachten und beobachteten Heinz Erhardt, der sich verbog wie ein Schlangenmensch, um an ein paar Schweinsfrikadellen heranzukommen, und ich dachte: Warum verkrampfen die Menschen sich so sehr? Es muss alles perfekt sein, der perfekte Tag, das perfekte Fest, das perfekte Ostern, das perfekte Weihnachten, das perfekte Essen, das perfekte Familienzusammensein. Ich kann jederzeit besinnlich sein, wenn ich will. Von November bis Juli. Ich habe im Jahr über dreihundert perfekte Tage. Darum verstehe ich die Bedeutung eines einzelnen hochstilisierten Tages nicht, um den sie jagen, um den sie rennen. Aus Trotz allein, um alle zu verstören und das Enfant terrible zu sein, müsste man den Tag schon imperfekt machen. Und einfach kalte Ravioli aus der Dose essen. Nur um allen zu zeigen: Seht her – ich muss es heute nicht perfekt haben, weil mein ganzes Leben perfekt ist – und war. Bis auf die Tage, an denen ich einen Kater hatte, und der, als mein Lufthansa-Vertrag auslief – aber die zählen wir mal nicht. An den miesen Tagen zehrt man ja noch vom Vorabend. Sie verstehen, worauf ich hinauswill?

Ich muss schmunzeln, als ich an den Kommuniontag denke, denn inzwischen liegt er schon eine Weile zurück. Es ist ein etwas frischer Morgen, und ich bin allein unterwegs. Die Kinder müssen mit Papa zum Zahnarzt, und ich habe somit ausnahmsweise frei. Ich ziehe meinen Trenchcoat enger über meine Schluppenbluse und verknote die Gürtelenden, wie meine Pariser Freundinnen es immer machen. Gekonnt nonchalant mit einem Hauch von Je-ne-sais-quoi. Meinen Hals wärmt ein dunkelblauer Moop-Cashmere-Pullover, den ich über den Schultern trage. Ich gehe gerade an der Eppendorfer Kirche vorbei, als er sich zufällig löst und zu Boden fällt. Ein Mann hinter mir hebt ihn auf und gibt ihn dem Pastor, der in der Tür steht. »Entschuldigen Sie!«, ruft er. »Sie haben Ihren Pullover verloren.« Es dauert ein paar Schritte, bis ich merke, dass er mich meint. Und so befinde ich mich kurze Zeit später mitten im Gotteshaus. Ich bin ja ein Fan von Zeichen und Improvisation, und so spült mich der nette Pullover-Plausch in eine kleine Kunstausstellung im Vorraum.

Das Thema ist schwierig: Es geht um die Lust und die Verdammnis. Das Christentum hat ja das Grundproblem, dass Sex immer die Vertreibung aus dem Paradies bedeutet. Sprich: Liebe und Lust bringen dich Gott alles andere als näher. Und wenn, hat der domestizierte Mensch dem Liebesspiel nur zu frönen, um sich zu reproduzieren, bitte nach bestimmten Regeln. Der Grundgedanke hat die Doppelmoral gern zur Party eingeladen. Aber das Thema ist natürlich auch irgendwie hausgemacht, denkt man im Kontrast an die antiken Götter, die waren sexuell mal bumsfidel. Und während ich vom Sündenfall, Adam und Eva zu Magdalena und ihren Engelchen streife, träufelt sich eine sonore Stimme in mein Ohr. Ein Mann um die fünfzig hält weiter hinten in der Kirche eine Predigt, wenn auch leise. Er steht in Birkenstocks hinter einem kleinen transportablen Rednerpult, als wolle er Wurzeln schlagen. Seine Haare sind nach hinten gegelt, er trägt eine dominante schwarze Hornbrille und ein dunkelblaues Jackett mit Einstecktuch, eine kleine gehäkelte Ansteckblume von Chelsea Farmers Club ziert sein linkes Revers. Er wirkt völlig offenporig, verletzlich und zutiefst konzentriert. Und je mehr er redet – manchmal streicht er sich dabei durchs Haar und richtet es, schiebt die Brille die Nase hoch, obwohl sie gar nicht runtergerutscht ist, räuspert sich –, wird mir klar: Hier probt jemand. Es ist noch nicht die Vorstellung, die gespielt wird, wohl aber die Generalprobe.

Die Stimme des Mannes ist so markant, tief und gleichzeitig weich, dass ich nicht anders kann, als heimlich zu lauschen, während ich mich an den durch Blattwerk verdeckten Genitalien zweier sündiger Nackter vorbeischiebe. Gerade wechselt er die Seiten mit seinen Notizen und fährt fort:

»In der Kantine gibt es drei Essen zur Auswahl. Currywurst, Caesar Salad und Gemüseeintopf. Die Currywurst hat ein rotes Siegel, der Caesar Salad ein grünes und der Gemüseeintopf, weil Nudeln drin sind und er deshalb nicht ganz so gesund ist, ein gelbes Siegel. Gütesiegel machen es heutzutage leicht, sich in der Welt zurechtzufinden. Die Pizza im Supermarkt hat auch so ein Siegel: bio oder glutenfrei. Und ich denke manchmal: Die Taufe ist auch ein Siegel – das Siegel für Jesus Christus. Heute beschreiten wir mit den Kindern bewusst den Weg ins Christentum, in eine christliche Erziehung.

Wobei ich ja immer noch sagen muss, dass bei allen hinkenden Beispielen, die ich gerade hervorgekramt habe, das Siegel der Christen, das Kreuz, schon ein ziemlich starkes Logo ist – ich wette, Mercedes ist neidisch. Das Kreuz ist das stärkste Logo der Welt. Und mit eines der ältesten – und zum Teil dieser Gemeinschaft werden heute Theresa und Karlotta getauft.

Der Taufspruch, der Karlotta heute in diese Gemeinschaft führt, lautet: ›Denn Weisheit wird in dein Herz eingehen und Erkenntnis wird deiner Seele lieblich sein, Besonnenheit wird dich bewahren und Einsicht dich behüten.‹ Das sind Dinge, die muss man sich mal auf der Zunge zergehen lassen. Puh. Kann man nur sagen, hoffentlich passiert genau das – dass Weisheit ins Herz eingeht. Oft passiert das erst, wenn man älter ist. Erkenntnis wird der Seele lieblich sein, auf jeden Fall – Studium, Ausbildung, handwerkliche Fähigkeiten, ja, so was trägt unsere Seele, definitiv. Und Besonnenheit wird dich bewahren – nun, das ist mir bisher auch nur sehr bedingt gelungen. Aber wir hoffen es für euch.

Solch ein Taufspruch beinhaltet, wenn man ihn seziert, so viel. Und was ich gerade aufgezählt habe – mit Herz und Hand sage: Der christliche Glaube hat mir dabei geholfen.

Etwas einfacher, aber inhaltlich nicht weniger dicht, macht es da Theresas Taufspruch: ›Lass dich nicht vom Bösen überwinden, sondern überwinde das Böse mit Gutem.‹

Auch ganz schön verdichtet. Es ist eigentlich ähnlich zu dem, was Kant im kategorischen Imperativ sagt: ›Handle nur nach der Maxime, durch die du zugleich wollen kannst, dass sie allgemeines Gesetz wird‹ – also benimm dich so cool, dass alle anderen dir das nachmachen wollen.

Wann hat Kant gelebt? 18. Jahrhundert! Theresas Taufspruch ist aber schon aus dem Römerbrief. Paulus an die Römer. Ich habe das gestern nachgeschlagen, soll so um 55/56 nach Christus geschrieben worden sein. Also vor fast 2000 Jahren. Und ich sag's mal etwas lax – über 1500 Jahre später wärmt Kant alte Weisheiten auf, die uns Christen urvertraut sind.

Lass dich nicht vom Bösen überwinden, sondern überwinde das Böse mit Gutem.« Er macht eine Pause, schaut in das gebrochene Licht der Bleiglasfenster, fährt sich wieder durchs gegelte Haar, was gar keinen Unterschied macht, und spricht dann weiter: »Jetzt bin ich auch fast fertig. Als ihr mich batet, etwas zur Taufe zu sagen, habe ich natürlich sofort Ja gesagt. Warum haben sie mich gefragt? Vielleicht weil ich mal Theologie studiert habe. Weil ich ein Freund bin. Aber das sind alle, die heute hier in der

Kirche sind. Und Theologen sind alle, die an Gott glauben und sich was dabei denken, und das tut ihr auch. Und so habe ich mir überlegt, dass jeder etwas zu diesen Gedanken beisteuern kann …«

Er schaut auf, und unsere Blicke kreuzen sich plötzlich.

»Entschuldigung, ich wollte nicht lauschen, aber es ließ sich nicht verhindern«, sage ich und setze ein entschuldigendes Lächeln auf.

»Nein, nein, das ist okay, ich übe ja auch im öffentlichen Raum«, sagt er und lächelt ebenfalls.

»Es war großartig!«

»Ja?« Sein Lächeln wird breiter. »Ich hab's studiert, aber beruflich hat es mich in die Medien verschlagen. Und jetzt werden meine Patenkinder getauft, und ich predige ausnahmsweise. Ich bin etwas nervös.«

»Das müssen Sie nicht sein. Das war die beste Predigt, die ich mir vorstellen kann. Modern, aber traditionell, mit Tempo, aber nicht oberflächlich, aus dem Leben gegriffen, aber keineswegs banal. Sie haben das elfte Gebot beherzigt: Du darfst nicht langweilen. Es wird eine wunderbare Erinnerung für die Taufgesellschaft werden.«

»Danke. Das freut mich wirklich sehr!« Er sucht wie ein verstörter Columbo seine inzwischen etwas zerrupften Blätter zusammen.

»Sie sollten der Kirche Nachhilfe geben – das meine ich völlig ernst!«

Er lächelt sichtlich stolz und sagt: »Im nächsten Leben vielleicht. Auf Wiedersehen!«

Getragen von diesem perfekt unperfekten Moment zwischen zwei Fremden, die gleich fühlen, verlasse ich das Gotteshaus und beschließe, mir ausnahmsweise eine Dose kalte Ravioli aufzumachen.

KAPITEL 21

Eingewöhnung

*I*ch wünschte, ich wäre ein Einhorn. Dann hätte ich Flügel und könnte zaubern und fliegen«, sagt das kleine Mädchen neben mir. »Ich auch!«, seufzt es hinter mir. Herzlich willkommen in der Kindergarteneingewöhnung. Fritz-Ferdinand soll Anschluss finden und die Abläufe kennenlernen, bevor er seine Vormittage in der Kita verbringt, während Sophia in Papas Obhut Malz fürs nächste Gesöff filtert.

Was uns angeht, kann ich nur konstatieren: Läuft!

Ferdi ist schon längst voll integriert in eine Gruppe von kleinen Sand-Bauarbeitern, die ein Loch bis Timbuktu graben, während ich in einem Haufen kleiner Mädels sitze, die meinen Tiger-Cardigan streicheln.

»Du bist so flauschig, mit dir kann man so gut kuscheln!«, sagt ein anderes kleines Mädchen. Alle haben kunstvolle Flechtzöpfe und Spitzenkleider in Rosa und Weiß an, als wären sie Statistinnen in einem Til-Schweiger-Film.

»Aber du brauchst eine ordentliche Frisur«, stellt die Dritte fest. »Darf ich dir eine machen?«

»Schätzlein, das ist Pariser Out-of-bed-Look«, sage ich lächelnd. »Das soll so sein. Optisch unfrisiert, aber tatsächlich ist das Absicht. Verstehst du?«

»Oh, das ist ja toll. Das muss ich meiner Mama auch mal sagen. Die kriegt jeden Morgen einen Anfall, wenn ich meine Haare nicht kämmen will.«

»Aufräumzeit, es ist so weit«, ertönt in diesem Moment ein Gesang von der anderen Seite der Sandkiste. Ganz allmählich geht ein Ruck durch die Gruppe, und alle kleinen Mäuse fangen an, ihr Spielzeug, ihre Förmchen, ihre Hula-Hoop-Reifen zusammenzusammmeln und in große Kisten zu werfen oder in ein Spielhäuschen zu bringen.

Es ist einer dieser Tage, von denen man sich wünscht, sie würden nie zu Ende gehen.

Die Jungs tragen alle Caps und sehen aus wie kleine Gangster-Rapper. Slogans wie »Totally awesome«, »Faulpelz – bitte nicht stören« und »T-Rex wanted as bf« stehen auf ihren T-Shirts mit Dinosauriern und aufklappbaren Nilpferdmäulern. Witzig bis seltsam, was die Textilindustrie sich so für die Geschlechter ausdenkt. Zarte Elfen treffen auf Großmäuler in the making, die gar nicht wissen, was ihre T-Shirts erzählen. Was denken sich die Eltern wohl dabei? »Mensch, der Kevin wird bestimmt 'ne Couch-Potato, da ziehen wir dem Lümmel doch gleich mal das Richtige an«? Oder war es das Geschenk vom extrem witzigen Patenonkel, der schon ahnt, wohin die Reise geht? Und deshalb trägt man das Horror-Teil einfach mal im Kindergarten auf, weil auch egal, wenn's kaputtgeht?

Ein größeres Mädchen rennt an unserem Pop-up-Friseursalon vorbei und faucht und schreit, als hätte es Schmerzen.

»Geht es dir gut?«, entfährt es mir.

»Ich bin ein Eisdrache, die schreien immer so, wenn sie von Robotern angegriffen werden.«

»Aha!« Hier kann man einfach alles sein. Friseurin, Faulpelz, Eisdrache, nur Einhörner gehen nicht. Schon notiert.

»Bist du die neue Erzieherin? Du bist ja ganz schön alt«, fragt mich der Eisdrache.

»Nein, bin ich nicht. Und alt sein ist toll, denn die Alternative wäre tot.«

»Das stimmt. Meine Oma ist schon im Himmel. Das finde ich doof. Mamas Grießbrei schmeckt nicht so gut.«

»Ich bin hier nur zur Eingewöhnung«, erkläre ich.

»Und, hast du dich schon gewöhnt? Hast du denn keinen, der auf dich aufpasst?«

»Doch, ich kann auf mich selbst aufpassen. Meistens zumindest. Es geht um meinen Enkel Fritz-Ferdinand. Der buddelt da hinten. Der ist echt nett für einen Jungen.«

»Ah. Verstehe. Ich geh mal zu ihm. Ich mag dich. Wollen wir Freundinnen sein?«

»Natürlich!«, sage ich, woraufhin das Mädchen mir die Hand entgegenhält und wir einschlagen.

Ich muss kurz schlucken. Weg ist sie, und bei mir steigen tatsächlich ein paar Tränchen hoch. Ich weiß gar nicht, warum. Vielleicht ist es dieses Reine, Pure, das erwachsene Menschen sich nicht bewahren können. Weil sie so viele Identitäten ausfüllen müssen, immer im Stress sind, immer unter Druck. Mitten in der Rushhour des Lebens.

Befreien kann man sich davon eigentlich erst ein Stück weit im Alter. Kann einem dann schließlich auch egal sein, was andere denken. Vielleicht besteht deswegen dieses unsichtbare Band zwischen Kindern und Alten wie zwischen all den Seelen, die sich verabredet haben, um sich zu begegnen. Ein schöner Gedanke. Mütter und Väter und alle, die diese Rolle anstreben, haben den blödesten Job in dem Spiel, denn sie haben nur Pflichten: einen Erziehungsauftrag, Verantwortung und Ansprüche an sich selbst. Wie furchtbar eigentlich.

Die Sonne bricht durch die alten Eichenbäume, die den Kindergartenspielplatz säumen, und ich setze meine Sonnenbrille auf. Damit bin ich zwar immer vorsichtig, weil ja genug Vitamin D auf die Pupille kommen muss, damit man gesund bleibt, aber inzwischen müsste ich genug getankt haben.

Der Eisdrache gesellt sich wieder zu mir, zückt zu meiner Überraschung ebenfalls eine Kinderbrille und setzt sich neben mich. »Das Loch der Jungs ist mir zu tief. Kann ich bei dir sitzen, und wir sagen nichts?«

»Klar. Kein Problem«, antworte ich.

»Eisdrachen brauchen manchmal eine Pause.«

»Ja, Omas in der Eingewöhnung auch.«

KAPITEL 22

Feng-Shui

Gelegentlich richte ich mich neu aus. Und ich meine damit nicht, dass ich Tatis Kaviardosen von einer Ecke in die andere schiebe oder nur noch linksdrehend energetisiertes Wasser aus Karaffen mit Edelsteinen trinke. Nein. Ich justiere meine Haltung, meine Erwartungen, gelegentlich den Fokus. Oder wie ich neulich zu einem von mir sehr geschätzten Sternekoch über seine neueste Kreation sagte: »Am Ende ist es auch nur Lachs mit Dill.«

Manchmal muss man das Leben im Kopf downgraden, wenn es allzu aufregend wird. Dabei hilft mir auch gern mein Feng-Shui-Meister Johannes, den ich vor vielen Jahren auf dem Flug zu seinem Meister nach L.A. kennengelernt habe. Ich dachte, er wäre ein Audi-Vorstand, so gut saß sein Anzug. Tatsächlich war er vielmehr der CEO der Energetik im Leben seiner Kunden. Und die sitzen in Europa, Asien und Südamerika, weshalb Johannes damals neben mir in der First Class saß und mir meine Geburts-Chart analysierte.

Unsere Themen waren wie ein Sack Flöhe: Passt der Pilot zu mir, oder ist der nur etwas für eine Jetlag-Nacht? Wie geht es beruflich nach dem dreißigsten Lebensjahr ohne das Fliegen weiter? Ist meine Wohnung koscher, und wie steht mein Bett optimal, damit ich auf meiner eigenen Energie schlafe?

In short: Es war alles dabei, und grundsätzlich geht es bei uns immer darum, das Richtige am richtigen Ort zur richtigen Zeit zu tun. Mit diesem Wissen fühle ich mich unschlagbar. Denn wer die Energien, die uns beeinflussen, vor allen anderen kennt, hat immer einen Heimvorteil. Das gilt für den Alltag wie fürs Universum.

Ich mixe mir einen Matcha mit einem Hauch Kollagen-Pulver, das mir Tati ans Herz gelegt hat, »damit wir so rüstig aussehen, wie wir uns fühlen, und unsere Gedärme fit bleiben«, und stelle meinen Laptop auf meinen Schreibtisch. Johannes ist pünktlich wie eine Sternschnuppe und lächelt mir um Punkt zehn Uhr via Zoom-Call entgegen. »Hi Hildi, wie geht es dir?«

»Hab etwas April im Herzen und bin gleichzeitig ganz beseelt. Und um mich herum erscheint mir viel Chaos. Neulich musste ich mich um eine Matschhose prügeln und mich für Kleinkind-Pipi rechtfertigen. Was ist denn los mit den Menschen?«

»Ach, das kann ich dir erklären. Wir sind gerade in der energetischen Periode 9. Es geht um Geschwindigkeit und Radikalität. Instant gratification. Jetzt steht alles im Zeichen der Feuer-Energie. Jeder will alles sofort. Keiner hat Geduld.«

»Ach, das erklärt so einiges. Und wie gehe ich damit um?«

»Ganz einfach: Wende dich hin zur Energie. Mach Dinge. Action ist das Zauberwort. Dann wirst du auch belohnt mit Glückshormonen. Das gilt sogar, wenn du nur den Müll rausbringst. Du musst deine Checklisten abarbeiten. Dann geht's dir gut.«

»Wie gut, dass ich einen dezidierten Plan habe, was ich meinen Enkeln mit auf den Weg geben will, bevor sie ihre Ganztags-Kindergartenplätze haben und ich in meine Yoga-Me-Time entfleuche.«

»Ja, den weiterverfolgen. Bleib dabei. Es dauert noch ein paar Jahre, bis der Peak kommt – bis dahin wird alles immer schneller. Du darfst nichts aufschieben. Das ist das Einzige, was du beachten solltest. Und im Zweifel lieber Dinge ausprobieren und scheitern, als stehen zu bleiben. Denn es gibt immer ein Ergebnis, und selbst wenn es nur eine Erfahrung ist.«

Ich nicke und nehme einen Schluck von meinem angeblichen Jungbrunnen.

»Und du weißt ja, was der Trick ist, um immer cool zu bleiben, ja? Bleib immer in der Beobachterrolle. Sei nie Teilnehmer.«

»Versprochen«, erwidere ich und proste ihm mit meiner Lieblingstasse zu. Ich hätte es nur anders formuliert. Ich halte es ein bisschen wie Harald Schmidt: Ich bin der Star und mache mich nicht vom Publikum abhängig.

Wir legen auf, und ich schreibe eine gedankliche To-do-Liste für mich und die kleinen Mäuse:

1. Noch mehr in den Wald gehen
2. Ausflug in den Harz und mit der Brockeneisenbahn fahren
3. Kinderyoga ausprobieren
4. Beim Sternekoch vorbeifahren und den Kindern beibringen, was gutes Essen ist
5. Christmas-Shopping in New York (gut, das mache ich vielleicht allein mit Tati)

Zufrieden rolle ich meine Yogamatte aus. Jetzt noch den Rücken dehnen, und dann löse ich Christian ab, der gerade versucht, seine Brauanlage reparieren zu lassen, damit er endlich mal ein paar Flaschen von seinem Gesöff verscheuern kann. Und da das Leben das ist, was passiert, wenn man andere Pläne macht – fragen Sie John Lennon, der wusste das –, flattert mir just in diesem Moment Anwaltspost durch den Briefschlitz aufs Parkett.

KAPITEL 23

Lasten

*E*s ist wirklich kaum zu glauben: Long John schickt mir Anwaltspost wegen seines Lastenradkratzers. Dazu eine hübsche Rechnung über mehr als tausend Euro. Ist das zu fassen? Ich muss mich erst mal mit einem Kaffee auf meinen Laura-Ashley-Balkon zurückziehen und kurz atmen, so sehr packt mich die Wut. Die Sonne bahnt sich ihren Weg durch die Zweige der alten Platanen und sprenkelt ein paar Schattenspiele an die Hauswände. Unten vor dem kleinen italienischen Café wird schon wieder in die Pedale getreten, Passanten werden weggeklingelt, der Bürgersteig mit parkenden Lastenrädern blockiert. Angeblich gönnt sich Eppendorf ja hanseatische Gelassenheit, wie die Hamburger immer behaupten. Ich würde allerdings eher auf hanseatischen Straßenstress setzen, aber das verkauft sich nicht so gut. Mein Blick fällt wieder auf die freche Post in meinem Schoß.

Ich finde es ja völlig okay, wenn sich die jungen Leute mit Kind, Kegel und Wasserkästen abstrampeln wollen, solange ich das nicht tun muss. Aber was gibt ihnen das Recht, sich als diejenigen aufzuspielen, die die Weisheit für sich allein gepachtet haben? Militantes Geradel im Überlegenheitswahn halte ich für gefährlich. Wer sich so unantastbar fühlt, klebt schneller an meiner Stoßstange. Nicht absichtlich, versteht sich. Mal davon abgesehen, dass die eingesparten Emissionen trilliardenfach in China und Indien wieder herausgeblasen werden. Und so prallen auf der Straße eben nicht nur gelegentlich Blech und Stahl aufeinander, nein, es sind Weltsichten.

»Alles Autofetischisten!«, schimpfte neulich jemand neben mir.

»Leben Sie Ihr Bio-Programm, und ich genieße mein Leben, nachdem ich den Grundstein für Ihr Luxus-Weltretterdasein gelegt habe!«, sagte ich nur und schloss sanft die Porschetür in die Stille eines offen stehenden Mundes.

Einfach mal sagen, wie es ist, damit können die Helmträger ja nicht. Gucken einen nur an, als wäre man das Hypozentrum der Ignoranz. Als wäre man eine alte Verrückte, die täglich ihre Swarovski-Schwäne abstaubt und ein Ellenbogenkissen auf dem Fensterbrett liegen hat, um ihre Mitmenschen zu beobachten. Eine, die sich das dörfliche Feuerwehrfest als Jahreshighlight in den Terminkalender einträgt und sonntags nur Saumagen isst. Also wirklich.

Was mich wiederum neulich amüsiert hat: Zwischen den Lastenradfahrern und den Normalo-Fahrradfuzzis gibt es offenbar auch eine Hierarchie. Neulich kamen nämlich zwei zeitgleich vor dem Kindergarten an. Das Lastenrad fand natürlich, es hätte Vorfahrt und Erstparkrecht, woraufhin das Durchschnittsrad mit Kinderanhänger, was in meinen Augen immer wie ein Sarg aussieht, fluchte: »Ihr vom Alnatura-Adel haltet euch auch für etwas Besseres mit euren Eisenschweinen, was?« Da triefte der Neid aus allen Poren, denn das E-Lastenrad ist natürlich auch ein Statussymbol der Öko-Fraktion. Kostet ja so viel wie ein Kleinwagen.

Übrigens steht bei so manchem Radler ja auch noch der Landrover in der Garage. Das liebe Auto wird nicht entsorgt – es regnet ja auch mal. Klimagerechtes Leben kostet halt. Wobei man auch da differenzieren muss. »Die fahren immerhin keinen Landrover, sondern einen Volvo!«, sagte neulich eine Kita-Mutter hinter dem Rücken einer Lastenradlerin. Der ist also tendenziell grüner. Und Grüne fahren ja sowieso gern SUVs, behauptet die Presse – und die muss es ja wissen.

In meinen Augen ist ein E-Lastenrad ein Dreirad mit Steckdosenantrieb und Almosensammelkorb, aber gut, für andere ist es eine Lebenshaltung. Dass die Dinger Stromfresser sind, ist dabei auch egal. Wir haben's ja. Was wir auch haben, sind die höchsten Strompreise Europas, aber auch das tut nichts zur Sache. Als moderner Citymensch Anfang dreißig gibst du dir mit dem Ding in deiner Klima-Crowd einen modernen Anstrich, so viel ist mal sicher. Zumindest Väter, die an Müttern vorbeiradeln und eine Vollbremsung vor der Kinderturnhalle hinlegen, bekommen nur ein sehnsüchtiges Lächeln statt einem Spruch à la »Verkehrsrowdy!« entgegengepfeffert. Alles schon beobachtet. Er fährt ja CO_2-neutral, der Gute, dann darf er mir auch mal über den großen Zeh fahren. Klimagerecht darf wehtun.

Aber genug mit meiner Verbrenner-Ignoranz und zurück zu meiner Post. Ich glaube, ich brauche einen Anwalt. Und kosten soll er am besten nichts. Mal gucken, wen Tati aus dem Hut zaubern kann.

KAPITEL 24

Bilderwelten

*E*s gibt ja Dinge, auf die freue ich mich wie ein Schneekönig: ein Besuch bei meinem Friseur zum Beispiel. Dem bin ich seit vierzig Jahren treu, es ist vermutlich die kontinuierlichste Beziehung in meinem Leben, und ich würde ihn nie verlassen. Einfach, weil er meinen Look versteht. Eigentlich ist er ein Künstler, denn er versteht, wie ich mich sehe und wie ich gesehen werden will, und frisiert mich so, dass mein Spiegelbild und ich uns verstehen. Das ist mehr, als man in einer langjährigen Ehe erwarten kann. Maximilian sieht an meinen Spitzen, ob es mir gut geht, er spürt am Stand meines Haaransatzes, ob mir etwas fehlt, und er wusste durch einen Schwung Haarausfall noch vor mir, dass die Wechseljahre vor der Tür standen. Welcher Mann kann das? Genau. Außerdem lieben wir beide Hunde, gesunde Ernährung und einen respektablen Umgang mit unseren Mitmenschen.

Leider gilt Letzteres nicht für alle, diese Erfahrung steht uns gleich mal wieder bevor. Denn heute habe ich endlich mal wieder einen Termin in seinem vollen Terminkalender ergattern können. Einziger Wermutstropfen: Ich muss die kleinen Mäuse zu meinem Wellness-Appointment mitnehmen. So sehr ich sie vergöttere, so wenig gehören sie in meinen Augen an diesen heiligen Ort, an dem es nach Rosmarin und Minze duftet, Haare durch die Föhnluft fliegen und man nach seinem Termin selbstbewusst und mit frisch gestyltem Ich wieder die Steinstufen des Salons hinunterschreitet. Das Cindy-Crawford-Drei-Wetter-Taft-Feeling bleibt heute vermutlich aus und wird durch »Ich habe Hunger, Omi!« ersetzt.

Aber gut. Habe ich mir am Anfang noch Sorgen gemacht, bin ich mittlerweile regelmäßig überrascht darüber, wie wunderbar es sein kann, die kleinen Mäuse auch an »Erwachsenen-Orte« mitzunehmen, wenn die Atmosphäre stimmt. Heute zum Beispiel kuscheln sie sich bei der Kopfwäsche auf meinen Schoß, während ich die Augen schließe, beim Schneiden trinken sie mit einer Auszubildenden einen Milch-Cappuccino und fühlen sich ganz fabelhaft, und beim Föhnen reichen sie Maximilian voller Begeisterung Rundbürsten an, die er mir allesamt ins Haar dreht, damit sie mir in den letzten Minuten lufttrocknend meinen geliebten Big-Hair-Look zaubern.

Der Salon ist wunderschön. Geschmackvolle beige Friseurmöbel – hier passt das ja hin – stehen unter einer Lichtkranzlampe mit Blick auf grüne Eppendorfer Bäume. Es gibt saisonal immer frische Blumen in hohen Vasen, und überall hängen große Bilder an den Wänden, entweder Zeichnungen und moderne Kunst oder Fotos. Ich sitze unmittelbar unter der Fotografie einer bildschönen schwarzen Frau mit einer Mähne zum Neidischwerden. Sie sitzt hingegossen in ihrer Frisur, als könnte sie sich in ihren Haarturm hineinschmiegen wie Rapunzel. Ich trinke gerade meinen letzten Schluck Ayurveda-Tee, als eine Kundin plötzlich laut wird. Sie blickt Maximilian voller Unverständnis an und legt die Stirn in kleine Knitterfalten. Ich schätze sie Mitte vierzig, nur schlecht erhalten. Sie zeigt genau auf das eben erwähnte Bild, scharf an meinem Hinterkopf vorbei.

»Das Bild ist diskriminierend. Sie sollten es abhängen«, zetert sie.

»Ich dachte, es wäre einfach nur ästhetisch«, sagt Maximilian achselzuckend und lächelt versöhnlich.

»Eine Person of Color an die Wand zu hängen – rassistischer geht es doch gar nicht.« Die Frau atmet schneller.

»Es ging um die Schönheit der Frisuren. Es ist ja vielmehr eine

Huldigung ihrer Haarpracht. Und da sind wir hier doch genau richtig.«

Maximilian tut mir leid. Und ich kann auch nicht widerstehen, mich einzuklinken: »Also sollte man das Bild abhängen und stattdessen nur Bilder von weißen Frauen mit glattem Haar zeigen? Wäre das mehr in Ihrem Sinne? Denn die sind ja in diesem Fall unterrepräsentiert? Das wäre dann die umgekehrte Diskriminierung.«

Sie guckt mich an wie ein Auto. Wobei man ja »böser Verbrenner« sagen müsste. »Das kann doch nicht Ihr Ernst sein!«, giftet sie zurück.

In dem Moment schaltet sich Ferdchen ein: »Okay, stopp! Das reicht! Wir klatschen in die Hände – das Reden ist zu Ende.«

Der ganze Salon guckt ihn verblüfft an. Der letzte Föhn ist aus, keine Schere klappert. Stille. Ferdchen genießt es sichtlich und macht weiter:

»Kennt ihr nicht die Drei-Freunde-Regel? Wir sind nett, höflich und freundlich. Und was seid ihr? Ich bin jetzt Omis Beschützerinsel.« Ja, man merkt den Kindergarten und den »Ich-mach-mich-stark«-Kurs. Omi ist stolz. Aber zurück zur Sache.

»Ach, Ferdchen, das ist so lieb, aber böse ist hier eigentlich niemand«, erkläre ich. »Wir haben höchstens unterschiedliche Ansichten über den überbordenden Moralismus unserer Zeit.«

»Das ist ja wohl eine Frechheit!«, giftet es aus der anderen Ecke zurück. »So alt wie Sie sind, verstehen Sie das alles nur nicht. Sie spüren die Diskriminierung schon gar nicht mehr.«

»Ich bin offen in alle Richtungen, und Epidermisfarben spielen für mich gar keine Rolle. Aber mit unhöflichen Menschen, die den Blick für die Realität verloren haben, diskutiere ich nicht. Unterschiedliche Meinungen müssen ausgehalten werden, und Sie können das offenbar nicht mehr und tragen somit zur kulturellen Erosion der Demokratie bei. Ich bin ja für eine humane und multikulturelle Gesellschaft, in der man sich austauschen kann. Im Übrigen war das gerade Altersdiskriminierung. Einen schönen Tag noch!«

Ich stehe auf, schüttele meine Cindy-Crawford-Best-Ager-Mähne und gehe zu Maximilian Richtung Kasse. Der grinst, verdreht die Augen Richtung Decke und flüstert: »Du bist die Beste, Hildi!« Hocherhobenen Hauptes verlassen wir den Salon, nicht ohne die Zunge herauszustrecken – Sophias Beitrag zur Diskussion –, und gehen direkt Richtung Eisdiele.

Auf der Straße fragt mich Ferdi: »Warum hat sich die Frau jetzt so über das Bild aufgeregt? Mag sie keine Menschen mit schönen Haaren?«

KAPITEL 25

Apfelkuchentag

*H*eute ist Apfelkuchentag. Tag zwei der Eingewöhnung. Die Kinder tragen alle kleine Schürzen und Mehlnasen und stützen sich auf einen großen, niedrigen Tisch. Zwischen ihnen steht die Kindergärtnerin mit einem Mixer und rührt den Teig. Die Faszination ist groß.

»So was habe ich noch nie gesehen!«, sagt ein kleiner Junge.

»Du kennst keinen Mixer?«, fragt die Erzieherin zurück.

»Nein, wir haben eine Maschine dafür. Die sagt Mama sogar, was sie kochen soll. Und fliegt abends immer zum Mond, glaube ich.«

Die Erzieherin sagt nichts, murmelt nur »Thermomix-Spießer!« und gießt den Teig aufs Blech. Viele kleine Händchen dürfen nun die Apfelstückchen platzieren. Nur mein kleiner Eisdrache hat keine Lust und stiehlt sich weg in die Bauecke, wo ich sitze.

»Ich will zu Mama«, sagt sie leise und würgt einen flauschigen Igel.

»Das kann ich gut verstehen«, sage ich, »und ich kann dir eins verraten: Dieses Gefühl geht nie ganz weg.«

»Aber dann bist du ja immer traurig? Du bist ja schon so alt – du kannst ja gar keine Mama mehr haben.«

»Ja, das stimmt, manchmal ist man darüber traurig. Aber der Trick ist, sich an den schönen Erinnerungen zu erfreuen. Und dieses warme Gefühl einfach einzuschließen. Denn es geht um nichts im Leben als die Liebe, weißt du? Schöne Erinnerungen sind wie eine Geheimwaffe.«

»Gegen alles?«

Ich nicke.

»Wie geht das genau?«, fragt mein kleiner Eisdrache und legt den Kopf schief.

»Denk doch mal an warmen Apfelkuchen. Magst du Apfelkuchen?«

»Ja, klar.«

»Und weißt du jetzt automatisch, wie er duftet und schmeckt, wenn du daran denkst?«

»Ja.«

»Siehst du. So geht das. Du kannst das alles jederzeit hervorrufen. Und so mache ich das mit meiner Mama, mit Kraftorten oder besonderen Momenten. Sie sind immer bei mir. Kann mir keiner nehmen.«

»Das ist ganz schön klug. Bleibt das unser Geheimnis?«

»Nein. Das verrätst du allen Menschen, die du lieb hast. Und denen, die du nicht lieb hast, damit sie wieder liebenswert werden. Dann ist die Welt nämlich ein Stück weit besser. Das ist, wie wenn Erwachsene sich einen langersehnten Kaffee holen – Gefühle to go, verstehst du?«

»Ja. Okay, guter Plan!«

Die Kleine beginnt gedankenverloren, Bauklötze zu stapeln.

»Ein Eisdrachenschloss, nehme ich an?«

»Logisch.«

Wir zwinkern uns zu. In dem Moment kommt Ferdchen angerannt.

»Omi, heute lade ich dich mal auf ein Stück Apfelkuchen ein!«, ruft er ganz aufgeregt. »Selbst gebacken!«

»Oh, wirklich? Da freue ich mich ja schon riesig!«, erkläre ich.

»Der muss nur erst backen. Jetzt gehen wir raus und gucken uns die Baumschneider an.«

Und schon flitzen alle zum Händewaschen. Ich bin begeistert, wie schnell Fritz-Ferdinand Freunde gefunden hat. Manche kleinen Mäuse tun sich da so schwer. Es wäre leichter, eine Audienz beim Papst zu bekommen, als zwei Kinder zur Kontaktaufnahme zu verhaften, die nicht wollen. Ferdi gehört zum Glück nicht dazu. Er ist mittendrin.

Der Kinderschwarm spült mich nach draußen, und wir setzen uns alle auf große, rot-weiß karierte Picknickdecken. Hinter einem Flatterband, das den Bereich um die Bäume herum absperrt, fallen krachend tote Äste nieder. Oben in den Kronen sind die Baumschneider in kreischendem Orange zugange. Es sieht fast so aus, als würden sie von Ast zu Ast schweben. Die Kinder sagen »Oh!« und »Ah!« und: »Der ist wie ein Eichhörnchen – nur ohne Schwanz!«

Es weht ein lauer Sommerwind, und ich schließe kurz die müden Augen. Bis auf dieses frühe Aufstehen – als wäre man Lagerist bei IKEA und müsste noch die Regale bestücken – gefällt es mir inzwischen ganz gut, den Vormittag hier zu verprokrastinieren. Es fährt mich regelrecht runter. Diese kleinen Wesen und ihre Wahrnehmung der Welt, die so unverfälscht und noch so unmanipuliert daherkommt, sind mehr als erfrischend. Wir Erwachsenen sind so in unseren Zwängen verhaftet, dass wir es schon gar nicht mehr bemerken. Und im Umkehrschluss kriegen die Kinder das dann im Alltag ab: durch mehr Helikopterkreisen, Überwachung und Kontrolle. Freiräume, um sich auszuprobieren, um zu entdecken und eigene Erfahrungen zu machen, gibt es heutzutage viel weniger als früher. Kinder sind heute besser überwacht als ein DDR-Bürger. Sie haben mindestens ein AirTag oder einen GPS-Tracker im Rucksack oder in der Jacke, eine Apple Watch am Handgelenk oder ein Handy in der Hand. Sie tragen ihre eigene Wanze freiwillig mit sich herum wie die Eltern. Ja, ich habe auch ein Smartphone, und ich liebe es, weil ich so mit meinen Freunden aus aller Welt kommunizieren kann, da bin ich auch nicht besser, aber gesagt werden muss es ja mal. Das überwachte Kind hätte man in den Achtzigern zur bekloppten Dystopie erklärt, aber da trug man auch PCs in der Größe einer Bulldogge in einem Koffer mit sich herum und fand das ultraflexibel.

Parental Control Apps – das klingt so appetitlich wie Bittersalz. Einige Eltern kommen einem regelrecht verloren vor, wenn sie ihren digitalen Überwachungsstaat nicht dabeihaben. Handysüchtig, trackingabhängig, onlinegehetzt. Keiner kommt mehr runter von der Nummer. Man sollte sie alle in den Wald jagen. Ohne Empfang. Glücksgefühle aus den Achtzigern inhalieren. Da kann man die Kontrolle abgeben und seine Seele wiederfinden. So simpel, so effektiv. Und während vor mir das Totholz kracht, merke ich, dass ich allein auf meiner Decke sitze. Nanu, wo sind die denn alle hin, die kleinen Wusel? Da kommen sie alle aus der Tür gelaufen mit kleinen Melamin-Tellern und Gabeln. Ferdchen geht vorweg mit einem Tablett: »Der Apfelkuchen ist fertig, und du bekommst das erste Stück serviert, Omi!«

KAPITEL 26

Beige-Bekanntschaften

*J*ch habe den besten Anwalt Hamburgs. Quasi die graue Eminenz. Ist zwar eigentlich für Medienrecht zuständig, aber der ist so ein Ass, der boxt dich allemal durch: Ulf Opfer! Was sagste jetzt?«, schreibt mir Tati.

»Solange der Name nicht Programm ist …«, tippe ich zurück. Eigentlich neige ich ja dazu, das Leben als Hollywood-Blockbuster zu betrachten. Im Plot steckt jede Menge Komödie und Drama, und am Ende interessiert es eh keinen mehr. Nur in dieser Angelegenheit gelingt mir das natürlich nur partiell.

»Omi, schau!«, ruft Sophia und zeigt mir stolz eine ganze Armee von Sandkuchen, die sie gerade frisch geformt hat. Ich nicke ihr zu und trinke einen Schluck aus meinem Kaffeebecher. Die Spielplatzbank ist ganz schön hart und ich ein heftiger Kontrast in meiner knallroten Kastenjacke von Veronica Beard mit reflektierenden Goldknöpfen. Ferdchen klettert in der Zeit an einem Gerüst mit ein paar anderen Jungs, und so langsam dehnt sich die Zeit wie Kaugummi. Neben mir sitzt eine Tchibo-Omi, von oben bis unten in Beige, mit Buslöckchen. Damit komme ich ja nicht so gut klar. Sie könnte auch ein T-Shirt mit der Botschaft tragen: »Habe mich aufgegeben. Bitte sehen Sie durch mich hindurch.« Da bin ich noch nicht, und ich weigere mich grundsätzlich, da jemals hinzukommen.

Überhaupt machen die meisten Frauen es allen viel zu sehr recht. Das fängt schon in jungen Jahren an, typischer Anfängerfehler, immer alles schön adrett, brav im Sonntagskleidchen, bloß kein Dreck unter den Nägeln, nicht abschreiben, als junge

Frauen schrubben wir unsere Wohnungen mit der Zahnbürste, und als Mütter falten wir die Wäsche bis um zwei Uhr, nur damit keiner im faltigen Hemd das Haus verlässt. Und was haben wir davon? Integrität und innerer Frieden sind unbezahlbar, und wir schleudern beides weg für unbezahlte Care-Arbeit und saubere Zahnzwischenräume. Und im Alter sollen wir bitte verschwinden, Runzel-Epidermis will keiner, auch wenn wir sie die ganze Zeit über brav vorm Schlafengehen abgeschminkt haben, wie uns das beigebracht wurde. Wenn du alles richtig machst, wirst du bitte im Anschluss unsichtbar. Dann sind alle zufrieden mit dir. Fragt sich nur, was du davon hast.

Dann lieber auf den Putz hauen und doppelt präsent sein, ist mein Motto. Alt vielleicht, aber nicht scheintot, meine Lieben, möchte ich ihnen allen zuraunen. Auch Omis gibt es in cool und lebensbejahend. »You can look great at any age«, sagte meine deutsch-kanadische Air-Canada-Kollegin Ingrid immer. »And you can live life to the fullest at any age.«

So ist das. Würde ich gern einigen Damen ausdrucken und übers Bett hängen. Immer wenn ich diese Sätze denke, sehe ich Ingrid vor mir. Eine bildschöne Frau in jedem Alter, immer gepflegt, elegant, kosmopolitisch. So geht älter werden in cool, habe ich immer gedacht. »Schwarz ist für die Jugend – wirst du älter, nimm Farbe.« Das war auch einer ihrer Sprüche. Würde ich ja gern mal den Beige-Omis rüberraunen – aber würden sie es verstehen?

Beige macht blass, Mädels, wisst ihr das nicht? Lernt euch doch mal kennen! Wer Angst vor seiner Existenz hat, kennt sich selbst nicht, das ist zumindest meine Vermutung. Ich kann Ihnen aus dem Stegreif sagen, was ich liebe: meine Ruhe, meine Enkel (okay, das schließt sich ein bisschen gegenseitig aus, aber das Leben ist nun mal voller Widersprüche), Trüffel, meinen Porsche, jegliche Form von Horizonterweiterung und keine

Menschen in Fleischfarben. Geht ganz fix. Und so gern ich auch ausbreche, so sehr liebe ich Trotts und Gewohnheiten. Die brauchen wir alle. Aber bitte im Wechsel mit dem Unerwartbaren. Das macht es reizvoll. Wie frisch gemachter Blätterkrokant nachts im Bett.

Das Verrückte ist ja: Der Beige-Trend ist heutzutage nicht mehr nur den Omis vorbehalten. Neulich erzählte mir Tini, der sei jetzt auch ins Kinderzimmer übergeschwappt. Alles muss uni und am besten beige sein. Die Hater – so bezeichnet man in diesem Jahrtausend alle, die etwas nicht so gut finden – nennen diese neue Interior-Liebe auch: »Sad beige baby.« Die Sand-, Creme- und Naturtönefraktion fühlt sich natürlich völlig missverstanden. Sie wollen es doch nur ästhetisch haben – und das Kind nicht überfrachten mit Enten-Tapeten. Dann wurden sogar die Psychologen bemüht und mussten noch mal gucken, ob die Kinder durch die erdfarbene Beige-Hölle in ihrer Entwicklung gefährdet werden könnten. Kannste dir nicht ausdenken. Fazit laut Tini, das auch ich hätte ziehen können: »Ist fürs Kind wurscht. Hauptsache kontrastives Spielzeug in verschiedenen Texturen und Farben zum Sinne-Anregen ist da. Wir machen übrigens gerade Riesenumsatz mit beigen Baby-Artikeln.« Ich persönlich finde es rein beige natürlich auch viel zu öde, aber dass sich die Eltern über das Thema an die Gurgel gehen müssen, ist wieder mal bezeichnend für unsere Zeiten. Und irgendwo müssen die Tchibo-Fans von morgen schließlich herkommen.

»Omi, ich hab Hunger«, reißt es mich aus meinen Gedanken. Sophia kann auch nonstop futtern.

»Möchtest du vielleicht von uns einen Apfelschnitz?« Die Beige-Omi neigt sich samt schreiend bunter Tupperdose nach vorn. Sophia sieht mich fragend an. Ich nicke. Sie greift mit ernstem Gesicht in die Dose, murmelt ein schüchternes »Danke!« und beißt zufrieden in das Stück Apfel.

»Vielleicht muss ich auch in den Tupperdosenverein eintreten?«, lächle ich rüber.

»Ich mochte Tupperware auch nie. Die Deckel verschwinden genauso wie die Socken in der Waschmaschine, und eigentlich ist es nur eine andere Form der Kompostierung im Kühlschrank, weil man eh keine Lust auf das Essen von gestern hat und dann fünf Wochen lang vergisst, die Dose wieder rauszunehmen. Aber mit Enkeln, kann ich Ihnen sagen, haben die Dinger mir schon so manchen Nervenzusammenbruch erspart. Wenn immer etwas verfügbar ist, wird auch nicht mehr genölt.«

Sie lächelt, und ich bin sofort gewillt, mein ganzes Weltbild einmal zu revidieren. Offenbar bin ich auch nicht besser als die Beige-Hater und beschließe augenblicklich, nachher Tupperware zu bestellen.

»Eine Frage hätte ich noch an Sie«, fährt meine neue Super-Omi fort: »Ich habe gerade beschlossen, mehr Farbe zu tragen. Sie haben mich irgendwie inspiriert. Ihre Jacke ist ein Traum. Wo haben Sie die her?«

Da war es wieder, das Unerwartbare, das alles und sogar einen Moment zwischen zwei Omis auf einer harten Parkbank so lebenswert macht.

KAPITEL 27

Loslassen

*I*ch bin zu Hause die Prinzessin, mein Bruder ist der Prinz, Papa ist der König und Mama die Königin.«

»Und Oma?«, frage ich.

»Der Drache.«

»Oh …« Da fällt mir gar nichts mehr zu ein. Es ist ein Kita-Montag, und Ferdchen wechselt gerade von den Straßen- zu den Hausschuhen, während die kleine Ella mir erklärt, wie es bei ihr zu Hause läuft. Natürlich im Prinzessinnen-Outfit in Ganzkörper-Rosa und mit straffen rosa Haarspangen, die fast ein Facelift mit ihrem kleinen Puppengesicht veranstalten. Hier sind die Fronten geklärt – und die neue Arbeitswoche beginnt. Es ist lauter als an allen anderen Tagen, die Kinder purzeln in den Raum, einige ohne Schuhe, als hätten sie sie vergessen, viele sind völlig aufgedreht, ein Mädchen weint, weil es gepupst hat. Montage sind ein bisschen wie ein Krisengebiet: Es herrscht Chaos, man muss einmal in den Seelenkeller runter, aufräumen und eine Strategie für die Eroberung der neuen Woche aufstellen. Die Erzieherin tröstet das Pups-Mädchen, indem sie von ihren eigenen Flatulenzen berichtet – »Alle pupsen, ich auch!« –, was aber nicht wirklich hilft, die Jungs reißen sich an den Ärmeln, als bekämen sie es bezahlt, und ich gebe Ferdchen ein Küsschen auf die Nasenspitze.

Innere Aufgeräumtheit ist wie eine Tasse Tee ohne Störfelder, denke ich, während ich aus der Kita laufe. Genuss. Das ist der Luxus, der mir besonders im Alter am wichtigsten erscheint. Die kleinen Mäuse schmeißen emotional ja noch alles durcheinander, und dann ist plötzlich alles wieder vergessen: Wenn zwei sich streiten, sich bis aufs Blut beschimpfen und kurz vorm Kneifen und Haareausreißen sind und du schlichtest wie verrückt, spielen sie zwei Minuten später schon wieder voller Harmonie und Hingabe miteinander. Alles ist vergessen, und du bist völlig erschöpft vom Schiedsrichterjob. Gilt für Sophia und Ferdchen genauso wie für alle Kindergartenkinder.

Aber: Von allen anderen Individuen unserer Gesellschaft und besonders als ältere Frau, die immer noch mitten im Leben steht, erwarte ich mehr. Eine gewisse Reife erfordert auch ein regelmäßiges feuchtes Durchwischen des eigenen Gemüts. Gut, nicht jeder bekommt ein Empfindungsleben wie bei Tetris hin, das ist schon die hohe Kunst, dass alles zusammenpasst, aber man kann sich darin üben. Tati fragte mich neulich: »Wie schaffst du das? So ohne Groll, wenn der Lebenspartner geht? Und dann auch noch für eine Jüngere?«

»Es war okay für mich. Wir hatten unsere Zeit – und die war fantastisch. Und jetzt muss ich loslassen. Alles, was wir heute verlieren, ist kein Verlust, denn es passt nicht mehr zu uns. Soll ich Hans seine Entwicklung übel nehmen? Oder er mir meine?«

»Aber wie kann es dich nicht verletzen nach all der Zeit?«

»Es hat mich verletzt, natürlich habe ich in mein Kissen geheult, für eine Weile. Aber offenbar ist jetzt etwas anderes dran. Ich habe mich fürs Vertrauen entschieden, Tati, fürs Vertrauen ins Leben. Es wird schon seinen Grund haben, dass ich jetzt an diesem Punkt in meinem Leben bin.«

Tati pfiff durch die Zähne, nickte und trank ihren Rotwein in einem Zug aus, als wäre meine Einstellung so besser zu verdauen.

Vor dem Kindergarten setzt sich jetzt ein sympathischer Hausmeister auf einen Aufsitzrasenmäher und beginnt Meditationskreise zu fahren, während ich mich in den Defender setze. Ich gönne mir den Moment, ihn eine Weile zu beobachten. Unter uns: Ich steh auf Rasenmähen. Es duftet hervorragend, es entstresst total, und man hat sofort ein respektables Arbeitsergebnis. Manchmal überfällt mich kurz ein schlechtes Gewissen, denn frisch rasierter Rasen leidet ja eigentlich, und der Duft, den ich mit heiler Welt verbinde, ist eigentlich ein Hilfeschrei der Grashalme. Der Blattduftstoff Cis-3-Hexenol plus Aldehyde und Alkohol betört Mäh-Fans, aber eigentlich ist der Substanzenmix ein Not-Kit, der die Wundheilung ankurbeln, vor Bakterien schützen und Fressfeinde abhalten soll. Tja, des einen Entspannung, des anderen Leid. Wie bei uns Menschen. Nur können wir frei wählen. Da sind wir dem Rasen um einiges voraus, und das möchte ich auch Ferdchen und Sophia mitgeben: Ihr seid eure Gedanken, also wählt sie gut aus. Erwarte ich Positives, bereite ich dem auch den Boden. Stelle ich mich auf Negatives ein, steht es auch gleich vor der Haustür und malträtiert den Klingelknopf. Ereignisse, die einen negativen Anstrich haben, tragen manchmal Zwiebellook. Plötzlich schälen sie sich, es tritt ein positiver Kern zutage, und alles macht Sinn. Das kann bei einem Eheende der Fall sein, aber auch für das Förmchen gelten, das ich im Sandkasten nicht abbekommen habe. Denn vielleicht bin ich dafür schaukeln gegangen und habe Schmetterlinge und eine kleine Amsel beobachtet, und das war viel interessanter. Oder einen neuen Mann abgegriffen, der besser zu meinem jetzigen Ich passt. Es ist wie mit den Leuten, die sich immer beschweren, wenn der Sommer zu Ende geht. Sobald die Sonne den Himmelsäquator von Norden nach Süden überquert, ist für die Depression, Regen und kalte Kürbissuppe angesagt. Für mich hingegen ist der Herbst die nächste Saison, auf die ich mich freue, inklusive kuscheligem Grobstrick, leuchtendem Laub und einem warmen Chai Latte zu einem guten Buch. Immer her damit. Alles neu macht der erste Morgentau. Neulich las ich ein feines Gedicht, das mein Herz erwärmte:

»Sollst nicht murren, sollst nicht schelten,
Wenn die Sommerzeit vergeht,
Denn es ist das Los der Welten,
Alles kommt und alles geht.«

Wilhelm Müller

Und so ist es. Du kannst murren, aber das macht das Ganze ja auch nicht schöner. Treibt das Chlorophyll auch nicht gegen die Natur ins Blatt zurück. Auch schwindende Ehemänner kommen dadurch nicht zurück. Klar hat Hans' Abgang mein Vertrauen erschüttert und meine Welt ins Wanken gebracht, aber ins Vertrauen gehen ist immer der Schlüssel. »Zerreiß deine Pläne. Sei klug und halte dich an Wunder«, hat meine Mutter immer das Gedicht »Rezept« ihrer Lieblingsdichterin Mascha Kaléko zitiert. Sie fand, dass der Glaube an Wunder allein schon so beflügelnd war, dass er einem den Tag retten konnte. Selbst wenn man alle Pläne über den Haufen werfen muss, sollte der Positivismus dem Wunder die Tür aufhalten. Man weiß ja nie, was noch auf einen wartet. Und diese Haltung habe ich gerne von ihr geerbt. Wenn Ferdchen und Sophia etwas größer sind, werde ich ihnen den Gedichtband *Die paar leuchtenden Jahre* auch schenken. So viel zu einem chaotischen Kita-Montag und meinem aufgeräumten Seelenleben.

KAPITEL 28

Spielplatzflirt

*U*nd fast als wollte das Universum mir applaudieren, fügen sich an diesem Nachmittag die Dinge.

Aber der Reihe nach: Sophia und ich holen Ferdchen vom Kindergarten ab, und es ist ein so schöner Spätsommertag, dass wir postwendend auf unseren Lieblingsspielplatz gehen. Der Himmel hat sich in Schale geschmissen, leuchtend blau und ohne eine einzige Wolke auf dem luftigen Gewand. Die Sonne strahlt, und man möchte sich einfach nur freuen, an diesem Tag auf der Welt zu sein. Es ist früh, die meisten Familien wurschteln noch daheim, und so geht alles ohne Kampf: Schaukeln ohne Anstehen, Wippen ohne Wartezeit, Sand satt für alle in der Kiste. Ich finde mich auf meiner hölzernen Parkbank wieder, ohne großartig interagieren zu müssen, ausnahmsweise einen Kaffee neben mir.

Und: ein älterer Herr, vielleicht etwas jünger als ich, aber Renteneintrittsalter definitiv schon geknackt. Aus dem Augenwinkel eine angenehme Gesellschaft: gebügeltes hellblaues Hemd, helle Cordhose, Segelschuhe, eine auffällige schwarze Corbusier-Brille auf der Nase. Er hat noch volles Haar, leicht zurückgegelt. Neben einem Kaffeebecher liegt der *Effilee,* was mich erst dazu bewogen hat, ihn genauer zu inspizieren, und er hält eine Leica in der Hand. Er wartet lange, bis er auf den Auslöser drückt und ein Foto von einem kleinen blonden Jungen macht, der auf ein paar Holzpfosten balanciert.

»Ihr Enkel?«, frage ich und sehe ihn direkt an.

»Ja, in der Tat! Und der andere da hinten, der gleich in die

Pfütze fällt, auch!«, sagt er nicht ohne Stolz und richtet seine Brille. »Und Ihre?«

»Die zwei da hinten!«, sage ich und deute auf Sophia und Ferdchen, die ausnahmsweise zusammen buddeln. »Ist es nicht das größte Glück? Die Kinder sind alles.«

»Ja!«, pflichtet er mir bei, und seine Augen glänzen. »Wir haben die volle Verantwortung für die Kinder, die nach uns kommen. Um mehr geht es nicht in meinen Augen! Ich lebe für meine Kinder und meine Enkel. Bisweilen kann ich mein Glück gar nicht fassen. Ich habe vier Enkelkinder, und alle sind einfach nur ein Wunder und die Hölle auf Erden zugleich.« Wir schmunzeln und nicken uns zu. Er riecht ein bisschen nach 4711 und Kaminfeuer-Gemütlichkeit. Gute Spielplatzgesellschaft.

»Ja, ich weiß genau, was Sie meinen«, antworte ich lächelnd.

»Übrigens nicht dass Sie denken, ich hätte Ihre Enkel fotografiert. Sie sind nicht auf meinen Fotos. Versprochen. Ich bin da sehr genau. Ich bin, also war, Anwalt. Letztes Mal hat mir hier eine junge Mutter gedroht – wegen Datenschutz.«

»O Gott, nein, zu der Generation gehöre ich nicht.«

»Könnten Sie aber ... Dann bin ich ja beruhigt.« Er zwinkert. Flirtet hier wer?

Wir sitzen einen Augenblick so da, trinken jeder einen Schluck aus unseren Pappbechern, und es ist einfach nichts Verkehrtes daran. Schweigen zwischen zweien, die es können.

»Trinken Sie schwarz?«, frage ich, denn der Kaffeeduft ist so intensiv, dass nichts anderes infrage kommt.

»Ja, dieser Hafer-Latte-Blödsinn ist nichts für mich. Das ist die ›Schrankwand rustikal‹ der Neuzeit. Die jungen Leute heute sind so viel spießiger: Sie können keinen echten Kaffee mehr trinken, keine Ungewissheit aushalten, und wer kein Lastenrad fährt, ist schon ein Abgesandter der Hölle.«

»Ha! Das denke ich jeden Morgen.«

»Mein Sohn ist auch Anwalt, der soll jetzt eine Dame verklagen, die vor der Kita mit ihrem Defender in das Lastenrad seines Mandanten gefahren ist und den Schaden nicht zahlen will.«

»Ach. Wieso das denn?« Jetzt wird's ja mal richtig interessant.

»So genau weiß ich das auch nicht. Angeblich ist das Lastenrad Totalschaden, aber vor einer Kita fährt man ja keine hundert Kilometer pro Stunde? Ich glaube, es ist eine Form von falsch verstandener Erziehung. Ich persönlich würde der Frau ja eher einen Blumenstrauß mit einer Karte schicken: ›Danke, einer weniger von den Spinnern auf der Straße!‹«

Ich muss lachen, und meine Antwort sorgt gleich für noch mehr Gelächter: »Na, dann können Sie gleich mal da drüben zum Blumenladen rennen. Ich war das!«

»Sie? Nein! Das glaube ich jetzt nicht.« Jetzt brechen wir beide in schallendes Gelächter aus. Alle vier Kinder schauen kurz auf, können aber nichts Falsches daran finden, dass eine Oma und ein Opa mit ein paar Dezibel kichern, und wenden sich wieder ihrem Spiel zu.

»Und außerdem war an seinem verdammten Rad nichts, rein gar nichts, es war ja nur Schritttempo.«

»Wie bedauerlich!«, schmunzelt mein Gegenüber. »Ich bin übrigens Alexander.«

»Hildegard!« Wir schütteln uns die Hände wie Komplizen, als plötzlich ein klitschnasses Kind vor uns steht.

»Opa, ich bin in die Pfütze da hinten gefallen.«

»Dann müssen wir los und dir etwas Trockenes anziehen. Ruf bitte deinen Bruder!«, stellt Alexander fest, klemmt sich den *Effilee* unter den Arm, hängt sich die Leica um wie ein Berner Sennenhund den Alkohol und dreht sich zu mir: »Hildegard, es war mir ein Vergnügen. Ich hoffe, wir sehen uns wieder? Wir sind immer um diese Zeit hier … Und meinem Sohn lese ich daheim die Leviten, der soll diese Sache zu den Akten legen. Ich empfehle mich!«

Wenn Sie mich jetzt sehen könnten auf meiner Bank. Ich würde Ihnen zuzwinkern und sagen: »Vertrauen ins Leben – ich erwähnte es, oder?«

KAPITEL 29

Harzausflug

»Du hast auf einer Parkbank mit einem anderen Opa geflirtet?« Tati schwankt zwischen Irrglauben und Begeisterung. Hört man klar raus.

»Ja, es fühlte sich zumindest so an.« Während ich das sage, schaue ich in den Spiegel und strichele meine Augenbrauen nach. Eigentlich bin ich auf dem Sprung in den Harz, aber konnte es dann doch nicht lassen, Tati anzurufen.

»Und hast du seine Nummer?«, fragt es aus dem Lautsprecher.

»Nein.«

»Wieso nicht?« Tati entgleitet gerade hörbar ihre Kaffeetasse. »Mist! Verdammter!«, flucht sie hinterher.

»Ich war so überwältigt von der Tatsache, dass mir ein Mann gefallen hat, dass ich gar nicht daran gedacht habe.«

»Hat er nicht nach deiner gefragt?«, will sie wissen.

»Nein, er meinte nur, er sei immer um diese Zeit da und würde mich gern wiedersehen. Aber, Tati, diesen Moment kann uns keiner mehr nehmen. Wenn ich allein daran denke, muss ich lächeln wie ein Teenie nach dem ersten Doppelkorn. Ich weiß gar nicht, ob ich ihn wiedersehen will. Es war einfach perfekt.«

»Perfekt. Ja, genau. Und wenn es perfekt weitergehen würde?«

»Ich fahre jetzt mit den Kleinen erst mal in den Harz. Meine Tochter will sich noch einmal ihre verkorkste Ehe angucken und hoffentlich zu dem richtigen Schluss kommen, und deswegen muss das jetzt warten. Er wird auch nächste Woche noch auf der Bank sitzen, wenn es ihm wichtig ist.«

»Dein Wort in Gottes Ohr, meine Liebe. In unserem Alter sind

Männer rar gesät, don't forget. Die seltenen Exemplare sind schnell wieder vom Markt oder segnen das Zeitliche.«

»Du weißt doch, Tati, die Seelen, die sich verabredet haben, finden sich.«

»Sag das mal dem Erfinder von Parship! Viel Spaß im wilden Harz, Cowgirl!«

Wir legen auf, und ich denke: Das Schicksal wird schon seine Gründe haben. So einfach ist das. Wenn es sein soll, sehen wir uns wieder. Punkt. Und jetzt ab ins Auto. Die Brockeneisenbahn ruft – und unser kleiner Dreiseitenhof. Im Harz ist die Welt noch in Ordnung, dort kann man zwölf Stunden wie ein Stein schlafen, verpasst nichts und wacht als sehr freundlicher Mensch wieder auf, der ein Ohr für die Sorgen anderer hat und zum Kaffee einlädt. Männer sind noch Männer mit Hobbys wie Holzhacken und den passenden Flanellhemden dazu. Man braucht dort nichts außer sich selbst, und als wir kaum ein paar Stunden später in der Brockeneisenbahn sitzen, durchströmt mich die Freude wie ein Rudel springender Lachse am Fuße einer schottischen Fischtreppe. Die Fahrt von Wernigerode zum Brocken absorbiert mich immer wie junge Menschen Netflix. Manchmal denke ich, ich kann mit der Natur besser als mit meinen Mitmenschen. Sie ergreift mich einfach, und diese Verbindung ist unantastbar, was ich sehr beruhigend finde. Der Wald macht nicht mit dir Schluss, wenn du dich durch die Wechseljahre schwitzt. Was hat mich der Harz schon heulen und jubilieren sehen! Vermutlich bin ich häufiger mit dem Brocken ins Bett gegangen als mit meinem Ex-Mann.

Das Problem mit den Vertretern der menschlichen Gruppe ist ja: Die werden leider nicht schlauer! In diesen Zeiten denken sie, dass Glück Konsum und Amazon ist. Man möchte sie wachrütteln und liebevoll anbrüllen: »Nee, ihr Smartphone-Jünger, Glück ist ausschließlich von innen bestimmt. Es lebt in euch. Ihr müsst nur vermögen, es aufzuschließen.« Für mich sitzt es am Ofen mit Miles Davis oder Leonard Cohen in den Ohren und löffelt mit mir Erbsensuppe mit altmodischen Mettenden. Oder Harzer Würzfleisch aus der Dose, was man eigentlich keinem erzählen kann. Es ist nur so ein schöner Kontrast zum Eppendorfer Kaviar, verstehen Sie? Was für meine Eltern Taubenzüchten und Ziegenmilch aus dem Euter waren, sind für mich das Ragoût fin des Harzes und der Bollerofen.

»Oma, schau!« Die Landschaft rast an uns vorbei, und meine Sitzbeinhöcker spüren regelrecht den Kesseldruck. Wenn man die toten Fichtenmonokulturbestände als Wald im Wandel zu einem Laub- und Mischwald betrachtet, hat die Baumstammwüste fast eine eigene Ästhetik. Die Ästhetik einer Wildnis, wie ich sie vielleicht in Kanada gesehen habe. Die Wildnis und der Wald im Harz, so lebendig wie nie, weil die Natur im Begriff ist, sich zu ändern. Das lässt mich demütig zurück. Auch die Kinder staunen und starren die Baumstämme an, als wären sie verbotene Gesichtswurst an der Fleischtheke.

»Oma, stirbt der Wald hier?«, fragt Ferdchen.

»Ja und nein. Hier stehen nur Fichten, die sind alle gleich, und das mag die Natur nicht. Die will Mischwald. Und der wird wachsen, wenn die Fichten sterben.« Die Stümpfe fliegen an uns vorbei, als würden wir durch eine Kraterlandschaft wandeln.

»Und wieso stehen da lauter Fichten, wenn die hier nicht hergehören?« Mein Enkel ist fest entschlossen, das hier alles zu verstehen.

»Die hat der Mensch gepflanzt. Er brauchte schnell Holz und Bäume. Nur fühlt sich die Fichte hier nicht wohl. Daran hat er nicht gedacht.«

»Der Mensch ist so dumm«, stellt Sophia fest.

»Ja, leider. Aber das Schöne ist: Der Wald ist voller Leben. Abgestorbene Bäume, Borkenkäfer und Totholz sind quasi Geburtshelfer für das Neue. Totholz ist nämlich auch Unterschlupf für andere Mikroorganismen wie Pilze. Oder Kleintiere wie Insekten. Bald werden hier viele verschiedene Baumarten wachsen, und dann ist der Wald wieder gesund. Wenn ihr groß seid, so Mitte zwanzig, und mit dieser Bahn fahren solltet, wird sich euch ein völlig anderes Bild zeigen.«

Nur ich werde dann wohl nicht mehr dabei sein, denke ich, kurz etwas wehmütig. Das Leben loslassen – schafft man das je wirklich? Es gibt doch immer noch etwas zu sehen, zu fühlen, zu erleben. Wie kann man von diesem wunderbaren Ding namens Leben je genug haben? Und vor allem, wenn man seine Enkel begleiten und alles noch einmal durch sie erfahren kann? Bin ich nicht auch wie ein Stück Totholz, das den Weg bereitet für alles Neue? Sascha hat immer gesagt: »Nur wenn der Cognac älter ist als König Charles, kann man gemeinhin von einem gelungenen Abend sprechen.« Man stelle sich vor, der Cognac wäre ein Jungspund gewesen – ruinierte Soiree, ganz klar. Das Junge ohne das Alte – völlig aufgeschmissen.

Der Harz reißt den Himmel auf, und die Fichten stehen nicht mehr nur im Nebel der Dampflok. Es ist ein surreales Bild, fast wie eine Utopie der Endzeit. Ferdchen und Sophia schauen fasziniert in die marode Monokultur, bis der Magen grummelt: »Oma, ich hab Hunger.«

»Zeit für ein Zigeunerschnitzel! Mein Freund Manni macht das beste am Brocken.«

»Das sagt man nicht, Oma«, entgegnet Ferdi und guckt ganz streng.

»Da hast du recht, mein Herz. Das Rotationseuropäerschnitzel essen wir aber trotzdem, okay?«

Kurz denke ich, dass der Wald fast eine Analogie zur Sprache bildet. Wächst auch immer wieder neu. Manchmal treibt sie Blüten, aber sie verstellt sich nie.

KAPITEL 30
Glück

Die Tage im Harz lassen mich alles vergessen. Wir *sind* einfach nur. Atmen, wandern, essen. Geschichten am Ofen. Ferdchen und Sophia sind so neugierig und interessiert, dass sie alles aufsaugen und mitleben. Manchmal schlafen sie beide ein, während ich Geschichten aus der »guten alten Zeit« erzähle – natürlich etwas aufgemotzt. Manchmal muss ich Superhelden wie Ladybug oder tierische Freunde wie Peppa Wutz einbauen, aber so flexibel bin ich dann schon.

Die Flammen des Ofens tanzen auf den Gesichtern der Kinder, während sie wie Engel in meinen Armen liegen. Einer links, einer rechts. Und ich ertappe mich dabei, wie ich nirgendwo anders sein möchte als genau hier. Wer braucht schon einen Privatjet, die neurotische Stadt oder Kaviardosen im Frisbee-Format?

Wir fahren wieder mit der Harzer Schmalspurbahn, schleichen durch Schlösser, besuchen den Märchenwald, die Erzgrube Büchenberg und den Hexentanzplatz, schlendern durch Quedlinburg und Wernigerode und studieren Flora und Fauna auf dem 30 Meter hohen Baumwipfelpfad in Bad Camberg.

An einem Nachmittag kaufe ich Sophia einen kleinen Webrahmen und Ferdchen ein Kinderschnitzmesser, und wir beginnen mit meinem Freund Manni, dem Schnitzelmann, das Schnitzen, nachdem wir die Haselsträucher im Wald abgegrast haben. Mein kleiner Enkelsohn ist ganz scharf darauf, nimmt die Sache sehr ernst, und nach ersten Apfel- und Kürbisübungen und mit Mannis Unterstützung entstehen tatsächlich ein Wanderstock für mich, dann Pfeil und Bogen und ein kleiner Fisch-Anhänger für seine Schwester.

Tini ist natürlich völlig entsetzt, als ich ihr am Abend ein Foto schicke: »Du gibst Ferdi ein scharfes Messer in die Hand? Ferdi, der über seine eigenen Füße fällt? Ernsthaft?«

»Ja, und er hat es ganz großartig gemacht. Außerdem muss es scharf sein, denn je stumpfer, desto mehr Druck braucht es, und dann ist die Gefahr abzurutschen viel größer.«

»Mir wird schlecht.«

»Tini, wir haben vorher geübt, er hat das super gemacht, war unendlich stolz, und es ist eine tolle Beschäftigung. Es verbessert die Feinmotorik, erweitert das Vorstellungsvermögen, und – das Beste – er war wahnsinnig glücklich und ganz konzentriert.«

»Und er hat sich nicht verletzt oder Sophia?«, fragt Tini nach.

»Bis auf das Bein, das wir amputieren mussten, nein.«

»Mama!«

Ich lache. Und ich glaube, sie heimlich auch.

»Tini, Schätzchen, vertrau mir. Du hast ja auch noch alle Gliedmaßen. Ich war schon mal Mutter.«

Jetzt muss sie selbst laut lachen.

»Und wie läuft es mit Chris?«, will ich wissen.

»Gar nichts läuft da. Er hat sich beschwert, dass ich immer alles zerreden will, er sich jetzt dringend auf sein Business konzentrieren muss und es nur meine Schuld ist, wenn es nicht bald läuft, weil ich ihn ja ständig vom Entwickeln des ›Goldenen Tropfens‹ abhalte.«

»Des goldenen Hopfens wohl eher? Du kennst meine Meinung dazu. Gute Nacht, mein Schatz!«

»Es ist doch erst 21 Uhr«, bemerkt mein erwachsenes Kind ungläubig. »Du bist doch sonst immer eine Nachteule gewesen?«

»Ja, aber jetzt nicht mehr. Ich stehe mit den Hühnern auf und gehe mit der untergehenden Sonne ins Bett. Die kleinen Monster stehen ja auch mit dem ersten Sonnenstrahl auf. Das machen wir naturverbundenen Brocken-Fans so.«

Als wir auflegen, merke ich, dass ich immer noch lächele. Zum einen greift die Brocken-Romantik beim Nachwuchs, zum anderen läuft alles nach Plan mit Tini. Was will man mehr? Höchstens vielleicht noch eine Fortsetzung des Parkbank-Flirts, aber das wäre wirklich totaler Luxus.

KAPITEL 31

Brotdosen-Terror

So schnell der Harz uns mit seiner Achtzigerjahre-Magie verschluckt hat, so schnell klatscht uns der Alltag wieder an die Wand. Es ist Montag, und Ferdchen steht anklagend vor seiner Brotdose. »Ich will das nicht, Omi!«, mault er, während ich ihm die Hausschuhe anziehe. Um uns herum galoppiert eine Horde Hexen mit orangefarbenen Haaren unter spitzen Hüten im Kreis, begleitet von ein paar rosa gekleideten Prinzessinnen, die nach eigener Auskunft »gleich in den Urlaub fahren und eine Feier besuchen wollen«. Natürlich nicht allein, alle haben Babypuppen in rosa-orange gestreiften Strickpyjamas auf dem Arm. Da war bestimmt eine Omi am Werk. Und während ich all das registriere, schiebt sich Ferdinands quengelnde Miene wieder in mein Blickfeld. »Mama macht da immer so viel Rohkost rein. Ich will Nutellabrot.«

»Aber Rohkost macht dich schnell und stark, und wenn du viele Möhren isst, kannst du gucken wie ein Luchs. Das ist doch super?«, entgegne ich.

»Die anderen haben wenigstens Spaß, wenn sie so was essen müssen. Max' Mama packt ihm immer Spiegeleier in Herzform ein, und Idas Mama legt die Gurkenstifte zu einem Gesicht. Ich habe einfach nur Möhrenstreifen, und die sind langweilig.«

»Jetzt hör mir mal zu, mein kleiner Freund, das ist völlig egal. Mama legt dir wertvolle gesunde Lebensmittel in deine Dose, und die schmecken gut und machen dich groß. Wenn ich aus einer Melone einen Fisch schnitze, schmeckt sie auch nicht anders. Und ich weiß nicht, wann diese Mütter das alles machen, aber deine Mama hat wirklich sehr viel zu tun. Wann soll die Schablonen-Eier braten?«

»Du kannst das doch machen?«

Und jetzt stehe ich da. Sogar die kleinen Prinzessinnen scheinen mich vorwurfsvoll anzustarren. Mein Enkel fühlt sich also abgespeist mit seinem Durchschnittsfrühstück in Bioqualität. Wann hat das angefangen mit dem Brotdosen-Terror? Wann haben die Mütter begonnen, um fünf Uhr aufzustehen, um Kanapee-Herzchen auszustechen, Mozzarella-Mäuse zu modulieren und Gurkensternschnuppen zu schnitzen? Das Schwarzbrot in Katzenform zu schneiden, eingefärbte Spaghetti als Nachthimmelsimulation oder Laugengebäckbienen mit Herzoblatenflügeln zu drapieren? Das dauert ja nun mal ein Weilchen. Seit wann definiert sich eine Mutter über ihre Brotbox?

In dem Moment kommt mir die Erzieherin zu Hilfe. »Aber Ferdinand, Max' Mama ist Konditorin und backt beruflich Motivtorten mit Figuren drauf. Und Idas Mama ist Momfluencerin auf Instagram. Die machen den ganzen Tag nichts anderes. Nicht jede Mama kann täglich Butterbrotsterne machen. Und das ist völlig okay. Nichts schmeckt schlechter, nur weil es seine ursprüngliche Form behält, weißt du?«

In Ferdis Kopf rattert es, das kann man sehen. Bis ein paar Jungs mit Flugzeugen in der Hand an ihm vorbeifliegen, da ist er schon weg.

»Das hat eine Dynamik angenommen – wir müssen da mal wieder etwas runterkommen und von den Bananen-Roll-ups zurück zur Stulle!«, seufzt mein Gegenüber. »Letztes Jahr an Halloween hat ein Kind geheult: In der Brotdose lagen Fruchtgummigehirne, es gab Spinnweben aus Esspapier und Würstchen in Fingerform mit Ketchup-Verletzungen!« Sie rollt die Augen gen Decke, während ich nur zustimmend den Kopf schütteln kann. »Sie haben keine Vorstellung: Ich musste Erste Hilfe leisten und alles in den Müll werfen«, raunt sie mir noch zu, bevor sie eine Teekanne holt.

Ja, das ist ein hartes Brot mit der Box! Als Tini klein war, gab es eine Stulle mit Käse oder Wurst in böser Alufolie und dazu einen Trinkkarton mit kariesförderndem O-Saft. Meistens hat sie alles weggeworfen oder gegen etwas Süßes getauscht. Mal davon abgesehen: Ein Biobrot kann man meines Wissens nicht ausstechen. Das ist eine ehrliche Jause. Kannst du es kneten und dekonstruieren, solltest du es besser nicht essen, denn dann ist es doch ziemlich weit entfernt von einem Lebensmittel. Das erinnert mich immer an die Toastwerbung aus den USA in den Neunzigern, die lief in Dauerschleife, und das Werbeargument für das Produkt war, dass man seinen Daumen hineindrücken konnte und der Abdruck blieb. Heute würde jeder Normalgeistige bei so was schreiend davonrennen! Und wer möchte schon Lebensmittelfarbe auf labberigem Weißbrot essen, damit es an Ostern, schön ausgestochen natürlich, eine Möhre simuliert?

Sophia und ich fahren in die Stadt und machen Besorgungen, während Ferdchen im Kindergarten ist. Einmal Reinigung abholen, frische Blumen besorgen und Obst und Gemüse kaufen. Meine Enkelin ist eine erstklassige Einkaufsassistenz. Schiebt den kleinen Mini-Kinder-Einkaufswagen neben mir her und sammelt selig alles ein, was ich ihr reiche oder sie bitte zu holen. Hin und wieder fährt sie etwas ungestüm durch die Reihen und ein, zwei meiner Altersgenossinnen in die Hacken, aber die haben so festes orthopädisches Schuhwerk an den Füßen, dass sie nur milde lächeln.

»Omi, auch Schokolade?«, fragt Sophia mich, faltet ihre kleinen Hände und macht das Katzengesicht vom gestiefelten Kater aus Shrek.

Ja, sie weiß, wie es geht.

»Na gut, such dir eine Tafel aus.«

Ihre Wahl fällt auf Krokantschokolade, und sie schiebt fröhlich ihren Wagen weiter zur Kasse. Unglaublich, wie man mich hier um den Finger wickelt! Da bin ich echt stereotyp. Aber irgendwann muss ich ja auch mal Mainstream sein. Zumindest als Oma. Man kann auch nicht jede Nische des Oppositionismus besetzen. In dem Punkt mache ich jetzt mal einen auf gutbürgerlich. Es handelt sich immerhin um Bioschokolade mit hohem Kakaoanteil.

Als Sophia und ich Ferdinand später abholen, hat sich übrigens alles zum Gesunden gewendet.

»Omi, ich durfte mal bei Ida abbeißen«, erzählt er. »Das schmeckt nach Pappe, was da mit großen Augen aus ihrer Dose rausguckt. Sie mochte es selbst nicht. Wir haben es dann kaputt gespielt, und ich habe ihr etwas von meinem Vollkornbrot abgegeben.«

Manche Dinge regeln sich eben ganz von allein.

KAPITEL 32

Kindergeburtstag

D er Tag, an dem Ferdinand seine erste Geburtstagsein-
ladung im Kindergarten überreicht bekommt, ist wie ein
Zeitvakuum. Er ist dermaßen aufgeregt und glücklich, dass mein
Herz einen Sprung macht. »Oma, Oma, ich bin eingeladen! Zu
einem Geburtstag!«

»Ja, wunderbar!«, sage ich und freue mich mit, wie sich nur
eine Oma freuen kann. Nicht über diese Einladung mit hässli-
chen Paw-Patrol-Hunden, sondern einfach darüber, dass Ferdi
Teil der Crowd ist, dass er etwas erleben wird, was jeder erleben
sollte, nämlich ein Gast auf einer Feier zu sein, ein Geschenk
auszuwählen, Spiele zu spielen und böse Süßigkeiten essen zu
dürfen. Ich weiß noch, wie glücklich Tini immer war, wenn Geburtstage anstanden. Es gab endlich diese widerlichen Pappwaf-
feln mit Schoko-Erdbeer-Vanille-Creme, Fanta, Cola und Rif-
fel-Pommes mit Gewürz-Curry-Ketchup bis zum Abwinken.
Außerdem jedes Mal eine Mitgebsel-Tüte mit großartigen kleinen Dingen, die niemand brauchte, die aber auch nicht sofort
kaputtgingen. Meist kleine Holzkreisel, eine Candy-Kette, ein
PEZ-Plastik-Goofy, Leckmuscheln, Schokoladenzigaretten (heute würden die Eltern das Jugendamt anrufen, wenn so was in
einer Tüte wäre), eine Candywatch, Schokomünzen oder ein
Flummi, mit dem man wunderbar Vasen zertrümmern konnte.
Die Kinder konnten von der Feier noch lange zehren und Maoam
und Fritt kauen, bis der Zahnarzt kam, auch wenn sie schon
längst vorbei war. Gut, die Kleinen waren bestimmt irgendwann
total fertig und aufgedreht vom Zucker, aber keiner hat das da-

mals hinterfragt. Nicht falsch verstehen: Süßigkeiten-Awareness finde ich super, nur hin und wieder fünf gerade sein lassen eben auch. Einen legendären Geburtstag mit Karottensticks und Gurkengesichtern kann ich mir zumindest nicht vorstellen. Selbst wenn man die in die eingefärbten Spaghetti-Nester der Brotbox-Freaks legt und einen Zuckerrand in Rosa anklebt. Es ist ein bisschen wie bei Erwachsenen: Einen extrem amüsanten Abend hat man tendenziell eher mit ein paar Gläsern Weißwein und einer Dose Kaviar als mit Kamillentee und Dinkelwaffeln. Das ist hart, fast inakzeptabel, aber es ist einfach so. Andernfalls beginnt der Spaß höchstens erst nach der Zusammenkunft, wenn man am nächsten Morgen ohne Kater, mit jubilierender Leber und ohne postalkoholische Depression aus dem Bett steigt. Nur die Party hat man dann halt verpasst. Ich bin immer für Doppelmoral und Flexibilität, was diese Dinge angeht. Und zur Not sind Bittersalz, Olivenöl und Grapefruitsaft ja nicht weit, um die Leber wieder in Form zu bringen. Ja, manches Problem muss man einfach so lange umrunden, bis man es von der Seite betrachtet, von der es gut aussieht. Es ist alles eine Frage des Lichts oder der Tagesform. Glauben Sie einem Profi, denn ich bin im Zweifelsfall älter als Sie.

Diese goldene Regel wird nur um eine ergänzt, und zwar um die einzige gesellschaftliche, die für jeden gilt: radikaler Egoismus! Wer die nicht befolgt, lebt ja nur für andere, und dafür sind wir ja nicht hier, oder? »Schaff dich ab« – das war noch nie ein gutes Lebensmotto. Ich behaupte sogar, die meisten Menschen laufen mit diesem Glaubenssatz herum. Sie gönnen sich nichts, sie rennen nur, sie verweilen nicht im Augenblick, und sie haben gar keinen Schimmer davon, was sie eigentlich wollen. Sean Penn hat mal in einem Interview gesagt, dass er glaubt, dass wir in eine Welt hineingeboren werden, in der sich niemand die Zeit nimmt, der zu werden, der er ist. Und all diese Menschen, die nicht sie selbst sind, verletzen die wenigen, die sich diese Zeit nehmen.

Ich textete diesen Gedanken Tati, die irgendwo vor Capri auf einer Jacht herumlag, und sie kommentierte: »Das ist mir zu theoretisch, so wie auch ›carpe diem‹. So funktioniert das Leben nicht für mich.« Und zwei Minuten später: »Ich habe es noch mal gelesen und halte es für eine Scheißhausparole.« Dazu zwei heulende Lachsmileys. Meine Tati. Ich schrieb zurück: »Ich finde, es passt grundsätzlich immer«, schickte einen Kusssmiley, denn ich bin ja eine Demokratin und bete die freie Meinungsäußerung an, und hatte fortan ein Ventil für alle Idioten um mich herum. Denn so kann man sich sagen: »Du bist halt frustriert, weil du einfach nicht du bist.« Gefangen im falschen Leben macht einfach böse. Bewusst oder unbewusst.

Aber zurück von diesem gedanklichen Exkurs zum Kindergeburtstag: Ferdinand und ich haben in einem langen Auswahlprozess ein Buch über Drachen und eine Schleich-Figur von Harry Potter ausgesucht. Stundenlang haben wir das Ganze verpackt und mit Bonbons beklebt und das Geschenkband mehrfach neu angeschnitten, weil es immer wieder ausgefranst ist, und jetzt trägt er beides wie eine Trophäe vor sich her. Der Jubilar hat klar erkannt, für wen die zwei Päckchen sind, und nimmt gleich allen Kindern die Präsente aus den Händen wie ein Postbote. Es wird ein Kindergeburtstag wie früher: Party daheim, Schnitzeljagd, am Ende Pommes. Überall liegen und fliegen Luftballons, Luftschlangen ringeln sich über Sofas und Tische, Süßigkeiten in jeder Ecke. Die Kinder kommen erst mal an und spielen mit allem, was ihnen in die Finger kommt. Viele haben Paw-Patrol-Figuren dabei, und was noch entzückender ist: Sie haben auch noch eine für Ferdinand, der sofort ausgestattet wird. Einziger Wermutstropfen: Es ist so laut, dass sich einige meiner Bekannten mit

Sicherheit die Hörgeräte herausgenommen und gesagt hätten: »Ein Wunder. Ich kann wieder hören!« Maximale Dezibel-Zahl lässt grüßen.

Einige Mütter stehen um einen Küchentresen herum und trinken Kaffee, mir wird ebenfalls einer angeboten. Also geselle ich mich dazu und stelle fest: Die sind alle ganz schön gemein. Die erste neben mir – ich nenne sie politisch unkorrekt »Zinken«, denn ihre Nase ist bereits aus der Tür heraus – sagt: »Das ist so süß, ein Oldschool-Geburtstag zu Hause. Wir waren letztes Mal im Wonderland. Das kostet natürlich richtig.«

Die zweite, Typ Brille, etwas mollig, gebügelte Bluse, antwortet: »Ja, kenne ich. Wir haben pädagogisch wertvoll im Kindertheater gefeiert. Zuckerfrei sogar. Es gab einen glutenfreien Honigkuchen. Das Motto war: Ausdruckstanz meets Sprachvortrag. Die Kinder waren aufmerksam und konzentriert und konnten hinterher ihren Namen tanzen und eine Rede halten. Mein Kind tanzt immer noch seinen Namen, wenn ich es darum bitte.«

Die dritte, im Hoodie-Jeans-Outfit, seufzt, nickt und zerreißt ein Taschentuch.

»Was machst du da?«, fragt der Zinken.

»Mir ist der Geräuschpegel zu heftig. Ich bin Mädchenmama. Ich bastele mir Ohrenstöpsel wie zu Festivalzeiten. Kennste nicht?«, fragt der Hoodie etwas schlurfig zurück.

»Nein. Festivals sind nicht meine Welt. Da urinieren ja alle auf deinen Schlafsack. Ich gehe lieber ins Theater.«

»Ist nicht das Wichtigste, dass die Kinder Spaß haben?«, frage ich in die Runde.

»Prinzipiell schon«, antwortet der Chef-Zinken, »aber irgendwann ist ja auch Schluss mit lustig. Die Kinder müssen sich in der Welt behaupten, und man kann gar nicht früh genug damit anfangen, sie stark zu machen.«

»Das stimmt. Stellt sich nur die Frage, was sie stark macht und was nicht«, kontere ich. Jetzt sagt keine der drei Frauen mehr etwas, alle rühren in ihrem Kaffee herum oder trinken. Der Gastgeber rettet die jungen Frauen und schlägt vor: »Wir machen jetzt unsere Schnitzeljagd!«

»Jaaa!«, schreien die Kinder, und mir nichts, dir nichts sind alle draußen. Sie laufen mit Begeisterung im Garten herum, lösen Rätsel, suchen Gegenstände und feuern sich gegenseitig an. Die Zinken-Theater-Hoodie-Fraktion schlürft weiter lästernd Koffein, während ihre Kinder voller Eifer durch den Garten laufen und stolz wie Bolle jubeln, wenn sie ihrer kleinen Schatztruhe etwas näher gekommen sind. Eine Aufgabe ist besonders beliebt: Nägel in ein Holzbrett hämmern. Selbst Sophia möchte mitmachen. Im Gegensatz zu den Jungs schlägt sie die Dinger sogar gerade rein und nicht krumm. Interessant. Da zupft jemand an meinem Bein. Ferdi fragt ganz atemlos: »Omi, traue ich mich das?«

»Natürlich tust du das. Da ist doch nichts dabei.«

»Aber ich weiß nicht, Omi. Ich will ja. Aber was, wenn ich es nicht kann oder mir wehtue?«

»Einfach machen?«, schlage ich vor. »Sonst findest du ja nie raus, wie es ist.«

Er läuft etwas wackelig los, und ich gehe hinterher. Er schaut mich aus großen Augen an, während er den Hammer fest umklammert. Ich nicke. Und Ferdi schlägt den Nagel ins Brett – mit fünf Hieben. Er strahlt.

»Es war ganz leicht!«

»Siehst du, man darf seinem Kopf nicht immer alles glauben. Bauchgefühl ist wichtiger.«

»Mein Bauch wollte das.«

»Siehst du!«

Es ist schon verrückt mit diesen kleinen Wesen. Was machen

wir mit denen, dass sie so kopflastig werden? Kinder sind so rein, so unverfälscht, sie spielen um des Spielens willen. Nicht mit einem Ziel als Intention. Du baust eine Sandburg mit ihnen, formst stundenlang Hügel, Kanäle, versuchst das richtige Wasser-Sand-Verhältnis herauszufinden für optimale Baukonsistenz, sammelst Muscheln zum Dekorieren. Und dann plötzlich, nur weil ihnen gerade danach ist, springen sie drauf, und alles ist hinüber. Finden sie spitze. Und du als Erwachsener siehst nur das vermurkste Arbeitsergebnis. Alles umsonst.

Falsch gedacht! Nichts war umsonst, denn der Moment des Bauens war genauso wunderbar wie der der Zerstörung. Zumindest für die kleinen Menschen. Die ganz Blöden schimpfen und motzen dann. Und im Anschluss verkopfen wir sie und gewöhnen ihnen das Bauchgefühl ab. Diese kleine Antenne unterm Zwerchfell, die unsere Ahnen vor dem sicheren Raubtiertod bewahrt hat. Nur weil sie ein bisschen nebulös und undefiniert ist und keine Kopfschmerzen machen kann, haben wir diese körpereigene Intuition als unwichtig abgestraft.

Dabei gibt es die Darm-Hirn-Achse, und Forscher vermuten inzwischen, dass der Darm sehr viel mehr denkt, als wir bisher wussten. Und bei manchen Menschen ist ja sowieso im Oberstübchen nicht allzu viel vorhanden. Da ist es nicht mal teilmöbliert, kann ich Ihnen sagen, die können froh sein, wenn der Darm mitarbeitet. Am Ende des Tages bereut man die Bauchentscheidungen immer weniger als die Kopfentscheidungen. Ich behaupte sogar, der Teil, der auf unseren Schultern sitzt, neigt dazu, immer alles eher zu katastrophalisieren. Braucht kein Mensch. Ergo: Wir müssen mehr auf unseren Bauch hören. Er ist so viel klüger. Meine erfolgreichsten Freunde können zwei Dinge: Störungen ausschalten – und haben ihren Bauch zum Bundeskanzler ihres Lebens gemacht. Und zwar zu einem ohne Gedächtnisverlust wie Herr Scholz. Das muss ich Ferdinand und

Sophia heute Abend unbedingt erklären, schreibe ich es mir gleich mal auf die gedankliche To-do-Liste hinter »Dehnübungen«.

In dem Moment läuft Sophia strahlend auf mich zu: »Omi, die hab'n die Schaat-Kiste!«

»Sie haben sie? Oh, großartig!«, sage ich und streiche ihr über den Kopf.

»Ja, und sie ist voller Süßigkeiten!«

»Na dann, ran an den Speck.«

Die Kinder sind so glücklich über ihren Fund, dass sie die Schokomünzen stehen lassen und weiterspielen. Wir Erwachsenen trinken noch einen Kaffee, bis mein Blutdruck rauscht, aber hey, es ist Kindergeburtstag, da müssen alle mal über die Stränge schlagen, und danach duftet es bereits nach Pommes. Der Zinken und die Theatertante sind gegangen, und der Hoodie hat völlig vergessen, wem er vorhin nach dem Mund geredet hat, und nimmt im Zuckerrausch die Ohrenstöpsel-Taschentücher heraus. Dann wird es still, denn alle essen Pommes, auch wir. Und nach fünfmal »Wir fahren in fünf Minuten!« reißen wir uns irgendwann los, steigen in meinen Porsche und fahren nach Hause. Sophia schläft bereits in ihrem Kindersitz, als Ferdinand murmelt: »Mann, Omi, war das toll! Wann hab ich endlich Geburtstag?«

KAPITEL 33

Sehnsucht

*D*u denkst immer noch an den Parkbank-Mann?«, fragt mich Tati eines Abends, als Tini mit den Kindern und Schwiegerflasche Chris essen gegangen ist und ich etwas Zeit für mich habe.

»Ja, manchmal. Ich gönne mir das. Wie der Gedanke an Sylter Nuss-Trüffel-Brot, das ich in Hamburg nicht esse. Ich genieße es im Geist einfach noch mal.«

»Wäre es nicht besser, ihn dann auch wiederzusehen?«, bohrt Tati wie ein Teenager vorm Briefheft.

»Ja, wenn es so weit ist. Wir gehen auf jeden Fall demnächst wieder auf den Spielplatz.«

»Du hast Angst, meine Liebe, deswegen gehst du nicht.«

»Nein, das ist es nicht. Ich will nur noch etwas zehren. So wie es war, war es perfekt. Wenn ich einen draufsetze, kann es sein, dass alles in Desillusion in sich zusammenfällt, verstehst du?«

»Ja, schon, aber dieses Denken unterbindet ja jegliche Entwicklung. Heute noch – und übermorgen ab auf die Parkbank. Guck, was da zu holen ist. Du bist doch kein Anhänger der Jägerzaunromantik. Du bist Hildi. Hildi ist viel zu neugierig.«

Ja, da ist was dran. Wir legen auf, und ich entstaube Gemälde im Flur, während ich Mark Forster höre. Ja, so was mag ich. Natürlich im Wechsel mit Max Raabe, Peter Plate und dem Palast Orchester. Hach. Ich liebe es so sehr. Sehnsucht musikalisch leben.

Bleiben wir immer gleich, oder werden wir anders im Alter? Die junge Hildi hätte unauffällig campiert neben der Bank. Sich auf die Lauer gelegt, die Haare antoupiert und den kürzesten Rock angezogen. Die ältere Hildi übt sich in Geduld und will keine Luftschlösser auflösen. Lebt man im Alter so stark im Moment, dass manchmal einer zum Glück reicht? Wollen wir uns manchmal vielleicht lieber selbst belügen, um dieses Kribbeln, als wäre man 26, wie im Harz zu konservieren? Ich habe Männer kommen und gehen sehen, und ich kann Ihnen sagen, die meisten haben eine Halbwertszeit. Sie zerfallen. Irgendwann trotten sie hinter Mutti her, als wären sie ihr angeleintes Haustier. Deshalb nenne ich Männer häufig in Gedanken Hündchen, aber bitte verraten Sie es keinem. Wenn ich junge Männer sehe, frisch verheiratet, frischgebackene Familienväter, denke ich immer: Hundeschule. Die sind noch nicht unter der Fuchtel, aber in der Ausbildung. Männer, die trotzdem Männer bleiben, sind selten und haben eine ganz andere Ausstrahlung. Wie mein Parkbank-Flirt.

Dürfen alte Menschen solche Gefühle überhaupt noch empfinden?, hätte ich früher gefragt. Die sollen gefälligst Grießbrei kochen, stricken und Bus fahren. Und mit Hackenporsche einkaufen gehen und ihren Enkeln Rutschautos und Puppen kaufen und damit glücklich sein. Und jetzt? Mit Grießbrei könnt ihr mich alle jagen, Stricken ist wie Schrebergärtnern, und ich fahre lieber einen echten Oldtimer, als etwas hinter mir herzuziehen wie ein Clochard. Ich bin schließlich immer noch ich. Die Tchibo-Omi-Transformation hat nicht stattgefunden. Ich möchte immer noch träumen. Neulich holte ich für die Mäuse und mich Karottenkuchen und wurde unfreiwillig Zeugin eines Dialogs zwischen Vertretern meiner Altersgruppe:

»Der Vedder is ja tot.«

»Ich mochte den ja trotzdem.«

»Der hat ja gesoffen wie'n Loch.«

»Trotzdem. Ich mochte den.«

»Geraucht hat er ja auch. Und wohl auch mal gekifft.«

»Trotzdem. Der andere, hier, wie heißt er noch mal. Der is ja auch gezeichnet vom Kiffen.«

»Drafi Deutscher?«

»Nein. Der is doch auch schon tot. Ich mein den aus England, der immer so zappelt … Mick Jagger!«

»Ja. Schlimm. Drogen und Weiber. Ob's heute regnet? Die Zusatzbeiträge zur Krankenkasse sollen ja nächstes Jahr erhöht werden.«

»Ich mochte den Vedder ja trotzdem – jetzt zum Schluss hat er viel auch im Sitzen gespielt.«

»Wir haben ja nie Kuren oder Zusatzleistungen in Anspruch genommen, und trotzdem wollen die uns jetzt die Kassenbeiträge anheben.«

Das möchte ich nicht. Sie verstehen mich? Ist wie mit Pressspanplatten. Kommen mir nicht ins Haus. Dann lieber Altes aufarbeiten. Neu besohlen. Neu anstreichen. Den Geist bewahren. Ich bleibe. Ewiger Konsum widert mich genauso an wie debile Dialoge beim Konditor. Wobei ich sie jedem gönne, der damit glücklich wird, solange ich daran nicht partizipieren muss.

Zufrieden betrachte ich die Galerie und die spinnwebenfreien Bilder meiner Vorfahren. Ich wohne alt, damit meine Seele sich daran erinnern kann, dass sie jung ist. Und die will ganz bald auf eine Parkbank, glaube ich.

KAPITEL 34

Vergangenheitsduselei

*I*ch lebe absolut im Hier und Jetzt. Nur manchmal beame ich mich in Zeiten zurück, die mir ruhiger erschienen. Als es noch keine Smartphones gab, man für Partys noch Zigaretten für die silberne Zigarettenschale kaufte und ein Schnitzel eben noch kein Politikum darstellte. Als es sich noch lohnte, abends mit einem Wurstbrot den Fernseher anzuschalten, also mit dem Brot in der einen Hand und der anderen am Gerät, versteht sich. Fernbedienungen gab es ja noch nicht. Und dann lief in der ARD, die sich noch nicht als Marmorbadbauer für Intendanten hatte entlarven lassen, ein Krimi in dem Stil:

Die Kommissare kommen in eine Villa in München-Bogenhausen, mit Einbauregalen aus Eiche, Glastischen und Versace-Teppichen ausgestattet, und finden eine heulende, in die Jahre gekommene Schlagersängerin vor, die derangiert im Wohnzimmer sitzt, vor ihr eine fast leere Flasche Chantré, der Kajalstift von Tränen verlaufen, die Wange gerötet, möglicherweise verursacht durch eine Ohrfeige.

Der Kriminaloberrat schaut durch seine getönte Brille mit Blauverlauf und auf seine goldene Cartier-Uhr, guckt auf den weißen Flokati, blickt wieder auf, schaut zu Mademoiselle Lünell, so der Künstlername der Sängerin, und sagt: »Es könnte Rotwein sein, doch es sieht mir eher nach Blut aus.« Gedankenpause. »Hier ist ein Mord geschehen.«

Die Schlagersängerin, gespielt von Uschi Glas, sitzt eine Eve-Zigarette rauchend im Schneidersitz auf der orangefarbenen Ledercouch, im Negligé, versteht sich, guckt den Kommissar lasziv an und sagt: »Nein, mein Sohn war die ganze Nacht zu Hause.« Sie schaut ihm immer tiefer in die Augen und fügt mit tiefer Stimme hinzu: »Ich brauche jetzt erst mal einen Champagner.«

Diese Zeiten sind einfach vorbei, genauso wie *Wetten, dass..?* als Familienevent. Ich besitze zwar noch einen Fernseher, aber er ist mehr Inventar. Die neuen *Tatorte* sind mir zu dümmlich und zu abgedreht, und ich ziehe im Zweifel ein Glas Rotwein in Stille einem Kommissar im Rock vor. Oder ein Telefonat mit Tati.

Momentan bringe ich gern Sophia oder Ferdchen ins Bett. Also auch keine Zeit für die Flimmerkiste. Wir lesen *Pippi Langstrumpf, Peppa Wutz, Madita* oder *Pettersson und Findus,* und ich finde, die schönen Bilder, die herzerwärmenden Dialoge sind wohltuend normal. Es gibt nichts Digitales, keine Gewalt, keine mysteriösen Fetisch-Morde und keine Eltern, die ausschließlich und unverwundbar Bus und Lastenrad fahren in diesen Büchern.

Die Kinder liegen still lauschend neben mir oder turnen sich noch ein bisschen runter, aber verfolgen ganz genau, was Omi da liest. Manchmal lasse ich auch ein Wort weg, und sie müssen es ergänzen. Stolz lassen sie sich dann in die Federn fallen, Sophias Leuchtkäfer zeichnet Sterne an die Zimmerdecke und unseren Betthimmel, der in Zeltform von der Decke fällt und nur durch eine dimmbare Löwenlampe erhellt wird. Es liegt so viel Ruhe in diesem Ritual. Keine Ablenkung. Kein Multitasking. Der Tag geht zu Ende. Hier und jetzt. Keiner will etwas von uns, und es gibt auch nichts mehr zu erledigen.

Manchmal schaue ich hoch, und die kleinen Mäuse sind während des Lesens eingeschlafen.

Manchmal muss ich sagen: nein, keine weitere Geschichte. Aber eins ist sicher: Diese Bücher werden Fritz-Ferdinand und Sophia prägen, sie werden sich erinnern, und vielleicht werden sie auch diese Ruhe wieder hervorrufen können, wenn Madita und Lisabet einfach nur den Schneeflocken zusehen oder Lebkuchen backen. Spätestens wenn sie selbst mal Mama und Papa sind und ihren Kindern vorlesen. Das wünsche ich mir. Und einen *Tatort* wie oben beschrieben, falls das jemand veranlassen könnte?

KAPITEL 35

Löwen

*E*s ist ein ganz normaler Tag im Kindergarten: Die Jungs robben über den Boden, weil sie gerade Echsen sind, die Mädchen fädeln singend Perlen auf und basteln Laternen für den nahenden Herbst, und Sophia und ich winken Ferdinand, der sich sofort auf den Boden schmeißt und mitrobbt.

Als ein kleines Kind lautstark mitten im Spiel schreit, sagt die Erzieherin: »Mensch, toll, endlich höre ich dich mal.« Das Kind guckt, macht große Augen und kann sein Glück gar nicht fassen, dass keiner schimpft. Danach ist es leise, denn gebrüllt hat ja nur ein Löwe im Spiel. Ich bin tief beeindruckt. So kann man's auch machen.

Sophia umarmt Ferdinand, und dann gehen wir unserer Wege. Ich beobachte den Himmel. Wird es Regen geben? Ich will auf meine Bank und flirten. Dieser Moment geht mir einfach nicht mehr aus dem Kopf. Man soll jeden Tag eine kleine feine Bemerkung einfangen – wäre schon genug für ein Leben. Fragen Sie Christian Morgenstern, das ist sein Gedankengut. Ich kann ihm nur beipflichten. Und ist ein Flirt nichts anderes als die Bemerkung eines Mitmenschen, wie fabelhaft man ist? Und dieses Gefühl kann man überall mit hinnehmen. Wie ein Mäntelchen der Liebe um die Schultern legen. Auch wenn es keine Liebe ist, sondern nur ein Aufflackern von Teilzeitaffinität. Ein Glücksschauer für lau. Mehr nicht, aber auch nicht weniger. Kann man in jedem Alter gebrauchen. Es muss ja nicht immer darüber hinausgehen. Aber dieser Moment trägt dich durch den norddeutschen Regen.

Apropos: Der legt auch gerade los, dieses ewige Nieselnassgrau des Nordens. Warum lebe ich nicht in Bayern, denke ich wie so oft, wobei die Bayern ja fälschlicherweise denken, wir Fischköppe seien die neue Toskana. Sind wir aber nicht. Das war nur ein kurzes Schläfchen auf der süddeutschen Wetterkarte, ein Sommer, in dem der Norden mehr Licht abbekam. Jetzt haben wir wieder den Look, den wir am besten können: Südwester! Wird es nachher auch regnen? Wird das Holz der Parkbank nass und aufgequollen sein und selbst zu feucht, wenn man sich eine *Vogue* kauft und sie unters Gesäß schiebt? Vermutlich.

Wir sollen nicht nur leben, als ob wir morgen sterben, sondern auch, als ob wir noch hundert Jahre leben könnten. Schrieb mir Sascha mal. War nicht aus seiner Feder, er hatte es aus einem Gedichtband geklaut, aber so wahr. Der Gute übernachtete damals gerade auf einem Schloss im Anschluss an eine Rallye, hatte irgendwann genug von der feinen Gesellschaft und vergrub sich mit zwei Flaschen Rotwein in der hauseigenen Bibliothek. Er wollte sich gern wie der Hausherr fühlen und bemühte sich redlich, keine Spuren zu hinterlassen, während er sich durch die Räumlichkeiten trank. Hier ein Glas im Kaminzimmer, eins im Herrensalon. Er wollte es so richtig spüren, das Gutsherrendasein mit all dem Samt, dem Brokat, der Blümchentapete und der üppigen Blumendeko.

Einzig der Korken wurde ihm zum Verhängnis. Der bröselte leider, hinterließ eine Spur wie bei Hänsel und Gretel, und dem Gastgeber war morgens um sechs, als Sascha längst besoffen im Gästezimmer lag, sofort klar, wer seinen Château-Lafite-Rothschild-1er-Cru-Paulliac-Vorrat, Jahrgang 2018, geplündert hatte. Zum Glück konnte man ihm ja nicht böse sein, und deshalb bekam er noch einen Tropfen als Stützgetränk in die Give-away-Tüte, bevor er mit Kater heimfuhr.

Ein dicker Tropfen landet auf meiner Wange, und ich beschließe, mich mit den Mittagessen-Vorbereitungen zu beeilen, bevor ich Ferdchen wieder abhole. Mein Schwiegersohn ist mit Sophia zur U-Untersuchung, deshalb werde ich jetzt ganz schnell sein. Einkaufen ist ja so gar nicht meins – andere Menschen bei der Nahrungsmittelbeschaffung zu ertragen. Ganz oben auf meiner Favoritenliste: Rentner, die mir ihre Gehhilfe in die Ferse rammen, weil sie Angst haben, nicht mehr genug Lebenszeit bis zum Bezahlvorgang zu haben, Rentner, die Angst haben, ich könnte sie beim Ausatmen töten, weil sie ein Infektionsangst-Abo abgeschlossen haben, und Rentner, die immer wieder alles zurücklegen, nachdem sie die Zutatenliste auswendig gelernt haben.

Ich sag ja immer: kauf Brokkoli, der braucht keine Zutatenliste. Aber den muss man eben auch mindestens blanchieren, mit Salz, Pfeffer und Chili würzen, mit Öl und Zitronensaft beträufeln, Parmesan drüberstreuen und noch mal in den Ofen schieben. Das sind für die meisten zu viele Arbeitsschritte. Dann doch lieber die Tiefkühlpizza mit nitritgepökelter krebserregender Salami. So einfach ist das.

»Entschuldigung, sind Sie nicht die Omi von Ferdinand?« Sie sieht sehr schick aus, trägt alles Ton in Ton in Camel, dazu eine aufwendige wellige Mähne und dick Lippenstift.

»Ja, richtig«, antworte ich und lächele entschuldigend. Die Frau kommt mir völlig unbekannt vor.

»Ich bin die Mutter von Florian«, sagt sie, als könnte sie Gedanken lesen. »Ich bin nur morgens immer ungeschminkt und komme in Jogginghose.«

Langsam dämmert's mir. »Ach …«

»Ja, die Erzieherin wollte ihn mir neulich auch nicht mitgeben, weil sie dachte, ich sei jemand anderes.«

Wir lachen.

»Ich wollte Sie nur kurz fragen, ob Ferdi sich auch schon über den Löwen beschwert hat?«

»Den Löwen?«

»Na, das Kind, das sich als Löwe identifiziert. Gustav. Es ist ein großes Problem, denn er nimmt so viel Platz ein. Brüllt nur herum, knurrt die Erzieherin an, weigert sich, die Hände zu waschen, weil Löwen das ja nicht machen, oder die Matschhose anzuziehen, weil da sein Anklippschwanz nicht reinpasst. Ich weiß, das klingt lustig, aber das ist es nicht.«

»Und warum sagen die Erzieher nichts?«

»Habe ich auch gefragt, da mein Sohn schon richtig Angst hat und nicht mehr in den Kindergarten gehen mag. Das sei unsensibel gegenüber dem Löwen. Dabei leidet die ganze Gruppe.«

»Ach. Das hat mir mein Enkel noch gar nicht erzählt. Ich schaue mir das mal näher an.«

Als ich später in den Kindergarten komme, springt mich das Löwenthema direkt an.

Ferdi kommt auf mich zugerannt und flüstert nur: »Omi, Gustav denkt, er sei ein Löwe und ich ein Zebra. Er will mich fressen, glaube ich. Hat mich schon zweimal in die Schulter gebissen.«

Eine andere Mutter wirft mir einen Blick zu, als wolle sie sagen: »Tun Sie etwas, Sie sind alt genug, um uns allen den Spiegel vorzuhalten.«

Ich nicke, drehe mich zu Erzieherin Tanja um und frage: »Tanja, diese Löwennummer braucht einen Dompteur. Das muss aufhören. Können Sie Gustav nicht mal verraten, dass er einfach nur ein kleiner Junge in einer Kindergartengruppe ist?«

»Nein, das machen wir so nicht mehr. Der pädagogische Ansatz ist jetzt ein anderer. Jetzt respektieren wir die individuelle Eigenwahrnehmung des Kindes. Wenn es sich so identifiziert, wollen wir ihm nicht im Wege stehen.«

»Ja, aber was ist mit den anderen Kindern?«, frage ich.

»Die koexistieren und sollen ihn erst mal in Ruhe lassen.«

»Und wenn er beschließt, alle anderen sind Antilopen, dann stört Sie das auch nicht?«

»Vertrauen Sie uns. Es ist noch keiner verletzt worden. Ich muss jetzt leider in die Bastelecke.« Weg ist sie.

»Sehen Sie, es ist sinnlos!«, sagt die Mutter verzweifelt.

»Wo ist der Löwe?«, frage ich nur.

Sie zeigt in Richtung Bauecke, und tatsächlich: Da steht ein kleiner Steppke im Fellkostüm und sieht aus, als würden ihm nur die Kamellen zum Karneval fehlen.

»Hey, du bist ein Löwe, habe ich gehört?«, frage ich.

»Roaaar!«, antwortet mir Gustav und zeigt mir seine Krallen.

»Weißt du, ich dachte ja, du bist ein kleiner Junge, aber alle sagen, du bist ein Löwe, und ich finde, dann solltest du auch wie einer behandelt werden.«

Der Löwe nickt.

»Löwen sind vom Aussterben bedroht. Weißt du ja bestimmt. Das ist schade. Ich bin ein großer Löwen-Fan. Die leben ja in der Savanne, in Trockenwäldern und in Halbwüsten. Da bist du hier völlig falsch. In Afrika oder auf der indischen Halbinsel Kathiawar dagegen fühlen sich Löwen pudelwohl … Und deshalb werde ich mich für dich einsetzen …«

Der Junge sagt nichts und guckt mich nur an, als hätte ich ihm vorgeschlagen, Weihnachten, Ostern und seinen Geburtstag ein für alle Mal aus dem Kalender zu streichen.

»Ich war lange bei der Lufthansa. Die sind spezialisiert auf Tiertransporte. Du bekommst einen gemütlichen Käfig, ein paar rohe, blutige Fleischbrocken, und dann geht es ab in die Sahara oder in den indischen Bundesstaat Gujarat. Das klappt auch kurzfristig. Ich frage deine Eltern, ob sie dich noch heute Abend verschicken. Gut?«

»Nein, nein, ich bin kein Löwe!«, schreit Gustav und reißt an dem Reißverschluss seines Felloutfits.

»Nicht?«

Er springt so schnell aus dem Kostüm, als säße eine Kolonie Spinnen im Ärmel. »Nein, guck, das ist nur ein Kostüm. Ich will hierbleiben!«

»Nein, ich bin mir da unsicher. So wie du herumbrüllst und hier einen auf Tier machst, bist du ganz sicher ein Löwe! Das ist auch völlig okay, aber es wäre Tierquälerei, wenn du weiterhin in den Kindergarten gehen und Milchreis essen müsstest. Du musst zu deinem Rudel und Antilopen erlegen. Es muss ein großes Versehen sein, dass du hier unter uns Menschen gelandet bist.« Während ich das sage, setze ich einen hochwissenschaftlichen Blick auf. Habe ich ja trainiert. Seriös gucken kann ich. Und dann noch mit meiner Brille! Sie sollten mich sehen!

»Nein, nein, nein. Ich will in den Kindergarten, ich will Milchreis, und ich mache wieder mit. Versprochen!«

»Ja? Na gut. Ansonsten steht mein Angebot, Gustav. Auch von jetzt auf gleich, ich bin mit vielen Piloten befreundet. Ist gar kein Problem.« Ich zwinkere ihm zu, und er schüttelt wieder den Kopf.

»Ich möchte jetzt meine Jacke anziehen und schaukeln gehen und mit den anderen spielen und mittagessen und Mittagsschlaf machen.« Weg ist er. Das Fellkostüm liegt immer noch da.

Ich finde ja, es muss artgerecht zugehen. Da haben die Erzieher absolut recht. Und wenn es dann nicht mehr passt, wacht vielleicht der eine oder andere Löwe auch mal auf und merkt, dass er keiner ist. So schnell geht das.

Jetzt muss ich nur noch den Regen überzeugen, dass er sich mit dem Sonnenschein identifiziert, denn aus meiner Parkbank wird heute sonst nichts mehr. Der Himmel hat seine Pforten geöffnet, und der hat mal gar keine Zweifel. Schade. Aber ich kann ja nicht zeitgleich alle kurieren.

KAPITEL 36
Aqua-Yoga

*S*o, meine Lieben, jetzt streckt's euch mal in den Himmel und lasst es fließen ...«

Was habe ich mir nur dabei gedacht? Tini hat mir einen Aqua-Yoga-Gutschein geschenkt. »Me-Time für dich, wo du schon ständig die Kinder hast!«, hat sie gesagt und mir einen Kuss auf die Wange gegeben. Süß fand ich das. Aber muss ich dann gleich in eine Seniorensuppe steigen? Muss Alleine-Zeit für mich immer mit Programm sein? Kann man da nicht einfach rumsitzen und Cappuccino trinken? Diese egozentrische Me-Time folgt offenbar ganz klaren Regeln: Sie muss dich weiterbringen, klüger, dünner oder gelassener machen. Es ist eigentlich Me-Fortbildung zum besseren Ich. Einfach nackt im Bett sitzen, Pizza bestellen und Serien gucken ist es definitiv nicht. Das lerne ich zumindest von Tini.

Aber ich bin ja Oma, ich muss da nicht mitmachen!, denke ich noch, aber dann bin ich schon mit Badeanzug und Handtuch im Louis-Vuitton-Gepäck aus der Tür raus. Die armen jungen Frauen, die sich ihre Me-Time erst mit Erschöpfung und fettigen Haaren verdienen müssen!

Das Bekloppte ist: Männer-Me-Time gibt es entweder nicht, oder sie darf durchaus nackt mit Döner vor dem Fernseher verbracht werden. Die können so bleiben, wie sie sind. Die müssen nicht besser werden. Zumindest wenn ich mir Tini und Chris anschaue und die Ohren im Kindergarten aufsperre. Die Väter brauchen nicht mal diese Zeit-Insel fürs Selbst – die machen das einfach so. Ohne Ankündigung, dass jetzt Me-Time ist. Verrückt! Irgendwas läuft da doch falsch, denke ich, während ich den Porsche vor dem Spa parke und gen Eingang laufe. Emanzipation mal wieder falsch verstanden. Eine beseelte blonde Sabine gibt mir einen Schlüssel und erklärt mir, wo ich mich umziehen darf und wo mein Spind in all dem Marmor ist. Und dann geht es auch schon los.

Zugegeben, das Spa mit dem riesigen dampfenden Himmelbecken ist wirklich schick und die Idee grandios, aber mit lauter nackten Fremden gehe ich nicht so gern auf die Matte, pardon, ins Wasser.

»Na, hoffentlich fallen mir hia die Möpse ned raus!«, sagt eine Frau Anfang sechzig, und ich bete auch, dass sie drinnen bleiben. Schwimmen auf Kinnhöhe vor ihr her, die Dinger. Mit so was kenne ich mich nicht aus. Ich bin flachbrüstig und schlank und ziemlich glücklich damit. Kann mir gar nicht vorstellen, wie das ist, wenn man ständig so viel mit sich herumtragen muss, wenn dann noch die Schwerkraft ins Spiel kommt, hollala.

Tati hat sich gerade aus genau diesem Grund den Vorbau verkleinern lassen. »Du hast nicht ein Foto von deinen? So hätte ich sie ganz gern!«, teilte sie mir noch per Facetime auf dem OP-Tisch mit, auf dem man sie kurzzeitig vergessen hatte, weil bei einem TV-Sternchen die Kissen geplatzt waren und man nun schnell nachstopfen musste. Mit Tati kann man so was machen. Die hat keine Angst, nicht mal, als die Schwester kam und fragte: »Und was machen wir heute bei Ihnen Schönes?«

»Es wäre schön, wenn Sie das wüssten, Kindchen, denn ich möchte hier nicht mit Harald Glööcklers Antlitz rauslaufen oder ohne linken Arm.« Doch selbst das brachte sie nicht aus der Ruhe: »Also, hast du ein Foto?«

»Nein, du kennst meine doch gar nicht.«

»Aber wenn sie sich unter deinem Pulli abzeichnen, gefallen sie mir ausnehmend gut, meine Liebe. Nicht so obszön prall, sanft gerundet, eine gute Handvoll. Keine vorwitzige Igelschnauze oder flache Still-Eistüte wie die von Tinis Biolehrerin früher.«

»Woher weißt du denn, was die für eine Form hatten?«

»Ich bin doch mal für dich zum Elternabend. Weißt du das nicht mehr? Und da habe ich gelernt: Eltern sind eine reine Angst-Zielgruppe, und Biolehrerinnen tragen meistens keinen BH, schlabberige Pullis aus Ökogarnen und dazu eine Holzkette mit einem Maus-Anhänger, selbst geschnitzt. Oh, mein Operateur kommt. Hildi, er hat Kissen dabei. Perfekt. Bis später.«

»Schöne OP!«

»Danke, meine Liebe!«

Aber zurück ins Becken. Inzwischen ist Angela da, unsere Yogalehrerin, und sie ist gekommen, um uns einzuheizen. So viel ist mal klar. Sie trägt ein sehr presswurstiges Outfit, das ein bisschen Schwimmring quellen lässt, und stellt sich als »Angelaaa« vor, bitte nicht »Angeeela«. Das hätten wir schon mal geklärt. »Und jetzt, meine Damen, mein Herr, gehen wir alle in eine Richtung, und wir laufen, laufen, laufen!« Das Ganze untermalt sie mit emsigem Gestampfe am Beckenrand. Dazu gibt es Discomusik aus einer Box, die so laut ist, dass wirklich alle etwas davon haben.

Tatsächlich macht sich fast Partystimmung breit, die Möpsefrau vergisst sich völlig und hüpft erst mal in die falsche Richtung. Der einzige Herr in der Floating-Runde bedeutet ihr aber galant, dass sie irgendwie gegen den Strom schwimmt. Also dreht sie sich samt Möpsen um, was etwas dauert, aber der Stimmung keinen Abbruch tut. Der Herr freut sich auch. Er hat einen extrem roten Kopf, und man weiß nicht genau, ob es an der Anstrengung liegt, denn schlank ist er weiß Gott nicht, oder ob es der Vorbau seiner Mitstreiterin ist, der ihm zu schaffen macht. Hinter ihm hüpfen ein paar junge Mädels mit sehr langen Klebewimpern, über die Lippen gezogenem Lippenstift und sehr hohen Dutts durchs Wasser. Dann komme ich und hinter mir noch drei ältere Damen, die sehr gediegen jede Übung ausführen. Eine trägt eine Badekappe mit Blümchenapplikation. Ich wusste gar nicht, dass es so etwas noch gibt. Sie erinnert mich an Omis, die komplett in Rosa leben, in der Badewanne eine rutschfeste Matte liegen haben und jeden Tag um fünf mit sich selbst eine Kaffee-Kuchen-Runde veranstalten. Ich taufe die Badekappen-Frau »Berta«, weil es einfach der einzige Name ist, der zu ihr passt. Sie ist derart fleischgewordenes Klischee, dass ihre Gegenwart fast so beruhigend ist wie der Gedanke an die Arnica-Kügelchen in meiner Handtasche.

»Und jetzt laufts alle a'mol in die ondre Richtung!«, brüllt Angela und tanzt am Beckenrand eine 180 Grad nach vorn. Einziger Haken: Unsere Joggerei im warmen Nass hat einen Strudel erzeugt, und wir schaffen es kaum, dagegen anzukommen. Und so klatscht die Möpsefrau gegen den Herrn mit dem roten Kopf, die jungen Mädels gegen ihre Wimpern, die ihnen schon entgegenschwimmen, und ich gegen Berta. Das Tolle ist: Wir lachen uns alle kaputt darüber. Angela auch, sie kennt ja ihre Tricks. »Na los, gebt's a'mol a biss'l Gas, ihr Flachland-Tiroler!«

Ja, die Angela weiß, wie's geht. Ihr Lächeln ist so breit, als hätte es jemand mit Spannbeton zementiert, und sie erzählt uns, was für eine Fitnessbiene sie ist, weil sie »nebenbei auch noch Zumba, Bodypump, Downhill Bike und Eisstockschießen unterrichtet. Nur einiges davon gerade nicht, weil das im Norden etwas schwierig ist.« Die Seniorengang und die jungen Hühner sind fasziniert und dehnen und schwingen sich am Beckenrand. Wir fließen in den Baum, dann ins einbeinige »Happy Baby« mit einer Hand am Rand und atmen ganz bewusst ein und aus, während wir im Wasser schweben. Nebenbei rauschen die Bäume, und ein paar Blätter fallen tanzend auf die Wasseroberfläche. Der Herr mit dem roten Kopf und die Möpsefrau stehen immer enger beieinander, die Wimpernfraktion lächelt beseelt und kichert immer mal wieder zwischendurch, und Berta lacht jedes Mal, wenn sie den Halt verliert und mit ihrer Kappe baden geht, ein Hella-von-Sinnen-Lachen, was sie unendlich sympathisch macht. Die Fremdheit nimmt mit jeder Übung ab, und als wir unsere Köpfe auf den Beckenrand legen und mit dem Körper schweben sollen, legt sich tatsächlich eine Stille über den Pool, die ich so nicht erwartet hätte. Ein gegenseitiges Einverständnis, dass jeder völlig okay ist, egal, wie viele Möpse rausspringen, ob sich Wimpernkleber im Chlorwasser löst oder ob Badekappen-Berta es mal wieder versemmelt hat.

Selbst Angelaaa hat uns in ihr österreichisches Herz geschlossen, auch wenn sie uns ein wenig belächelt in unserer norddeutschen Tundra, weil wir eben keine Ahnung haben. »Ihr seid's echt guat dabei«, applaudiert sie, als wir wieder im Strudel laufen und sie die Beats hochdreht. Eigentlich sind wir kurz vorm Ende, aber ihre Anlage spielt plötzlich »Bad Girls« von Donna Summer, und das sorgt für Partystimmung. Berta fängt an, auffällig gelenkig zu tanzen, reißt sich die Badekappe vom Kopf und schleudert sie in hohem Bogen ins Becken, der rotköpfige Herr fängt sie mit einem Triumphschrei, als wäre es der BH der Möpsefrau, alle jubeln, und plötzlich tanzt das ganze Yoga-Becken. Ich auch. Wir grölen und grooven, als wäre es morgens um zwei, und Angelaaa performt am Beckenrand, als wollte sie als Go-go-Girl anfangen. Sogar die jungen Hühner, die sich eher vorsichtig schütteln – könnte ja peinlich aussehen –, legen eine flotte Sohle in den Pool und drehen sich wie Wasserballettnixen im Kreis. Mrs. Möpse tanzt Ringelpiez noch ohne Anfassen mit unserem Mann, und Berta stemmt sich jetzt tatsächlich aus dem Becken und ruft in Angelaaas Mikro: »Wo sind eure Hände? Ich will eure Hände sehen, bad girls!« Die kriegt sie auch zu den Trillerpfeifen von Donna Summer. Toot, toot, hey, beep, beep. Gott, macht das

Spaß! Die Wimperngirls lösen ihre Dutts und schleudern ihre Haare durchs Wasser. Berta springt schon wieder mit einer Arschbombe ins Becken, und Angelaaa ruft ins Mikro: »Ladys! Mein Herr! Das ist die beste Aqua-Yoga-Runde ever! Kommt noch wer mit ins Eisbad?«

Bestürzung in allen Gesichtern.

»Also, ich bin da raus«, sagt die Möpsehalterin. »Das habe ich neulich schon gemacht.«

»Und wie war's?«, fragt unser aller Mann.

»Kalt, aber geil.«

»Und dann willst du nicht noch mal?«, fragt er fast enttäuscht.

»Nein, es war geil. Aber kalt. Wir können stattdessen auch ein kaltes Bier trinken gehen?«

»Oh ja!«

Da sind sich zwei offenbar einig.

Die jungen Mädels lächeln entschuldigend: »Sorry, nee, wir sind eher Warmduscherinnen!«

Und so gehen nur Berta, Angela und ich ins Eisbad. Es ist tatsächlich genau so: kalt, aber geil. Es sticht und kribbelt und ist kurz vor unmöglich – und danach fühlt man sich wie 17 und unbesiegbar.

Wir sitzen tatsächlich noch eine Weile zusammen und trinken einen gesitteten Jasmintee, bevor wir wieder unserer Wege gehen. Badekappen-Berta winkt mir, als ich mich in den Porsche schwinge und sie sich in ihren Fiat Panda. Es war geil, aber einmalig. Denn so was kann man nicht wiederholen. Das Gute ist, dass ich ziemlich flexibel bin. Ich kann Aqua-Yoga, aber auch Me-Time auf meinem Balkon, ohne mich zu perfektionieren. Irre, was?

KAPITEL 37

Omi-Enkel-Wellness

*E*s ist ein spätsommerlicher Nachmittag, und ich laufe über eine Brücke in Wirsberg in Franken. Nicht in Bayern, da legen die Franken ja Wert drauf. Wir sind in Oberfranken, um ganz genau zu sein.

Die Sonne blinzelt durch die Blätter, und wir laufen gemütlichen Schrittes durch den Luftkurort, den ich bis gestern gar nicht kannte und auch nicht auf dem Zettel hatte. Knapp 2000 Einwohner, mehr Brücken als Berlin, zumindest über den Fluss hinter meinem Hotel, und dazu eine Ruhe, als wären wir aus der Zeit gefallen und direkt in den späten Achtzigern gelandet. Hin und wieder fährt mal ein Auto vorbei, ansonsten hört man nur Ferdinand und Sophia, die jubelnd Stöckchen ins Wasser werfen und gucken, welches am schnellsten auf der anderen Seite wieder ans Ufer treibt.

Rückblick: Vor gut 24 Stunden klingelt mein Telefon.

»Hildi, du musst mal raus aus dem Enkel-Kosmos, ich habe dich im Posthotel in Wirsberg eingebucht. Sterneküche von Herthas Enkel, der Alexander hat inzwischen zwei Sterne, etwas bioenergetischer Schlaf, Waldbaden, gute Gespräche mit mir und den Mädels! Bist du dabei?«

»Wow. Klar. Klingt wunderbar. Wann?«, frage ich zurück, während ich meine Chanel-grauen Nägel begutachte, die ich gerade frisch lackiert habe.

»Morgen! Pack gleich mal. Ich hole dich um zehn Uhr ab. Oder willst du fahren?«

»Äh, Tati, da kann ich nicht. Es ist mitten in der Woche, und Ferdinand und Sophia brauchen mich.«

»Hildi, man muss die Feste feiern, wie sie fallen. Und wir sind Nachrücker in einem ausgebuchten Wellbeing-Wochenende. Du weißt doch: Einem geschenkten Gaul schaut man nicht ins Maul! Und keiner weiß, was morgen ist. So jung und ohne Rollator kommen wir vielleicht nie wieder zusammen.«

»Okay, ich guck mal, ob ich die Mäuse anderweitig verarzten kann.« Wir legen auf, und ich fange gleich brav an, Textnachrichten an Tini, Chris und ein paar Mütter aus dem Kindergarten zu schreiben. Nur leider ohne Erfolg. Mein Display blinkt immer wieder auf mit: »Leider nein«, »Ach, es tut mir leid, aber ...« und »Würde gern, aber zu kurzfristig«.

Parallel formiert sich bereits eine Wellness-WhatsApp-Gruppe, die den Druck und die Vorfreude mächtig erhöht. WhatsApp-Gruppen sind ja immer so eine Hölle für sich, diese macht noch Spaß, weil etwas Großartiges anliegt, aber alle anderen möchte man am liebsten auf totstumm stellen.

»Wir posten echt nur das Notwendigste«, hatte die Elternvertreterin in Ferdchens Gruppe noch herumgeraunt, als wir alle die Gruppeneinladung annahmen, nur um fünf Minuten später als großes Lügenmaul aufzufliegen. Denn innerhalb eines Wimpernschlags waren wir alle Teil einer semiöffentlichen Talkshowrunde, der man normalerweise seinen Auftritt wegen Penetranz verweigert hätte.

»Welcome to my life!«, textete Tini nur zurück, als ich mich kurzzeitig bei ihr über ihre Altersgenossinnen beschwerte, die gern standardmäßig 43 Nachrichten pro Minute senden. Als würde das verbale Gruppen-Engagement sie als besonders gute Mütter auszeichnen: Schaut her, ich bin Selbstaufopferungs-Susi, handysüchtig, aber nur für mein Kind, versteht sich, keine Frage ist mir zu banal.

»Das ist heutzutage so, Mama«, erklärte mir Tini. »Und Fragen wie ›Ist das Ostergras auch grün genug?‹/›Sollten die Kinder lieber zwei Eistee-Sorten angeboten bekommen?‹/›Ist eine Matschhose mit Loch noch tragbar?‹/›Ist Essen, das aus einer Tüte angerührt und offiziell nicht mehr als Lebensmittel deklariert wird, gesundheitlich unbedenklich, wenn es den Kindern doch schmeckt?‹ sind auch völlig normal.«

»Kann ich da wieder rausgehen?«, fragte ich, obwohl ich diese Entscheidung bereits getroffen hatte. »Mich interessiert es nicht, ob Leonie sich laut überlegt, ob sie ihrem Kind Kinderriegel als Grundnahrungsmittel in die Brotdose legen kann oder ob das einen Shitstorm aller Dinkel-Dörtes auslöst. Oder ob alle Eltern mal kurz 2 oder 2,50 Euro über PayPal rüberjagen wollen, weil die Erzieherin noch Trockenblumen zum Geburtstag/Namenstag/Hochzeitstag/Osterfest/Erntedankfest/Laternegehen/Nikolaus/Christkind oder ihrem Abschied braucht.«

Tini schickte nur lachende Heulsmileys. In jedem Fall lernte ich: Offenbar ist es ein regelrechter Sport, die Menschen zu beschenken, die unsere Kinder betreuen. Ist ja auch nicht per se falsch, aber eine bessere Bezahlung oder eine saftige Spende fände ich wesentlich motivierender als die fünfzehnten vertrockneten Primeln mit triefend schlechtem Gewissen. Denn eigentlich wird hier nur kompensiert. Erinnert mich ein bisschen an unser Krankenhauspersonal, das wir während der Coronazeit schön beklatscht haben. Und was hat sich geändert? Nichts. Auch wenn halb Eppendorf die Flossen auf Balkonien aufeinandergehauen hat, wurde der Kühlschrank bei den Krankenschwestern davon auch nicht voller.

Aber zurück zu meiner WhatsApp-Gruppe, die schon feixt, wie viel Spaß wir zwischen Sterne-Sauerkraut aus Bamberger Wirsingblättern und Schlaf nach NASA- Forschungsergebnissen haben werden. Was mache ich nur mit den Mäusen? Ich schaue in den Chatverlauf. Keine Unterstützung, keine Entlastung, niemand kann einspringen. Oma kriegt nicht frei. Fast verabschiede ich mich innerlich von dem Ganzen, da kommt mir eine Idee. Ich schnappe mir mein Ich-lauf-mal-schnell-runter-Cape, meine Sonnenbrille und meine Louis-Vuitton-Handtasche mit Krokokralle, stehe ein paar Minuten später in der Papeterie und kaufe Malbücher, Stickerhefte und Anziehpüppchen. Wäre doch gelacht, wenn ich nicht alles haben könnte! Dann kommen Ferdchen und Sophia eben mit.

Tati staunt nicht schlecht, als wir am nächsten Morgen zu viert in ihren Maybach hüpfen. »Du nimmst die Kinder mit? Aber wo bleibt denn da die Entspannung?«

»Ich habe keinen Babysitter, aber dafür jede Menge Entertainment! Das kann funktionieren – und wenn nicht, muss ich halt etwas mehr Zeit auf meinem Zimmer verbringen und stoße ein bisschen später dazu.«

»Dein Wort in Großmutters Ohr!«, sagt Tati nur und fährt mit weit aufgerissenen Augen los.

Unsere Autofahrt wird erstaunlich gut. Wir singen, wir spielen »Ich sehe was, was du nicht siehst« und »Gelbes Auto«, dann essen wir Käsebrote, machen Pipi und Mittagsschlaf – also nur die Kinder –, und später gucken alle kleinen Menschen einen alten Zeichentrickfilm auf Tante Tatis iPad. Sogar Tati sagt irgendwann: »Es ist so süß, wie sie beide da hinten schlafen. Fast beruhigend.«

Als wir in Wirsberg vorfahren, sind wir wirklich guter Dinge. Der Rest der Wellness-Gang sitzt bereits im Restaurant »Oma & Enkel«, als wir unsere Zimmer beziehen, und begrüßt uns unter lautem Jubel. »Hildi! Tati!«, ruft Initiatorin Puschi, dass ihr gesamter Familienschmuck nur so klimpert, weshalb sie manche auch liebevoll »den Christbaum« nennen. Puschi ist herzensgut, blond und blauäugig, kommt aus Düsseldorf und zeigt gern, was sie hat. Deshalb ist sie auch gern mal unterwegs, denn in ihrem Stadtteil hat sie ja schon alle Juwelen ausgeführt. Dazu gesellen sich Trine, Kieler Landadel, immer in Lodengrün, Look Angela Merkel, immer ungemacht und ungeschminkt, aber nie unbedacht, und Atzi, unsere kölsche Frohnatur, eine Ex-Kollegin aus Fliegerzeiten, immer ein Lächeln auf den roten Lippen und die nächste Party ums Eck. Ich freue mich riesig, alle wiederzusehen, aber das Lächeln friert bei meinen Freundinnen kurzzeitig ein, als sie meine Begleitung sehen.

»Aber Hildegard, du kannst doch nicht deine Enkel mitbringen auf so ein Wochenende«, sagt der Christbaum, während ihr vor Entsetzen ein Geschmeide vom Ohr in die Suppe klatscht.

»Doch, meine Liebe. Gutes Essen und bioenergetischer Schlaf sind auch für Kinder nicht verkehrt. Und die beiden sind artig und beschäftigen sich wirklich prima allein.«

Puschi nickt, aber überzeugt wirkt sie nicht. Ihr Sohn ist schwul, und Enkelkinder sind ihr so vertraut wie Penisköcher aus Neuguinea. Dafür tritt die kleine Sophia vor und sagt: »Du glitzerst aber schön.«

Innerhalb von Millisekunden schmilzt Puschi dahin wie der Schneemann Olaf im zweiten Teil der *Eiskönigin* und sagt nur: »Habt ihr Hunger? Wir haben gerade mit dem Heimat-Menü angefangen.«

»Ja!«, ruft meine kleine Eisbrecherin, klettert auf die Bank, setzt sich wie eine kleine Dame hin in ihrem rosa Wollkleid und ihrem rosa Knoten-Haarreif, legt ihre kleine blaue Kinderhandtasche, die sie zurzeit immer mit sich herumschleppt und in der sich nur ein Playmobilmännchen ohne Haare befindet, neben sich und schaut erwartungsvoll in die Runde. Puschi ist so was von verliebt, dass sie nur noch herauskriegt: »Dann ist der Name des Restaurants jetzt wohl Programm!«

Und so sitzen vier alte adelige Tanten, die nicht besser drauf sein könnten, mit zwei Kleinkindern in einem Gourmetrestaurant in Oberfranken und schlemmen und lachen, bis es Zeit ist, ins Bett zu gehen. Mein absolutes Highlight! Essen ist zwar auch ein Genuss, bioenergetisch geschlafen habe ich aber noch nie.

Unsere Suite ist hübsch und heimelig mit viel Holz und offener Badewanne. Alexander hat uns sogar ein paar Pralinen und eine Willkommensnotiz hingelegt. Es geht eben nichts über die Enkel-Connection, sage ich Ihnen: Du bekommst alles auf dem Silbertablett serviert, musst aber mit niemandem ins Bett gehen oder dich mit einem Rabatt revanchieren. Denn Enkel wollen immer ihre Großmütter beeindrucken, und das Einzige, was Puschi am Ende machen wird, ist, Hertha ins Ohr zu raunen, was für großartigen Nachwuchs sie hat. Hertha, gerade in der Reha, wird sich daraufhin zurücklehnen, allen Rotwein bestellen und sich denken: Wenn ich morgen abtrete, habe ich alles richtig gemacht. Und so was trägt uns, bis wir an der Hundert kratzen! Zufriedenheit ist Key. Stillvergnügt und dankbar – ist das beste Anti-Aging aller Zeiten, sage ich Ihnen. Und was ist ein gelungenes Leben, wenn nicht eine starke Familie? Blut ist dicker als Wasser und Sauce hollandaise. Das war schon immer so, nur neigen die Menschen zum Vergessen und suchen sich lieber billige Wahlverwandtschaften mit Avataren, Starbucks-Gängern und Facebook-Freunden.

Ich glaube, unsere Auffassung, was Wert hat, muss sowieso mal auf den Prüfstand. Nehmen wir die Care-Arbeit, wie sie ja landläufig genannt wird. Natürlich ist das auch Arbeit, keine Frage, aber was ist mit dem Bedürfnis dahinter? Ist es wirklich nur Arbeit, meinem Kind die Brotbox zu richten, oder ist es essbare Liebe? Ist der Besuch bei der alten Tante Arbeit oder ein emotionales Bedürfnis? Wenn alles, was Nächstenliebe ist, zur Care-Arbeit abgestempelt wird, dann finde ich unsere Gesellschaft ganz schön armselig. Erstens ist das ja alles viel zu viel Schufterei, da winkt gleich das Burn-out um die Ecke, und zweitens sind wir dann im Umkehrschluss auch keine sozialen Wesen mehr. Denn wir reduzieren unsere geliebten Mitmenschen und das Umsorgen auf Arbeit.

»Omi!«, reißt mich Sophia aus meinen Gedanken, während sie ihren kleinen Plüschkoffer auspackt. »Wir haben ein neues Spiel! Willst du mitmachen?«

»Klar, wenn es nicht allzu lange dauert. Es ist schon spät, mein Hase. Wie geht das Spiel denn?«

Sophia und Ferdi setzen sich andächtig auf den Boden, klatschen in die Hände und singen: »Ja, so ein Zimmer ist ein Instrument, das man viel zu wenig schätzt und kennt. Unser Bett klingt so …« Daraufhin laufen sie zum Bett und trommeln auf dem Zirbenbettkasten herum, um dann wieder klatschend einzustimmen: »Das ist Musik, die macht uns froh, die macht uns froh!«

»Ah, ich verstehe, alles ist ein Instrument und alles kann bespielt werden?«, frage ich.

»Genau!« Sophia nickt langsam und sehr ernsthaft.

Wir singen, klatschen und trommeln bestimmt noch zehn Minuten auf dem Sofa, meinem Koffer und dem Boden herum, um uns dann Richtung Kissen, Kuscheltiere und Pyjama zu orientieren. Und so werden unsere Instrumente immer weicher und leiser. Besonders laut sind wir zum Glück nicht, so viel Kraft haben die beiden ja noch nicht, aber ich bin dann doch froh, als wir zum Ende kommen. Das Bett ruft. Und zwar lautstark nach mir.

»Omi, ich bin nicht müde«, stellt Sophia fest, während Ferdi heimlich hinter ihrem Rücken gähnt, als er sich die Zahnpasta aus dem Gesicht wischt.

»Nein, natürlich bist du das nicht«, sage ich, »aber die Omi ist müde und muss ins Bett. Vielleicht bringt ihr mich und lest mir etwas vor?«

»Omi, was ist denn das für ein Blödsinn? Wir können doch nicht lesen!«, sagt Ferdinand.

»Stimmt. Ich vergaß. Na, dann lese ich wohl.«

Wir suchen uns alle aus dem Kissenmenü das passende orthopädische Kissen aus, nämlich entweder das für Bauch-, Seiten- oder Rückenschläfer, und krabbeln zwischen die Laken. Das Bett ist schon ein Erlebnis, es ist um 3,5 Grad gekippt, damit die Lymphe optimal arbeiten kann und die Entgiftung angeregt wird. Außerdem sorgt eine spezielle Erdungsmatte dafür, dass man sich fühlt, als würde man acht Stunden barfuß laufen. Die Naturkautschukmatratze soll außerdem die Muskeln entspannen, die Durchblutung fördern und zusammen mit der Schafschurwollauflage bioaktiv auf den Körper wirken. Behaupten zumindest NASA-Wissenschaftler.

Ich kann es kaum erwarten, die Augen zuzumachen. Der Luxus des Alters ist doch optimale Regeneration. Sonst kannst du den nächsten Tag in die Tonne treten oder gleich zur Halswirbelsäulenspritze.

Nach der ersten Buchseite schlafen Sophia und Ferdchen bereits im NASA-Himmel, und ich streichle beiden noch einmal über die zarten Wangen, bevor ich das Licht lösche. Ich werde sie alle Lügen strafen! Von wegen mit Kindern geht kein Wellness! Pah!

KAPITEL 38

Kaltsaftbinder

Am nächsten Morgen stehe ich auf und fühle mich wie eine Vierjährige. Bin einfach sofort da. Hellwach und voller Tatendrang. Bioenergetischer Schlaf ist wirklich nicht verkehrt. Als ich Tini schreibe, dass die Kinder einfach so durchgeschlafen haben, möchte sie uns am liebsten sofort hinterherreisen und auch mit ins Bett steigen. Sogar anziehen und Zähne putzen ist gar kein Problem, die Kinder machen mit wie bestellt. Sophias Zopf sitzt wie eine Eins, und Ferdinand kämmt sich freiwillig die Haare. Ich bin im Omi-Himmel. Muss nur aufpassen, dass Tini nicht eifersüchtig wird, wenn ich ihr davon erzähle.

Die Wellness-Gang sitzt bereits beim Frühstück und freut sich aufs Waldbaden, als wir runterkommen. Puschi hat schon »frängische« Tapas bestellt, die aus Weißwurst, Heidelbeerpancakes, aufgespießtem Gemüse und Porridge bestehen.

»Sophia, ich habe euch schon Kakao bestellt. Du siehst ja großartig aus mit deinem Zopf«, stellt sie fest.

»Danke, Omi hat auch gesagt, mit meinen Haaren kann man Werbung machen«, stellt meine Enkelin ganz bescheiden fest, und der ganze Tisch lacht und nickt.

»Da hast du völlig recht!«, sagt Puschi und schüttelt ihren Schmuck.

Wir schlemmen und trinken Kaffee und sinnieren über gute alte Zeiten, und die Kinder sind erst ganz still, weil sie essen, und dann, weil sie ihre Stickerhefte dabeihaben. Ferdinand erschafft Dinosaurier-Welten, während Sophia kleine Prinzessinnen einkleidet. Manchmal tauschen sie auch, und der Tyrannosaurus

Rex trägt Tutu und Dutt. Aber auch das ist ja heutzutage nicht abwegig. Ich bin so absorbiert, dass ich gar nicht bemerke, dass die Sticker irgendwann wohl ausgegangen sein müssen. Tati ist mittendrin in einer Reha-Flirt-Geschichte, Christbaum-Puschi hat schon wieder Kaffee nachbestellt, und die Sonne bricht gerade durch die Wolken, sodass ich einfach entspannt bin. Irgendwann fragt Puschi mich klimpernd: »Wo sind denn deine Enkelkinder hin, meine Liebe?«

Der Schrei, der durchs Restaurant gellt, ist mit nichts vergleichbar. Bis ich merke, dass ich es bin, die da brüllt. »Sophia? Ferdchen …?« Der erste Blick ist unter den Tisch, manchmal spielen beide auch gern Hündchen, aber Fehlanzeige.

Wir stürzen alle los wie aufgeschreckte Hühner. In unterschiedliche Richtungen. Mein Herz bleibt stehen. Gut, es ist ein Hotel mit Restaurant, wo sollen sie schon sein? Und das Posthotel liegt nicht an einer Schnellstraße, im Gegenteil, der alte Marktplatz ist so was von Rosamunde Pilcher, da muss man schon warten, um sich vor ein Auto zu werfen, und den Moment richtig abpassen. Ich renne die Treppen zu unserem Zimmer hinauf. Sitzen die beiden vielleicht vor der Tür? Tati galoppiert Richtung Toiletten und nimmt fast unseren Kellner mit seinen Tapas mit. Puschi übernimmt klirrend die Eingangshalle, selbst im ersten Stock höre ich ihre Ketten rasseln. Wie konnte ich nur so unachtsam sein? Gott, wenn die kleinen Mäuse irgendwo hingelaufen und gestürzt sind? Spielen sie wieder an der Brücke? Himmel! Wasser! Schwimmen können beide noch nicht! Meine Kehle schnürt sich zu. Eigentlich möchte ich mich übergeben, da zerreißt wieder ein Schrei die Stille. Ich bin's dieses Mal aber nicht. Das ist definitiv ein Mann. Es ist die Küche!

Mein Herz rast mit mir wieder nach unten, immer zwei Stufen auf einmal. Der Rest vom Gesangsverein ist inzwischen auch da, und wir stürmen alle die heiligen Hallen der Herdplatten. Vor uns steht ein junger Koch – und er sieht so gar nicht glücklich aus. »Die Kinder haben hier gesungen und auf allem herumgetrommelt, was ihnen unter die Finger gekommen ist. Und dabei ist der Kaltsaftbinder in die Entensoße gefallen! Die ganze Arbeit ... Alles umsonst. Bitte nehmen Sie sie mit.« Sophia laufen Tränen die Wangen runter, Ferdi guckt zu Boden, und der junge Koch sieht aus, als würde er gleich ebenfalls losschluchzen.

»Da haben Sie leider völlig recht. Das ist meine Schuld. Es tut mir leid. Ich komme für den Schaden auf, wenn das irgendwie geht«, sage ich.

Alle gucken völlig pikiert aus der Wäsche. Der Koch murmelt nur: »Nein, wie soll das gehen? Ich fange jetzt von vorn an, und wir stellen schlimmstenfalls das Menü um ...«

Schweren Schrittes schleichen wir auf unsere Suite.

»Omi, das wollten wir nicht. Wir wollten doch nur Musik machen. Und so eine Küche ist ein Instrument, das man viel zu wenig schätzt und kennt, oder?«, erklärt mir Ferdinand.

»Ich weiß, mein Schatz, ich weiß. Euch trifft keine Schuld. Ich war nicht aufmerksam genug.« Ich nehme beide in den Arm, auch wenn mein Rücken das gar nicht witzig findet nach der Anspannung, und drücke sie ganz fest an mich.

Ja, ich hab's begriffen. Kinder und Wellness geht nicht – oder nur, wenn du dich nicht entspannst. Ich habe es vermasselt. Und mit diesem Gefühl gehen wir raus und atmen durch. Es tut gut, durch die Natur zu laufen. Die Kinder haben den Vorfall fast schon vergessen und sammeln begeistert Eicheln und Blätter, um sie später zu bemalen und zu trocknen. Aber ich bin, gelinde gesagt, etwas bedröppelt. Ich habe versagt. Wie ein Echo spielt dieser Gedanke in mir Pingpong. Wie naiv war ich eigentlich? Jetzt habe ich dem armen jungen Koch seine Arbeit ruiniert. Nur weil ich so egoistisch bin und meine Enkel auf ein Erwachsenen-Wochenende mitnehmen musste. Meine Freundinnen sind nach dem Vorfall in der Küche auch etwas stiller als vorher. Puschi ist zwar viel zu vernarrt in Sophia, um mir den »Ich-hab's-ja-gleich-gesagt«-Blick rüberzuwerfen, aber die Stimmung zwischen uns fährt mit angezogener Handbremse. Kann man ignorieren, leugnen aber wohl kaum.

Als wir wieder ins Hotel kommen und uns fürs Abendessen umziehen wollen, klopft es an der Tür unserer Suite. »Der Chef möchte gern, dass Sie alle in die Küche kommen«, meldet eine junge Frau. Ferdi und Sophia gucken mich an, und ich kann den Grusel sehen, der sich in ihren Augen widerspiegelt. Wir schlüpfen schnell in unsere Schuhe und laufen brav Rüssel an Schwanz nach unten.

»Omi, jetzt kriegen wir Ärger, oder?«, fragt Sophia und greift mit ihrer kleinen, weichen Hand nach meiner.

Ich seufze. »Es wäre möglich, aber davon geht die Welt auch nicht unter. Aber: Für sein Handeln muss man geradestehen und sich entschuldigen. Und das werden wir. Mehr können wir nicht machen.«

Sternekoch Alexander Herrmann empfängt uns mit strengem Blick und fragt: »Wer sind denn jetzt hier die jungen Herrschaften, die mir Kaltsaftbinder in meine Entensoße gekippt haben? Der freche Fred und die schlaue Sophia, hörte ich?«

»Ich heiße Ferdinand«, verbessert Ferdi etwas altklug, »so viel Zeit muss sein.«

»Okay, da hast du recht. Wobei das ganz gut zu dir passt, finde ich. Denn ein bisschen frech war das schon. Xanthan gehört mal so gar nicht in eine Entensoße.«

»Ja, das tut uns auch leid. Wir haben nur gespielt und wollten Musik machen.«

»Ja, 'tschuldigung!«, murmelt Sophia, macht das Katzengesicht aus Shrek und faltet die Hände.

Alexander lacht. »Und dafür bin ich euch unendlich dankbar.

Der Kaltsaftbinder hat die Konsistenz der Soße verbessert, weil er das Fett einemulgiert hat! Und so bindet die Stärke den Geschmack. Sie ist jetzt viel heller und cremiger. Das wird ab sofort immer so gemacht. Was für eine Innovation!«

Wir gucken uns alle an, und es zuckt um die Mundwinkel der Kinder, so ganz können sie das alles noch nicht begreifen. Inzwischen sind auch meine Freundinnen dazugestoßen und lachen und applaudieren.

»Natürlich möchte ich euch dieses Geheimnis abkaufen, wenn das in Ordnung ist«, sagt Alexander. Er holt einen Zettel und einen Buntstift und legt beides auf die Arbeitsfläche. »Ihr müsst jetzt hier unterschreiben, dass das unser Geheimnis bleibt und ihr mir die Rechte abtretet, und dann gibt's euer Menü für alle aufs Haus.«

Sophia hat es begriffen, rennt zum Tisch und malt drei Kreuze. Ferdinand kann bereits seinen Namen schreiben, tut das jetzt allerdings in Spiegelschrift, während eine Kellnerin Champagnergläser und Kindersekt verteilt.

»Das ist ja alles großartig! Prost, Mädels!«, klirrt Puschi mit ihren 47 Armreifen, und alle stimmen mit ein.

Wir sitzen noch lange im Restaurant, essen Ente und Trüffelpommes, gefolgt von wunderbaren Desserts und kleinen Mäusen aus Eis, bis wir in unsere NASA-Betten fallen. Ich bin selten zufriedener eingeschlafen. Hatte hier jemand behauptet, man kann mit Kindern kein Wellness-Wochenende machen? Ich sag's Ihnen: Da kommen ganz wunderbare Dinge bei raus!

KAPITEL 39

Lethargie

*W*ieder daheim in Eppendorf, überfällt mich eine Lethargie, wie ich sie bisher von mir nicht kannte. Habe ich mich etwa zu sehr erholt? Vermutlich. Ich kann mir gar nicht vorstellen, wieder meinen Alltag aufzunehmen. Zum Glück ist Sonntag, und noch will keiner etwas von mir. Nach etwas Yoga halte ich ein kleines Zwiegespräch mit meinen geliebten Toten und muss ganz intensiv an meinen Sascha denken. Der hätte jetzt gesagt: »Pflege deine Lethargie, Hildi, ist doch nicht verkehrt. Ich bin ja sowieso lieber lethargischer Autist, Alkoholiker, Überempath und irre. Finde ich wesentlich cooler, als einen matt lackierten AMG zu fahren. Bin ja nicht so kleinleutig wie meine Nachbarschaft.«

Und so beschließe ich, noch etwas in meinem Phlegma zu verweilen, und lege mich auf mein neues orthopädisches Kissen, das ich Alexander abgekauft habe. Als Nächstes brauche ich das Zirbenholzbett. Das und nicht der 48. Platin-Armreif ist der Luxus des Alters, kann ich Ihnen sagen. Was die wenigsten wissen: Instabile Halswirbelsäule ist der Tod, und für die Nummer habe ich einfach noch viel zu viel Spaß hier. Warum wissen wir eigentlich gar nicht mehr, was gut ist in diesen Zeiten? Dieser überbordende Materialismus hat immer seine Grenzen, selbst wenn man ihm finanziell endlos frönen kann – wird öde. Erfindet ja keiner das Rad mehr neu. Und dabei sind wir auch noch alle ekelhaft stereotyp, weil wir nur in die Masse passen wollen. Fährste Lastenrad, trägste Latzhose. Fährste Porsche Cayenne, trägste gerade Dior-Turnschuhe. Gott, ist das langweilig. Für ein Bett, das mich gesund schlafen lässt, würde ich töten. Für eine Chanel-Tasche nicht mehr. Die kommt auch nur in die Jahre und macht mich nicht ausgeschlafener. (Außerdem bin ich Louis Vuitton seit Jahrzehnten treu, aber das nur am Rande.)

Generell bin ich der Auffassung, dass wir alle zurück zur Intuition, zu echten Werten müssen, auch wenn es abgedroschen klingt. Wir haben unseren Kompass verloren. Ist eine E-Mail mehr wert als ein handschriftlicher Brief? Erzeugt der Zoom-Call mehr Nähe als ein Treffen von Angesicht zu Angesicht? Ist das Blaulicht vom Handy angenehmer als Kerzenlicht? Eben! Wir verlernen, was wir schon wussten.

Und all das, von dem wir glauben, dass wir es verloren haben – ist es nicht immer bei uns?

Ich betrachte eine Zeichnung von Sascha, auf der er sich selbst skizziert und »Thank you but yes!« daruntergeschrieben hat. Würde hier morgen die Bude abbrennen, es wäre wohl diese Skizze, nach der ich schnell greifen würde, bevor ich ins Treppenhaus flüchten oder mich vom Balkon auf die Markise des italienischen Cafés unter mir fallen lassen würde. Er ist nicht mehr da, aber sein Geist erfüllt mich nach wie vor. Es sind die Momente, in denen wir die Verstorbenen festhalten, die sie unsterblich machen.

Ich weiß noch, wie Sascha und ich eines Abends aus einem Adelshaus fielen. Es war mitten in der Nacht, und ich nahm ihn im Defender mit, weil er zu betrunken war, um selbst zu fahren. Als wir vor seiner lindgrünen Tür hielten, sagte er: »Die Fahrt war so schön. Sollten wir nicht noch etwas ziellos umherfahren? Der Sinnlosigkeit wegen und um der ergebnisorientierten CO_2-Einsparungsgesellschaft ein Schnippchen zu schlagen?« Und so drehte ich den Zündschlüssel wieder um, und wir fuhren durch die Hamburger Nacht unter einem Sternenhimmel, wie ich ihn selten wieder gesehen habe. Irgendwann stiegen wir in Blankenese aus und gingen ans Wasser, Sascha rauchte eine Zigarette und sagte in den Dunst: »Ist es nicht fantastisch, wie wir uns jeden Tag selbst entscheiden können? Die Welt ist so, wie du sie siehst, Hildi, und jedes Ding, jeder Moment, jeder Mensch und jedes Lied hat nur die Bedeutung, die du ihm gibst. Und ich sage dir: Die Welt der Kunst ist die wahre, den Rest brauchen wir nicht.«

Ich nehme die Lethargie als Geschenk und lege mich ins Bett. Ein einziger Augenblick kann dich mehr prägen als ein ganzes Jahr. Verrückt.

KAPITEL 40

Handymütter

Der nächste Tag hat es in sich. Ich rase mit den Kindern zum Kindergarten, liefere Ferdi ab, arbeite dann mit Sophia eine endlos lange To-do-Liste von Tini ab und vergesse dabei fast meine Bauchatmung. Wie kann man denn so viel zu tun haben?

Je länger ich die Kinderbetreuung für meine Enkel mache, desto sensibler werde ich für all die Mütter, die durch den Tag hetzen und offenbar nie fertig werden. Was ist da los? Sind die Aufgaben mehr und steigen exponentiell mit dem Alter der Kinder an, oder ist das Missmanagement? Die Mütter sehen aus, als hätten sie tausend Tabs offen. Wann hat der Stress so überhandgenommen?

Als wir in einem Café eine Pause machen und Sophia ganz selbstzufrieden ein Ausmalbild zerfetzt, beobachte ich die Kleine über den Rand meiner Cappuccinotasse hinweg. Sie ist die Ruhe selbst, die ganze Rumhetzerei von heute konnte ihrem kindlich entspannten Gemüt überhaupt nichts anhaben. Und auch ich fahre so langsam runter, lasse die Anspannung des Tages abfallen. Die einzige Aufregung, die jetzt noch die Stimmung trübt, kommt vom Tisch neben uns. Dort unterhalten sich zwei Frauen, Wortfetzen dringen an mein Ohr.

»… und dann habe ich doch tatsächlich Markus-Lucius beim Kinderyoga abgeliefert«, seufzt Frau Nummer eins, geschätzt Ende dreißig, graue, unförmige Strickjacke, strähniges Haar, »und Olivia-Estelle zum Geigenunterricht gebracht. Dabei hätte es genau andersrum sein müssen!«

»Was?« Ihr Gegenüber macht große Augen. »Und keiner der beiden hat was gesagt?«

»Doch, doch, beide! Aber ich hatte ja die ganze Zeit mein Handy auf Lautsprecher und habe mit dem Elektriker telefoniert, weil unser Garagentor doch schon seit Tagen nicht mehr hochfährt. Außerdem hatte ich es eilig, ich musste danach ja noch die vegetarischen Grillwürstchen für Markus-Lucius' Campingwochenende mit seiner Pfadfindergruppe besorgen.« Sie nimmt einen großen Schluck von ihrem Kaffee und knallt ihre Tasse so fest zurück auf die Untertasse, dass die Brühe überschwappt. »Oje!«, stöhnt sie und fängt an, wie von Sinnen in ihrem Jutebeutel, der aussieht, als hätte Ötzi ihn ins ewige Eis mitgenommen, nach einem Taschentuch zu kramen.

Während ich sie aus dem Augenwinkel bei ihrer Suchmission beobachte, wird mir klar: Muttersein schlaucht heute viel mehr als zu meinen Zeiten. Da konnten Kinder auch einfach mal sich selbst überlassen werden. Spielen auf der Straße oder im Garten ohne Aufsicht war völlig okay. Es kam auch mal wer – ohne Fahrradprüfung – mit dem Rad vorbei und fragte spontan, ob Tini Zeit zum Spielen habe.

Das gibt es heute nicht mehr. Alle sind ganztags in Betreuung oder haben Hobbys. Kindliche Frühförderung steht auf dem Programm, bitte Schach und Chinesisch vor der ersten Klasse, soll ja kein Versager werden, der Markus-Lucius, über den die Mutter gerade am Nebentisch berichtet. Ein Kronensohn. Jetzt schon. So ein kreatives, extrem intelligentes Kind. Das muss gefördert werden, ganz klar. Und so wird die Freizeit zur Elternhölle, die bedeutet: ewiges Chauffeurdasein! Den ganzen Nachmittag wird gekutscht, mit dem Auto, Pardon, E-Lastenrad. Dazu kommt der Druck, bitte epische Geburtstage zu feiern, keine anderen zu vergessen, immer saisonal das richtige Outfit bereitzustellen – »... und die Gummistiefel passen dem Markus-

Lucius hoffentlich auch noch. Das ist ja immer so ein Stress!«
Und Männer? Die haben keine Zeit für so was. Die wissen nicht,
ob die Zahnpasta zu Ende geht, ob noch genug Brot da ist oder
ob es noch saubere Socken im Schrank gibt. Irgendwie machen
das immer die Frauen. Weil sie es können – oder eben müssen.
Stress ist die neue Alltags-Feminismusfalle. »Schön lächelnd in
die moderne Kreissäge«, stellt die Mutter von Markus-Lucius
gerade fest. »Offenbar ist die Frau fürs Leben das Mädchen für
alles.«

Aber was sie alle vergessen, denke ich still bei mir: Sie starren
auch noch den halben Tag aufs Handy. Zumindest die Frauen an
den Tischen neben mir, die allein hier sind. Alle sitzen sie da und
scrollen, scrollen, scrollen. Die Auszeit, die sie sich gerade erlauben, erleben sie nicht. Sie sind ein Sinnbild ihrer Zeit. Nur ohne
Sinn. Ich frage mich: Ist es die Sucht nach permanenter Zerstreu-
ung oder ewiger Kontrolle? Oder sind sie alle einsam?

»Das ganze Unglück der Menschen rührt allein daher, dass
sie nicht ruhig in einem Zimmer zu bleiben vermögen«, fällt
mir Blaise Pascal, französischer Philosoph, dazu ein. Aber woher
kommt dieses Unvermögen? Oder ist uns die Gegenwart einfach
zu unangenehm, um das Scrollen lassen zu können? Oft ist das
Handy ja auch ein Schutz. Stehe ich nicht allein rum, rede ja mit
jemandem, wie ein Alibi. Ich habe eine Funktion, suche oder lese
etwas, bin busy. Am Ende des Tages ist es wieder unser ängstli-
ches Entwurzeltsein, das Sich-nicht-einlassen-Können, depressi-
ve Hedonie halt. Unterhaltung nonstop, um abgelenkt zu sein
und weniger nachdenken zu müssen? Das kann man ja alles machen, aber wer leidet darunter? Die Kinder! Sie sitzen herum und
fühlen sich nicht gesehen, Mama hat ja immer das Handy im
Gesicht. Es ist gruselig. Im Kindergarten hängen jetzt sogar
schon Warnplakate: »Finger weg vom Handy!« Und man kann es
ja noch mehr auf die Spitze treiben: Einige Zwerge haben schon

kleine iPads in der Sportkarre liegen. Schlimm. Im Café wird bei mir gesprochen oder gemalt.

Natürlich ist das Telefon auch eine Verbindung nach außen. Vielleicht sitzen diese jungen Mütter auch alle den ganzen Tag allein daheim, und das Handy ist ihr einziger Kontakt zur Außenwelt. Das kann ich noch irgendwie verstehen. Austauschen in der Isolation.

Erst neulich stolperte ich mitten in Eppendorf unverhofft in folgende Situation: Eine Rentnerin attackierte eine junge Handymutter mit Kinderwagen. Grund: Die Rentnerin, Typ Fräulein Rottenmeier, wollte missionieren und schrie: »Sie sollten besser mal Ihr Baby angucken und mit ihm sprechen. Kein Wunder, dass die Kinder heutzutage alle zum Logopäden müssen und geistig hinterherhinken. Muttersein ist eine Aufgabe, die man ernst nehmen sollte.«

Die junge Frau stand nur sprachlos da, während die alte ihre Brille verrückte und in eine Boutique entschwand. Ich kam gerade von der anderen Seite, schaute der jungen Mutter ins Gesicht und sah Tränen. Sie sackte etwas in sich zusammen und starrte mich einfach nur an, dann quoll es nur so aus ihrem Mund: »Ich bin 24/7 für mein Baby da. Ich mache alles, was mir einfällt, damit wir einen optimalen Start haben: Ich stille, obwohl meine Nippel bluten, kaufe die teuren Öko-Windeln, koche und püriere die ersten Breie selbst, schlafe nicht mehr, bin ständig bei Ärzten wegen seines unreifen Magens und einer Rückenblockade, habe selber noch Schmerzen vom Notkaiserschnitt und bin nur allein, weil mein Mann nonstop beruflich unterwegs ist. Ich bin gerade erst für die Liebe nach Hamburg gezogen, ich kenne hier noch niemanden und bin ununterbrochen allein – und jetzt macht die alte Funz mich an, weil ich einmal eine Nachricht meiner besten Freundin abhören wollte? Während mein Baby endlich mal schläft?«

»Ich entschuldige mich aufrichtig für die Vertreterin meiner Generation. Die kennt das nicht. Bitte gönnen Sie sich eine Runde Handy! Und Ihr Kind stört es jetzt bestimmt nicht – das braucht eine glückliche Mutter!«

Wir nickten uns zu. Ich gab ihr ein Taschentuch und schaute ihr schlafendes Baby an.

»So ein süßes Mäuschen. Seien Sie stolz und auch gut zu sich!«, sagte ich.

»Danke!«, flüsterte sie, dann gingen wir unserer Wege.

Ich konnte mich so in dieses Loch hineinfühlen. Fremde unter Fremden sein ist großartig, wenn man die Isolation jederzeit durchbrechen kann. Als Stewardess habe ich dieses Gefühl geliebt. Als Mutter braucht man genau das Gegenteil: Vertrautheit, ein Netzwerk, ein Dorf, das das Kind mit großzieht. Und wenn man das nicht hat, dann kann das Handy auch mal das Gemüt einer Mutter retten. Nur wenn ich dann schon unter Menschen bin – warum dann immer noch draufglotzen, wie die jungen Frauen im Café neben mir? Das finde ich dann doch etwas kontraproduktiv. Dann verpasst man ja das Leben und die guten Gespräche!

Sophia reißt mich aus meinen Gedanken: »Omi, hab gekleckert!« Ihr halbes Kleid ist voller Kakao. Ja, man kann auch mit offenen Augen unaufmerksam sein.

KAPITEL 41

Bierträume

*W*ir waschen die Flecken raus, föhnen das Kleid trocken und schieben blitzeblank Richtung Kita, um Ferdinand abzuholen. Mittagessen findet im Anschluss bei Tini statt – in trauter Runde, auf die ich so gar keine Lust habe, aber was tut man nicht alles für die Kinder?

Laut brüllend fallen wir in den weißen Flur. »Haaalllooo!«, rufen Ferdi und Sophia synchron. Leiser geht es nicht. Wollen wir auch gar nicht. Möchte nicht wissen, wie viele Rentner abends daheim sitzen und sich wünschen, es würde jemand laut schreiend ins Haus kommen. Doch da ist nur Stille. Grässlich.

Während wir Jacken ausziehen und Hände waschen, stellt Tini bereits einen Salat und einen Gemüseauflauf auf den Tisch. »Nein, ich hab's geholt. Habe nicht gekocht«, grinst sie mich aus einem engen Moop-Cashmere-Kleid an. Kluges Kind. Man kann nicht immer alles selbst machen, man muss auch delegieren können. Sie deckt den Tisch im Esszimmer, während ich ins Wohnzimmer laufe, wo Chris an seinem Schreibtisch sitzt und müde aussieht.

Er trägt ein enges blaues Jeanshemd, das sich über seinen trainierten Oberkörper spannt, und dazu beige Chino Pants. Die lockigen Haare hat er sich zurückgegelt. Hässlich ist er nicht, weiß Gott nicht, ich kann Tini da schon verstehen. Er hat nur diese schlechte Gewohnheit, ein Taugenichts zu sein. Als Student hat man das noch nicht gemerkt, es ist auch nicht so, dass er nicht engagiert wäre, aber er ist halt ein Tagträumer. Und so muss Tini ran und alles verdienen, damit er seine Spinnereien leben kann. Und mit 45 wird sie aussehen wie mit 55, wenn sie nicht genügend Geld in Botox investiert. Ich bin da völlig realistisch. Ich hätte meiner Tochter lieber einen Mann mit mehr Erfolg gewünscht. So ehrlich muss man zu sich selbst sein.

»Hey, Hildi«, murmelt mein Schwiegersohn, ohne seinen Blick vom Computerdisplay abzuwenden.

»Wie läuft es denn mit dem Bier?«, frage ich und gucke mir die Familienfotos an, die gerahmt auf dem Schreibtisch stehen.

»Leider nicht so gut wie erhofft. Aber ich habe beschlossen, wieder kreativer zu werden. Man muss seine Nische finden. Wir machen gerade ein Lakritz-Brew. Das wird einschlagen.«

Ernsthaft? Ich weiß nicht, ob ich lachen oder weinen soll. Wann wird der eigentlich mal erwachsen? Wer Hopfen will, der sollte auch Hopfen kriegen und keinen Kirmes-Artikel.

»Ja, ganz großartige Idee«, murmele ich nur. »Wie wäre es mit einem Zimt-Brew an Weihnachten und einem Eierlikör-Brew an Ostern? Und ein Spargel- und Rapsfeld-Brew zur Saison? Und dabei immer schön antizyklisch-saisonal bleiben. Schließlich sind die Leute ja dumm genug, an Weihnachten Osterhasen zu kaufen und an Ostern schon mal Weihnachtsmänner.«

»Mensch, Hildi, das ist die Idee!« Chris springt so schnell auf, dass sein Schreibtischstuhl umfällt.

»Ja, genau, und dann gibst du dem Ganzen einen völlig bekloppten Namen. Sinnentleert und dekadent. ›Skiklub Kampen‹. ›Goldkehlchen‹. Oder einfach nur banal ›Monkey Beer‹ für all die Affen da draußen, um ihnen den Spiegel vorzuhalten.«

Spöttischer geht es nun wirklich nicht mehr. Aber mein lieber Schwiegersohn scheint das gar nicht wahrzunehmen. Was nun passiert, kann man sich kaum ausdenken: Der Depp rennt tatsächlich voller Euphorie zu seinem Smartphone, das in der Küche liegt, und macht sich ein paar Notizen. »Wenn das funktioniert, beteilige ich dich mit zehn Prozent! Die Idee ist genial!

Marktlücke! Und dazu das passende Design! Ich muss gleich mit meinem Kompagnon sprechen.«

»Jetzt noch? Es gibt doch gleich Essen. Willst du das nicht lieber noch mal mit Tini besprechen?«, frage ich zurück, während ich über meinen Brillenrand äuge. Wer mich kennt, hört einen Unterton in meiner Stimme.

»Sag du's ihr! Hildi, du bist genial!« Er rennt von der Küche wieder ins Wohnzimmer, nimmt mich hastig in den Arm und drückt mir einen Kuss auf die Wange. So ein Trottel. Vor seinem Schreibtisch dreht er sich noch mal um, setzt einen ernsten Gesichtsausdruck auf und sagt: »Weißt du, Hildi, ich liebe das, was ich tue. Neulich sagte ein Freund zu mir: ›Was würdest du tun, wenn du wüsstest, dass du damit scheiterst?‹ Und ...«

»Müsste die Frage nicht sein: Was würdest du tun, wenn du wüsstest, dass du nicht scheiterst?«, unterbreche ich ihn.

»Genau darum ging es. Eben nicht. Was, wenn du wüsstest, *dass* du scheiterst? Und ich dachte: Ich würde genau das machen, was ich jetzt mache, selbst wenn ich wüsste, dass ich damit scheitere – weil ich nicht anders kann. Und das trägt mich durch diese Durststrecke. Was ich mir vorgenommen habe, wird funktionieren, und du und Tini werdet stolz sein, dass ich nicht aufgegeben habe.«

»Ja, passender kann ich es auch nicht sagen. Durststrecke beim Bierverkauf!« Jetzt müssen wir beide ein bisschen lachen.

Überzeugt bin ich aber keineswegs.

KAPITEL 42

Human Design

*O*kay, Leute, denkt nicht an eure Knochen, Sehnen und Bänder – rub the ball! Spürt die Energie an euren Händen und haltet die Intensität – ihr sollt nicht nur die Luft streicheln.«

Wo hat mich Tati nur wieder hingeschleppt, denke ich, während ich mich umsehe. Wir befinden uns inmitten einer Qigong-Class in Berlin-Mitte, und es gibt kein Entkommen.

»Hildi, du bist doch unser Super-Yogi, da kannst du doch auch mal mitkommen zu einer Health Party in Mitte. Das ist witzig: lauter junge Menschen, die uns beleben, dazu junges Gemüse, kulinarisch gesehen, und etwas Spaß!«

Erst wollte ich nicht, dann dachte ich: Why not? Wer nichts Neues ausprobiert, bekommt auch keine Impulse. Gedacht, gefahren. Und so stehen wir um 17 Uhr – ja, die Party beginnt rentnerfreundlich – mitten in Mitte in einem kleinen Sportpalast. Zur Begrüßung wird uns probiotischer Wasserkefir mit Holundergeschmack gereicht. Der schmeckt köstlich, und Tati und ich sind schon mal begeistert. Die jungen Menschen sind freundlich, fast schüchtern, aber angenehm. And very Berlin: Man spricht vorzugsweise Denglisch, Männer tragen T-Shirts mit Pokémon-Motiv und Dutt mit Vollbart, und die Frauen ertrinken in weiten Jeans zu klobigen Tretern. Während der eine Teil sich in Sport-Outfits aufs Fahrrad zum Cycling schwingt, chillt der andere mit uns am Wasserkefirstand. Es geht um Vitalpilze, Nahrungsergänzungsmittel, ob man sich hinten im Gymnastikraum eine Runde Rotlicht abholen sollte und um die Drip Bar, an der man sich Infusionen in die Vene pumpen lassen kann.

Tati ist absolut in ihrem Element und begrüßt den Veranstalter, der mal wieder der Enkel einer Freundin ist: »Mensch, Paul-Vincent, das ist ja großartig, was ihr hier auf die Beine gestellt habt.«

»Danke, Tante Tati! Toll, dass ihr hier seid. Bedient euch bitte an allem, geht unters Rotlicht, holt euch eine Infusion, nachher landet das Flying Buffet mit Austern, veganen Wraps, Raw Cake und Verdauungsenzymen in allen Räumen!«

Ich nicke Tati anerkennend zu. Doch, die jungen Leute lassen sich etwas einfallen. Da kann man nicht sagen, dass die alle nur faul, fett und ideenlos auf dem Sofa herumliegen. So ein Unsinn. Die sind jetzt Biohacker und optimieren ihre Gesundheit, um ein erfülltes Dasein zu führen und in dieser irren Welt zu bestehen. Davor ziehe ich meinen imaginären Hut. Das ist doch mal eine Vision.

Dann steht plötzlich einer der Duttträger, Typ ausgehungerter Jesus, auf und fängt an, leise zu nuscheln. Ein Vortrag soll das sein. »Pssst! Das ist der Speaker des Abends!«, zischt eine junge Frau mit einer riesigen Schlumpfmütze mit traurigem Smiley neben mir.

Tati und ich sparen uns das weitere Lob und lauschen:

»Und jetzt möchte ich euch bitten, mal die Augen zu schließen und vier Atemzüge zu tun. Merkt ihr es? Wie ihr in eurem Körper ankommt? Ist es nicht großartig? Damit möchte ich euch inspirieren. Und jetzt machen wir noch etwas, was ich ohne euch nicht könnte ...« Er stimmt tatsächlich »Amazing Grace« an. Und der ganze Gesundheitsverein summt schief und krumm mit. Ein bisschen Scham wabert durch die Luft, aber alle stimmen brav mit ein. Der Duttträger dirigiert derweil, bis er laut ausruft: »Und jetzt machen wir das bitte vierstimmig!«

Tati und ich gucken uns an. »Ich brauche mehr Mikroben, um das durchzustehen. Atmen ist nicht so neu für mich. I'll get us more Kefir«, stelle ich fest und laufe zur Probiotic Bacteria Bar, über der ein Schild hängt, das alles sagt: »Transformation durch Fermentation!«

Jep, bin dabei. Die Kellnerin, die eigentlich Kräuterpädagogin ist und sich selbst als »Alchimistin« bezeichnet, schmeißt ihr langes Haar zurück, lächelt und garniert mein Glas liebevoll mit süßsaurem Hagenbuttenpulver.

Beschwingt laufe ich mit unseren Drinks wieder zu Tati, die mich gleich weiterzieht: »Hildi, komm, wir lassen uns eine Power-Infusion verpassen – danach fühlen wir uns wie 45!«

Okay. »Solange ich nicht vierstimmig ›Amazing Grace‹ singen muss, bin ich bei allem dabei!«, murmele ich, trinke meinen Wasserkefir auf einen Schlag aus und lasse mich auf einen der Sessel vor der Drip Bar fallen.

»Was hätten Sie denn gern?«, fragt ein pummeliger junger Mann in Weiß.

»Was haben Sie denn im Angebot?«, frage ich amüsiert zurück, während ein junger Mann auf der anderen Seite der Bar von seinem Sessel kippt. »Auf jeden Fall nicht das, was er hatte …«

Der Pummel lacht, schiebt dem Duttträger ein Kissen unter den Kopf und sagt: »Ach, der ist völlig okay, der kann nur keine Nadeln und kein Blut sehen.«

»Ja, das kann ich nicht. Das ist so cringe. No, no!«, lacht der gerade noch Ohnmächtige, der sich jetzt schon wieder aufsetzt und mir todernst erklärt: »Die Infusion ist voll der Hammer. Die geht so richtig rein. Die musst du machen, das flasht dich total.«

»Ich schlage vor, wir entlasten mal Ihre Leber und schmeißen die Entgiftung an. Wir machen einen Mix aus Vitamin C, PQQ, Q10, Glutathion und einem Hauch Echinacea. Was sagen Sie?«, fragt mich eine Frau von hinten, die offenbar hier die Dienstaufsicht hat.

»Das klingt hervorragend«, entgegne ich und studiere schnell den Flyer, der neben mir liegt: 25 Jahre Praxiserfahrung, Chemikerin und Heilpraktikerin. Gut, die wird uns nicht umbringen.

»Das nehme ich auch!«, wirft Tati ein.

»Gut, und was wünschen Sie sich noch? Vom Universum?«, übernimmt der Pummel wieder das Ruder.

»Wie meinen?«, fragt Tati etwas irritiert zurück.

»Na, was soll ich auf die Infusionsbeutel schreiben?«, fragt er. »Liebe, Glück, Gesundheit? Oder was brauchen Sie?«

»Nur Faltenfreiheit und etwas Weltfrieden!«, antwortet Tati grinsend.

»Nichts!«, sage ich, und der Pummel guckt mich ungläubig an.

»Echt ma' jetzt? Nix? Haben Sie alles?«

Ich überlege kurz. »Ja, eigentlich ja. Auch wenn ›eigentlich‹ der Türsteher zwischen Wunsch und Wirklichkeit ist. Aber Sie können gern ›Spaß‹ draufschreiben! Davon habe ich gern immer mehr!«

»Nicht ma' Geld wollen Sie?«, hakt der Pummel noch mal nach.

»Nein, danke. Davon habe ich genug«, entgegne ich. Mal davon abgesehen, dass ich es unpassend fände, bei einer Infusion noch monetäre Glaubenssätze mit einfließen zu lassen. Die Geldflüsse habe ich vor 25 Jahren längst heraufbeschworen, und wenn keine kommen, lasse ich mich gemäß meinem Geschäftsmodell gern einladen. Das geht immer. Ich bin ja gute Gesellschaft.

Der Pummel ist vom Glauben abgefallen, aber sticht uns brav in die Venen, und kurze Zeit später tröpfelt es in unsere Arme, während die nächsten jungen Frauen sich in den Sesseln uns gegenüber niederlassen. Zwei sind ganz besonders aufgeregt.

»Studierst du eigentlich noch?«, fragt die eine, die aussieht, als wäre sie im Blaumann gekommen.

»Ja, seit 15 Jahren«, antwortet die andere und nestelt dabei an ihrer Latzhose herum. »Aber ich muss jetzt mal was anderes machen, glaube ich. Human Design ist meine neueste Leidenschaft!«

»Ja, Human Design ist so abgefahren. Ich bin ein Projektor. Und du?«

»Same! Ich bin auch ein Projektor. Wobei ich ja zuerst dachte, ich wäre ein Reflektor.«

»I feel you! Safe, ey!«

»Und neulich habe ich einen Reflektor gedatet. Der wusste das aber auch nicht. Vorher.«

»Weird!« Sie kichern und quietschen vor Freude und halten sich an den Händen, so beseelt sind sie ob ihrer Erkenntnisse.

»Und ich bin ein Prädator!«, flüstert Tati neben mir und fletscht die Zähne. Hat zum Glück niemand gehört. Der Pummel zieht die Infusionskanülen heraus und malt uns beiden noch Herzchen auf die Pflaster.

»Zeit für Qigong!«, ruft ein Mittvierziger, und alle versammeln sich schlagartig im Halbmond um den Coach. »Gebt euch mal Mühe! Es ist nicht so einfach, in seinem Körper anzukommen, sage ich euch, aber ihr schafft das heute.«

Ich muss schmunzeln. Komm erst mal in mein Alter, denke ich, da heißt es ja: Turn oder tot! Da spürst du jeden einzelnen Knochen, wenn du nicht regelmäßig auf die Matte gehst. Die jungen Leute sind so in Dysbalance, dass sie gar nicht mehr merken, dass sie nicht in Selbstverbundenheit leben. Die denken, echte Connection ist Bluetooth, bis sie mal barfuß über eine Wiese gehen. Wenn sie denn ihre weißen Turnschuhe überhaupt ausziehen. Die spüren sich nicht mehr. Ist für die schwieriger, als das Bernsteinzimmer zu finden.

»Das ist so exciting!«, japst der eine Projektor dem anderen zu.

»I feel you!«, antwortet der brav.

Ich möchte fast »Same!« reinquarken, kann mich aber gerade noch beherrschen. Ich frage mich, ob sie noch andere Sätze auf Lager haben, falls ihnen mal die Emotionen ausgehen. Während ich noch darüber nachdenke, gehen alle in eine Hockhaltung und schwingen die Arme vor und zurück – »Handflächen nach vorne bitte!« –, um sie dann über den Kopf zu halten, die Fingerspitzen in die Armbeugen gedrückt.

Der Coach fordert äußerste Konzentration. Die Sache ist ernst: »Jetzt stellt ihr euch aufrecht hin, Beine auseinander, Handkanten an die Taille, sodass die Handinnenflächen nach oben zeigen. Nun tief einatmen. Beim Ausatmen dreht ihr euren Oberkörper um neunzig Grad nach links. Dabei den rechten Arm ausstrecken und auf Schulterhöhe anheben, als würdet ihr einen Felsen schieben. Schaut auf die Kuppe eures Mittelfingers! Und beim Ausatmen wieder in die Ausgangsposition zurück und alles wiederholen – dann auf die andere Seite!« Er blickt zufrieden in die übereifrig turnende Schülermenge.

»Das ist so weird«, sagt einer der bärtigen Duttträger – vermutlich ein Reflektor – und betrachtet stolz seine eigenen Füße.

»Diese Übung heißt: Zwei Drachen schieben den Felsen!«, erklärt der Coach, während er durch die Menge streift. »Wo sind denn Tati und Hildi hin?«

Alle drehen sich um und starren in den leeren Spiegelraum. Die zwei ältesten Drachen des Abends sind da schon nicht mehr da. Tati und ich haben uns an der Mikroben-Bar noch einen Drink to go mitgenommen – es gab sogar noch einen echten Weißwein – und bummeln in unseren bunten Leggins längst schon wieder durch Berlin-Mitte. Wir machen ganz gern unser eigenes Human Design. Mag weird klingen, aber we feel us!

KAPITEL 43

Bankgeflüster

D ie Sonne scheint, und Sophia, Ferdinand und ich sind auf dem Weg zum Spielplatz. Endlich! Und ich kann mich kaum gegen meine kindliche Aufgeregtheit wehren, die mit jedem Schritt steigt. Ich habe wunderbaren, sehr italienischen Kaffee dabei, sogar ein paar sizilianische Feigentörtchen habe ich mitgenommen. Man weiß ja nie. Vielleicht ist er auch gar nicht da, aber schön wär's. Der Himmel muss ja nicht voller Geigen hängen, aber so ein bisschen Blockflöte?

»Hört die Jagd nach Liebe denn nie auf?«, hat Tati neulich gejammert. »Ich kann's auch nicht sein lassen. Ich sauge jedes Kompliment wie ein Schwamm auf und genieße selbst Blicke von Männern mit Gehhilfe!«

Ja, so ist das. Es hört nicht auf. Warum sollte der Spaß an der Anziehung auch aufhören? Man ist vielleicht alt, aber immer noch Mensch. Ich glaube, nur das, was wir suchen, ändert sich. In jungen Jahren ist es Leidenschaft, man will sich über die Wiese wälzen, erkunden und den Reiz in die Höhe schrauben, bis man es nicht mehr aushält – herrlich! Dann werden wir ruhiger und finden Beständigkeit und gute Gesellschaft sexy. Der Geist wird wichtiger, denn ohne den wird es langweilig. Logisch. Deswegen lacht man als älterer Mensch über Paare, die Deals eingehen. Geld gegen Jugend zum Beispiel. So öde. Und hat ja ein klares Ablaufdatum, die Nummer. Auch die junge Frau, egal, wie unsterblich sie sich fühlt, wird alt. Und dann muss man sie wieder austauschen.

»Omi, schau, die Sonne kommt raus!«, ruft Ferdinand und radelt uns mit seinem Fahrrad fast davon. Sophia flitzt mit ihrem Roller hinterher. Dann werfen sie beides ins Gras und rennen Richtung Schaukel. Im Moment sein – in Perfektion. Wieder Kind sein, so oft es geht, das ist das Geheimnis. Dann braucht man sich auch nicht runtermeditieren, dass man nicht seine Gedanken ist – dann finden die einfach nicht statt. Mein Blick fällt auf die Bank. Leer. Keine Gesellschaft. Kein gemeinsames Schmunzeln. Er ist nicht da. Mein Brustkorb möchte einmal kurz aufseufzen. Was hast du dir auch dabei gedacht, Hildi? Dass er ausgerechnet heute da ist? Hätte ja sein können, schmollt die eine Herzhälfte zurück.

»Omi, backst du mit uns Sandkuchen?«, fragt Ferdinand in meine innere Stille.

»Nein, mein Schatz, Omi braucht kurz eine Pause. Gib mir zehn Minuten, dann komme ich dazu, okay?«

»Wie lange sind zehn Minuten?«

»Nicht lange. Ungefähr so wie zwei Butterbrote schmieren.«

»Okay, Omi.« Weg ist er.

Ich setze mich auf das warme Holz. Die letzte Spätsommersonne hat die Bank erwärmt. Glück ist eine Entscheidung, das weiß jeder spätestens ab vierzig. Aber man muss sich auch Inseln des Unglücks gönnen. So wie ich mir meine Trauer über meinen verlorenen Sascha gönne, meine Sucht nach dem Sehnen, einen Moment der Dunkelheit. Und auch wenn es mir fast lächerlich erscheint, kann das auch eine teenagerähnliche Enttäuschung sein, die sich ins Zwerchfell schleicht. Ja, ich wollte flirten. Mich amüsieren und kurz verschenken. Nicht nachdenken, sondern ein Lächeln tauschen. Mich wieder wie 25 fühlen, denn ich erinnere mich sehr genau daran. Gut, wie 43 reicht auch. Einmal eintauchen, vielleicht nur die Zehenspitzen eindippen, das reicht ja, um sich in die Schwerelosigkeit des gegenseitigen Bejahens hineinzufühlen. Und ist es nicht genau das, was unseren Kern ausmacht? Sich einmal berühren, ohne sich zu berühren? Ich bin ein großer Fan von Fantasien. Je älter man wird, besonders wenn man alles gesettlet und durchgetimetablet hat, desto erfüllender werden sie. Was wäre, wenn? Das Spiel reicht mir völlig. Projektion kann einer eingeschlafenen Ehe auch mal einen Kick versetzen, wenn sie nicht nur noch gänzlich dahindümpelt. Und ja, ich rede immer noch nur und ausschließlich vom Flirten. Gut, das mit der Ehe hat sich bei mir erledigt, aber sich mal wieder lebendig fühlen, dagegen hätte ich nichts gehabt. Und so sitze ich auf meiner Bank, allein, und bin kurz enttäuscht. Die Leiden der jungen Hildegard. (Ja, ich habe Goethe verschlungen mit 16.)

»Omi?« Ferdi wartet. Recht hat er. Es soll nicht sein. Zumindest heute nicht.

»Ich komme, mein Schatz!«

Das größte Glück sind am Ende immer noch die Zwerge. Da kommt kein Parkbankflirt gegen an.

KAPITEL 44
Bügelliebe

*W*ie schafft man es eigentlich, sich in Liebe zu trennen?«, fragt mich Tati, als wir am Nachmittag auf meinem Balkon sitzen. Fast weht ihr dabei ein Blatt in die Tasse. Es ist definitiv Herbst, und das Eppendorfer Laub leuchtet in allen Farben. Dazu gibt es etwas norddeutschen Wind, Cashmere-Decken für die Beine und heißen Kaffee.

»Ach, das war nichts, wo ich mich hinatmen musste. Du kannst dich entpaaren, aber die Liebe verpufft ja deswegen nicht.«

»Das verstehe ich nicht.« Tati nimmt einen großen Schluck und taucht dann wieder aus ihrer Tasse auf.

»Die Liebe schwindet nie, sie verändert sich nur, nimmt eine andere Gestalt an. Ich liebe immer noch, was Hans und ich mal waren, nur sind wir das eben nicht mehr. Das musst du annehmen. Es war vorbei. Wir sind verblüht wie eine Blume. Das ist okay. Weint die Natur? Nein, die denkt: Fuck you, I am dying and then I will be reborn. Ich sterbe und werde dann eben wiedergeboren, as simple as that. Es kommt immer wieder ein neuer Frühling. Alles hat seine Zeit.«

»Ich bin ja nun weiß Gott kein Teenager mehr, aber so weise und so zen fühle ich mich dann doch noch nicht«, lacht Tati und streicht Sophia über den Kopf, die gerade zu uns hinausgeschlüpft ist, um sich einen Haferkeks zu stibitzen. Drinnen lässt Ferdi seine Porsche-Kollektion auf dem Autoteppich flitzen, während eine kleine dänische Mäusewelt die Straßen erobert, denn Sophia hat sich mit ihren Maileg-Mäusen auch eine Ecke gesichert. Ich könnte nicht zufriedener sein. Meine liebste Freundin, ein gutes Heißgetränk, beschäftigte Enkel – was will man mehr? Oma im Himmel.

Kurz horche ich in mich hinein. Manchmal erzählt man sich ja auch selbst eigene Wahrheiten, in der Hoffnung, sie besser annehmen zu können. Aber in diesem Fall ist es nicht so. Das Ende ist das Ende. Aber nur dieser Geschichte. Das Ende ist Gedanke und Hoffnung. Aus dem Gedanken entsteht Hoffnung. Auf alles, was danach wachsen wird. Bin ja nicht fixiert auf das einzig wahre Glück – das wäre ja kurz vor ideologisch verbrämt und auf ganz schmaler Schiene unterwegs. Man stelle sich vor, man würde allem immer nur negativ gegenüberstehen. Selbst die negativen Dinge können sich als positiv entpuppen – nur eben nicht auf den ersten Blick. Würde ich sofort immer alles so abspeichern, wie es anmutet, wäre ich nie diejenige geworden, die ich jetzt bin. Ich hätte wenig von der Welt gesehen, ich hätte nie Miniburger mit Kaviar und saisonalen Trüffeln in der Skylounge von Schanghai probiert und nie die Liebe des ersten Teils meines Lebens damit bekleckert. Daraus wurde eine Amour fou und dann etwas sehr Bodenständig-Akkurates, wie man es schöner nicht leben kann. Und dann war es halt vorbei. Punkt. Aber die geliebten Jahre, all das Gute, die Erinnerungen kann mir keiner nehmen. Und als wir unser Haus, in dem wir unsere Ehe verbracht hatten, verließen, kam zu dem Abschiedsschmerz etwas Neues: der Reiz des Neuen, Unbekannten.

Ich will ja nicht immer mit Hesse um die Ecke kommen, das hat ja schon fast ein Geschmäckle, aber es ist nun mal so: »Jedem Anfang wohnt ein Zauber inne.« Vor allem, wenn die Zweisamkeit so bereichernd ist wie ein Fusselrasierer aus der Ideenecke von Rossmann. Nämlich einfach gar nicht. Funktioniert ja nicht mal, das Ding. Ich habe auch ein paar Freundinnen, die es mit dem Gästezimmer versucht haben. Mann ausquartiert. Erst wegen des Schnarchens, dann wegen des Atmens. Am besten sollte er verschwinden. Wenn du mit der Fremde flirtest, wirkt die Patina des Bekannten nur noch abgetakelt. Es gab keine Schnittmengen mehr, die Kinder waren aus dem Haus. Und nun? Wenn der eine nur Zeitung lesen und sich ins gemachte Nest legen und der andere am liebsten ausfliegen, reisen und erkunden will, ist die Schieflage ja vorprogrammiert. Hans' und meine Bedürfnisse waren einfach nicht mehr dieselben: Ich wollte Veränderung, Entwicklung, Wachstum, noch mal umziehen, raus, das Leben nach vorn leben. Er wollte sich in einen Sessel legen und da bleiben, wo er gerade war. Wenn einer beschleunigt, kann der andere nicht die Handbremse anziehen. Eine Weile hatte ich noch gehofft, wir würden die Kurve kriegen. Es hätte ja auch eine Durststrecke sein können, aber es war mehr als das. Irgendwann saßen wir zusammen am Kamin, und Hans nickte, als ich sagte: »Ich glaube, ich muss ausziehen.« Und kurze Zeit später erschien dann auch Puschi offiziell auf der Bildfläche. Vielleicht gab es sie auch schon vorher. Es spielt für mich keine Rolle. Ich habe ohne Groll Kisten gepackt.

»Aber war der Auszug aus diesem Traumhaus nicht schmerzhaft?«, fragt Tati.

»Es war völlig okay. Klar habe ich auch geweint und einmal die ganze Klaviatur von Traurigkeiten durchlebt, aber dann war auch gut. Ich habe die Gardinen gewaschen, jede Ecke staubgewischt und noch Liebe in seine Hemden hineingebügelt. Ich wollte das mit Würde durchziehen, und ich finde, das ist mir auch gelungen. Und dann ab in meinen kleinen, feinen Altbau. Ich wollte meiner alten Welt nicht im Zorn Auf Wiedersehen sagen, verstehst du?«

»Ja, das verstehe ich«, sagt Tati, gefolgt von: »Im Alter feiert man eh genug Abschiede und wahrlich keine schönen. Ist noch Kaffee da?«

Sophia kommt mit einer Spielzeugkanne und ruft: »Ja, Tante Tati!«

Tati muss lachen, als sie Sophia ihre Tasse hinhält: »Deine neue Welt ist famos, Liebes! Keiner schnarcht oder lässt ungefragt seine Barthaare herumliegen, dafür gibt's immer was zu trinken! Und wer weiß, wer auf der nächsten Parkbank sitzt?«

KAPITEL 45

Altsein

*A*ls Tati gegangen ist und die kleinen Engel nach wie vor in ihr Spiel vertieft sind, gucke ich etwas länger in meinen Flurspiegel. Die kleine Bulldogge mit dem Weltraumhelm, die auf meinem Flurtisch sitzt, scheint meinen Blick regelrecht zurückzuwerfen. Und? Was siehst du, Hildegard? Eine Frau, die offiziell alt ist, aber innendrin mittendrin. Tendenziell etwas Diskrepanz. Aber ich muss konstatieren: Ich weiß, warum Tati immer wieder sagt, dass sie für meine Taille morden würde. Die ist vorhanden. Und zwar immer. Kann man in unserem Alter ja nicht von jeder Altersgenossin behaupten. Ich kämme meine Haare und lege einen dunkelroten Lippenstift auf. Das war schon von jeher mein Trick. Einfach mal etwas Blattlaus auftragen, früher gern von Dior bis Chanel, heute bevorzuge ich Bioprodukte, aber nicht mit minder Farbe. Dazu große Ohrringe, die dürfen ruhig etwas hermachen, nur Frauen, die sich aufgegeben haben, tragen kleine, unscheinbare Stecker. Zumindest postsechzig. Älter werden ist schon eine reife Leistung in unserer Zeit. Zwar ist die medizinische Versorgung so gut wie noch nie, falls Sie mal schnell bei einem Herzstillstand reanimiert werden müssen, aber dafür haben wir mehr Stress, mehr Frequenzen und Umweltgifte als alle Steinzeitmenschen vor uns. Ich denke, das gleicht sich also wieder aus. Der Körper möchte ja grundsätzlich welken, aber wir können ihn in Schuss halten, wenn wir es denn wollen. In meinem Alter heißt es wirklich: Gymnastik oder Rollator. Da ziehe ich Ersteres vor. Sonst kannst du mit Buckel und Nackenschmerzen gleich schon mal zum Bestatter gehen und deine letzte Party planen. Hältst du dich frisch, ist das alles so weit weg wie die ersten Märzenbecher vom November. Das Lebensgefühl hat keine Altersbeschränkung.

Ich kenne ja auch Damen, die rennen rum und sagen: »Age is just a number.« Nur ihr Hals sagt halt etwas anderes. Nichts verrät dich so gnadenlos wie dein Hals. Da kann man wie Madonna alles aufschneiden und einmal neu spannen lassen, vielleicht noch die Altersflecken an den Händen lasern lassen – der Hals wird immer vergessen. Den kann man auch schlecht einmal straffen. Was meinen Sie, warum sich so viele ältere Damen immer sehr auf die Rollkragen-Saison freuen? Bestes Anti-Aging-Mittel. Dann kann man auch so was wie die schwindende Oberschenkelmuskulatur besser ertragen. Oder wie Tati immer sagt: »Ich finde meine Oberschenkel jetzt viel besser als mit 46, weil sie mir wurscht sind. Das ist doch großartig, wenn man schon im Begriff ist, nachzudunkeln wie die falsche Make-up-Nuance.«

Ja, Make-up ist auch schwierig geworden. Es setzt sich ja alles ab. Im Alter gehen nur noch leichte, getönte Tagescremes. Manchmal bewundere ich die jungen Frauen, wie sie sich alles ins Gesicht schmieren können, ohne dass es zugekleistert aussieht oder wie der Sand einer frisch gewehten Wanderdüne. Dann denke ich wiederum: Wenn ihr wenigstens mit dem Zeug umgehen könntet und nicht wie Clowns mit Schlauchbootlippen und Strichaugenbrauen herumlaufen würdet. An schlechten Tagen zieht manchmal ganz kurz ein kleiner Anflug von Neid auf die unrunzelige Epidermis heran, den ich aber sofort wieder dimme, wenn ich nur daran denke, was sie noch alles vor sich haben: all die Nackenschläge, Entscheidungen, Lektionen, der ganze Konkurrenzdruck und das Sich-Finden, nein danke, hatte ich schon. Und dann bin ich gern wieder die coolste Oma Deutschlands. Eppendorfs. Na gut, in meiner Welt. Die Konkurrenz relativiert sich übrigens irgendwann. Dann geht es nicht mehr darum, wer den besseren Job, den besseren Mann oder die adrettesten Kinder hat. You win when you are happy. Man guckt eigentlich nur noch: Wie ist die drauf? Hast du dein Leben gut gelebt, bist du zufrieden. Bist du es nicht, kommen die Zipperlein, die emotionale Klagemauer zieht sich durch dein Wohnzimmer, und die Hoffnungslosigkeit hält in deinem Gesicht Einzug. Das sind dann die Merkel-Mundwinkel, die Stirn, die an einen chinesischen Shar-Pei erinnert, und ein Gang, als hätte man seinen Rollator vergessen und wäre auf einem schwankenden Schiff unterwegs. Da kann ich gut drauf verzichten.

Das Verrückte ist ja: Innen fühlen wir uns immer jünger. Da machen selbst die, die den Sauerstoff hinter sich herziehen, keine Ausnahme. »Bin immer noch voll im Saft!«, möchte so manch Greis einem hinterherschreien. Inzwischen kann ich diese realitätsverweigernde Nummer ja nachvollziehen, aber für junge Menschen ist es doch zutiefst irritierend. Dabei sind genau sie es, die dir den Spiegel vorhalten. Ich erinnere mich noch genau an den Moment, als es mit der Jugendhaftigkeit vorbei war. Ich war 44, und eine Studentin sagte an der Kasse zu ihrer Freundin, als ich noch schnell eine Trüffel-Schokolade holte und aufs Band legte: »Möchten Sie durch? Lala, lass die Dame mal durch. Sie steht eigentlich vor uns.« Die Dame! Da war sie! Und gesiezt wurde ich bis dato auch nur vereinzelt und von Älteren! Eine Frechheit. Dann sah ich in den Spiegel und sah, dass es auch mir passierte: Ich wurde älter. Ich! Und dieses Siezen zog sich dann durch und war jedes Mal wie eine Ohrfeige: Du gehörst, nein, *Sie* gehören nicht mehr dazu. Bist jetzt eine Ankreuzspalte weiter. Ich weiß noch, wie ich mir in der Zeit angewöhnte, einfach alles ab Anfang zwanzig zu siezen. Waren ja schließlich alles erwachsene Menschen, und ich wollte nicht allein im »Sie-Land« herumdegenerieren. Inzwischen bin ich da relaxter, werde ja schon sehr lange gesiezt, aber es war ein Prozess.

Und apropos Prozess: Ich dachte ja immer, das Alter kommt in gemütlichen Schüben, quasi zum emotionalen Mitwelken. Dem ist aber nicht so. Es kommt über Nacht. Eines Morgens gehst du ins Bad, und dann ist da diese Querfalte, die gestern noch nicht da war. Zuerst geht sie noch ganz langsam im Laufe des Tages stiften. Bis sie kommt, um zu bleiben. Es sei denn, du holst den Türsteher Nervengift und schickst sie wieder weg. Das Problem ist das Bild, das man von sich selbst hat. Lebewohl zu sagen, verlangt viel Reife – im doppelten Sinn. Die meisten bleiben gedanklich in den Dreißigern kleben. Bis sie sechzig werden, dann fühlen sie sich wie Mitte vierzig. Und das können Sie jetzt gern hochrechnen. Was wir alle nicht schaffen, unter Umständen auch nicht wollen, ist, unser Selbstbild mit der in die Jahre gekommenen Realität abzugleichen. Da verweigern wir uns lange, egal, wie deutlich einem die alternde Fassade im Spiegel entgegenbröckelt. Manche halten sich auch lange auf einem Level, bevor es wieder zu einem abrupten Schub kommt. Ich sah lange wie 46 aus, bis mein Körper merkte, dass ich schon Mitte fünfzig war. Zumindest war ich davon fest überzeugt. Als ich dann merkte, dass dem doch nicht so war, und mich damit anfreundete, kam der nächste optische Erdrutsch. Aber das war kein Grund, sich und das Winkfleisch am Oberarm hängen zu lassen. Ich fand ein bisschen Trost-Botox völlig in Ordnung. Man muss sich auch Zeit geben, um sich umzugewöhnen und sich nicht von der Schwerkraft überfordern zu lassen.

»Außerdem ist alles eine Frage des Lichts und der Tagesform!«, sage ich gern zu Tati, die dann immer antwortet: »Wie gut, dass du Best-Ager-Model bist. Sonst wüssten wir das nicht. Jetzt brauchen wir nur noch die Restaurants mit der besten Beleuchtung der Stadt, und dann können wir wieder ausgehen wie mit fünfzig!« Warum sie fünfzig sagt, wusste ich lange Zeit nicht, bis sie mir die Altersstaffelungen der WHO nahegelegt hat: »Wusstest du nicht? Zwischen 51 und 60 darf man sich als ›alternd‹ bezeichnen. Bis 75 als ›älter‹. Ab 76 gilt man offiziell als ›alt‹, ab 91 ist man dann ›sehr alt‹. Das ist zumindest der Stand von 1980.« Aha. Keine weiteren Fragen. »Das Beste am Altwerden ist, dass wir immer extremer werden können. Wir haben schließlich nicht mehr so viele Jahre vor uns und können keinen mehr blamieren, und gefallen müssen wir nun wirklich nicht mehr! Höchstens uns!«, fasste es meine Freundin zusammen, und ich nickte. So wie ich jetzt meinen Spiegel annicke.

Was werden die nächsten Tage, Stunden, Minuten meines Lebens mir wohl bringen? Ich hätte gern etwas Inspiration, etwas Aufregung und etwas fürs Herz. Da klappert mein Briefkastenschlitz, und ein Umschlag, der nicht der Normgröße entspricht und auf dem sich Efeu rankt, flattert aufs Parkett.

KAPITEL 46

Invitations

*E*s ist tatsächlich eine Einladung. Und nicht zu einer Beerdigung, sondern zu einer Party. Moop lädt »wegen des mehr als erfolgreichen Geschäftsjahres zur Halloween-Party ein«. »Not another Christmas party«, haben sie sich gedacht, wir feiern jetzt gleich. Motto: Märchenerzählungen. Jetzt habe ich also zu tun. Ein Outfit und eine Begleitung müssen her. Ist ja klar, dass das Tati sein muss. Es kribbelt ein bisschen. Ich bestelle jetzt immer gleich beim Universum, wenn ich in den Spiegel schaue – das scheint zu funktionieren.

Und tatsächlich: Auf der Rückseite der Karte steht auch noch, ich möge mich bitte melden wegen eines Stylingtermins. Outfit und Make-up schmeißt Moop also gleich hinterher. Das wird ja immer besser. Ich kann Lippenstift zwar auch sehr gut selbst auftragen, aber gemacht bekommen ist doch viel komfortabler. Das ist wie mit gutem Kaffee: Entweder kommt er aus einer uralten Filtermaschine, die noch die Zeugen der Mondlandung koffeiniert hat, oder aus einer 8000-Euro-Maschine mit zehn verschiedenen Sieben, Wasserhärteprüfung und exakt ausgependeltem Mahlgrad, für deren Benutzung man einen Kurs besuchen muss.

»Tati, wir haben etwas vor!«, texte ich ins Telefon. Manchmal habe ich ja genauso viel Spaß daran, alle auf die Folter zu spannen, wie ich gern dadaistische Kommentare einstreue. Nur um zu gucken, wer genügend Fantasie mitbringt. Da erfährt man so einiges über seine Mitmenschen. Ich sage Ihnen: Fantasie ist wichtiger als Wissen, denn Wissen ist limitiert.

In dem Moment klingelt mein Telefon – Tini. »Mama, hier brennt die Bude. Ich brauche dich. Kannst du mit den Kindern schnell herkommen? Ich kann sie auf keinen Fall abholen.«

»Ja, klar. Wie lange brennt sie denn? Ich hoffe, nicht auch noch in zehn Tagen. Da muss ich auf eine Party.«

»Du musst woooohinnnnn? Kann ich dir noch nicht sagen. Ich muss nach Paris. Es gibt ein Problem mit den neuen Männerröcken. Die sind zu kurz geworden, und dann tragen sie nur Conchita Wurst und Riccardo Simonetti. Ich muss hin und eventuell ein, zwei Wochen bleiben.«

Tja. Da bist du über siebzig und musst deine Tochter fragen, ob du auf eine Party gehen kannst, und sie sagt *vielleicht*. Kannste dir nicht ausdenken.

KAPITEL 47

Vorbereitungen

β ist du sicher, dass es hier ist?« Tati guckt leicht entsetzt im Hinterhof die Häuserfassade hoch, die aussieht, als wären wir plötzlich in Berlin und nicht mehr in Hamburg. »Berlin braucht auch eh kein Mensch!«, sagt Tati ja immer. »Da gilt die eiserne Regel: auch egal.«

Vor uns erschließt sich tristes Grau, ein bisschen Graffiti, eine eingeklemmte Torzufahrt zwischen einem Supermarkt und einem Tattoostudio. Man vermutet hier keinen Ort des Stils und des guten Geschmacks. Zumindest nicht auf Anhieb. Wir sind irgendwo hinter der Reeperbahn.

»Aber die Nummer stimmt«, stelle ich fest und fahre den Porsche in eine enge Parklücke neben zwei fahrbaren Sardinenbüchsen und 15 Lastenrädern. Wir quetschen uns eine kleine, knarzende Holztreppe hoch und klingeln an einer Tür, die nach einem Anstrich schreit. Ein kleiner junger Typ öffnet, guckt uns enttäuscht ins Gesicht und fängt an zu singen: »Morgen geht die Welt unter, schubidu, morgen ist's vorbei …«

Tati fällt fast ihre Brille aus dem Gesicht, ich muss lachen. »Ich glaube, wir sind echt in Berlin«, sagt sie nur.

Und ich: »Entschuldigung, es tut uns leid, wenn Sie sich Sorgen um den Planeten machen, aber wir haben hier eigentlich einen Stylingtermin …«

»Dann seid ihr nicht von den Zeugen Jehovas?«

»Äh. Nein. Sehen wir so aus?«, frage ich.

»Sorry, die waren eben da. Bin die kaum losgeworden. Immerhin weiß ich jetzt, dass Erlösung von Sünde und Tod nur durch den Opfertod möglich ist, aber damit wollte ich mir noch Zeit lassen. Und dass nur 144 000 Menschen nach ihrem Tod im Himmel leben werden. Ich nicht. Man wird die nur los, wenn man sich als bekehrt ausgibt. Aber immerhin – besser als Klimakleber!«

»Danke für diese Information!«, lache ich und staune. Hinter der Schrimmelschrammel-Aufmachung tut sich ein wunderschönes großes weißes Loft auf. Selbst die Holzdielen sind weiß lackiert. Bodentiefe Fenster geben den Blick auf einen grünen und sehr gepflegten zweiten Hinterhof frei. Wer hätte das gedacht? Es fällt so viel Licht herein, dass man fast geneigt ist zu rufen: Hier habt ihr also die Sonne versteckt! Dazwischen ein paar Grünpflanzen, eine Hängeschaukel, ein dekoratives Bücherregal und große weiße Sofas. Und ich habe gleich mal wieder alles verurteilt! Schrecklich! Es gibt einen separaten Schminkraum mit zwei illuminierten Spiegeln, vor denen sich, hübsch aneinandergereiht, Tonnen von Make-up türmen, und Umkleiden mit langen weißen Vorhängen. Davor befindet sich ein riesiger Ganzkörperspiegel, vor dem man sich auf einer Art Empore drehen kann. Gleich daneben stehen drei Kleiderstangen mit Träumen aus Samt, Seide und Tüll. Sophia würde ausrasten, denke ich. Hier wird man zur Prinzessin gemacht. Aus der Küche um die Ecke duftet es nach Kaffee, und eine kleine Bulldogge tappst schwanzwedelnd auf uns zu. Die Zeugen Jehovas haben ja keine Ahnung: *Das* hier ist der Himmel. Zumindest für Frauen!

»Hildegard! Schätzelein! So großartig, dass du da bist! Ich brauche nachher unbedingt ein Selfie mit dir!« Stylist Guido, den ich bereits vom Fotoshooting kenne, springt aus einer Ecke wie ein Inuit aus dem Iglu. »Gefällt dir unsere Pop-up-Location? Nice, oder? Wollt ihr Kaffee? Cappuccino mit Hafermilch? Oder einen Kurkuma-Shot?«

»Alles davon!«, ruft Tati.

»Das ist übrigens meine Freundin Tati«, stelle ich die beiden einander vor. »Und mir reicht ein stilles Wasser.« Wie ein Magnet zieht es mich in Richtung Kleiderstange. Dort hängen so viele textile Träume, dass ich mich völlig verliere. Ich finde es einfach zu beglückend, wenn man etwas findet, was wie ein Kokon die eigene Persönlichkeit umhüllt.

»Ist das ein Moop-Strickkleid?«, fragt Guido und beäugt mein Outfit.

»Ja, natürlich!«, sage ich.

»Und dazu Krokostiefel. Mega.« Guido nickt nur.

»Wer möchtest du denn auf der Party sein?«

»Ich! Mit einem Hauch fairytale!«

»Geht klar!«, sagt Guido und fügt hinzu: »Ich würde nur sehr gern ein kleines Instagram-Reel mit dir drehen, in dem du verschiedene Outfits anprobierst, und dann können wir unsere Follower fragen, was du anziehen sollst. Am Ende entscheidest natürlich du, es kann auch etwas ganz anderes sein, aber so etwas kommt immer gut an. Bist du dabei?«

Der kleine Assistent kommt mit einem Glas Wasser, das er mir in die Hand drückt. Ich nicke. Klingt amüsant.

Zuerst werden Tati und ich geschminkt. Das Make-up ist fabelhaft. Die Maskenbildnerin schminkt meine Augen dezent, aber eindrucksvoll und klebt hier und da vereinzelt ein paar Wimpern an. Das Make-up ist zart und verleiht etwas Frische, sie deckt Flecken ab, streichelt meine Brauen regelmäßig nach und überredet mich, als Kirsche auf der Torte, zu einem knallroten Lippenstift. Tati ist begeistert – und ich fühle mich sehr Helen Mirren.

Dann beginnt der Maskenball, und wir kommen aus dem Lachen gar nicht mehr heraus, denn Guido hat fast nur Haute Couture für uns. Lebensfremd. Überdimensional. Gaga. Großartig.

»Age might be a number, but style is eternal!«, ruft Guido, als er mich filmt, wie ich mich in einem Kleid drehe, das tulpenartig nach unten wächst. »Und mit deiner Taille geht ja alles. Wie machst du das?«

»Yoga, gute Ernährung und Enkel bespaßen!«, kommentiert Tati, die in ihrem Kleid aussieht wie ein dunkelblaues Paillettenmeer.

»Der neue Enkel-Trick!«, stellt Guido fest und lässt mich in einen Zitronenfalter von Kleid steigen. Es hat am Rücken tatsächlich so etwas wie Flügel, und die Vermutung liegt nahe, dass man mit dem Teil auch nach Kapstadt fliegen könnte. Die kleine Bulldogge, die zu Guido gehört, hüpft immer wieder um den Saum herum und will spielen. Es ist ein entzückender Moment.

Wir machen weiter, und ich schlüpfe in ein Seidenkleid mit Lederapplikationen in Amazonasgrün, werde danach zur Schneekönigin in einem Schneeanzug aus diversen Lagen, die sich in Fetzen ab der Taille türmen, und zum Schluss zur Wüstendomina in einem goldenen Kaftan mit Pagodenschultern.

»Okay, jetzt noch Cinderella oder türkische Verlobungsfeier!«, seufzt Guido. Und zeigt mir das Kleid, das er schon die ganze Zeit im Auge hatte. Es sieht tatsächlich aus wie aus dem Disney-Film. Hellblau, freie Schultern, ein enges Satinoberteil und ab der Taille ein Tüllhaufen, der sich über einem Reifrock aufbauscht. Der Traum eines jeden kleinen Mädchens! Für große Mädchen etwas too much. Aber why not? Tatsächlich ist das Ding nicht ganz einfach anzuziehen, und Tati und Guido müssen beide die ganzen kleinen Ösen zusammenknüpfen. Fast eine Viertelstunde dauert der Einstieg in die Aschenputtel-Silhouette.

»Ich vergöttere es!«, sagt Guido schwärmerisch, als wir fertig sind. »Von so was habe ich als kleiner Junge geträumt, aber meine Familie und mein Umfeld waren noch nicht so weit.«

»Es ist ein Traum für Aschenbrödel-Fans, aber ich liebäugle

final eher mit dem hier!« Kurz entschlossen ziehe ich ein Kleid von Stange drei und halte es vor die Cinderella-Proportionen, die sofort über den Stoff quillen. Guido hat kurz feuchte Augen, da ich seine Kindheitsträume wohl doch nicht verwirkliche, aber er nickt.

»Auch wunderschön. Und mehr du, ich versteh's.« Es ist ein kirschrotes Kleid mit langen Ärmeln, bis auf den Boden, ganz auf Figur. Ein Hauch Oscar de la Renta umweht den Bügel. Steht allerdings Elie Saab drin. Auch gut. Sehr eng anliegend mit Volant, der aus der linken Schulter sprießt und sich quer über die ganze Brust bis hin zur Hüfte ergießt. Die Taille umspielt ein angenähter Taillengürtel, oben schließt ein schmeichelnder Stehkragen. On top gibt es sogar noch ein kleines Cape und eine Clutch. Es ist mein Kleid. Ganz klar. Da steht »Hildi« drauf. Das verstehen auch alle.

In dem Moment klingelt mein Telefon. Es ist Tini. »Mama, kannst du bitte Fritz-Ferdinand von der Kita abholen?«

»Klar. Wie spät ist es denn?« Mein Blick fällt auf eine große weiße Uhr über der Tür.

»Jetzt!!«, schreit Tini durch den Hörer. »Hier bringen sich gerade alle gegenseitig um wegen der Männerröcke. Ich kann unter keinen Umständen weg. Und die Brauerei hat einen Großauftrag für irgendein Schnösel-Event. Chris kann also auch nicht. Kannst du? Bitte!«

»Mein Schatz, das ist in fünfzehn Minuten. Ich stecke in einem Kleid für meine Party, aus dem man nicht mal eben so rauskommt. Wie soll ich so schnell durch die Stadt kommen?«

»Bitte, Mamaaa?«

»Okay!« Ich lege auf und frage Guido: »Können wir Cinderella kurz auf die Straße lassen?«

Sein Blick sagt mehr als tausend Worte. »Eigentlich nein, aber ja.«

Drei Minuten später versuche ich, in dem riesigen Kleid ins Auto zu steigen, und Tati lacht sich kaputt. Die Tülllagen passen einfach nicht in den Porsche. Ich versuche, mich klein zu machen, doch das Kleid schiebt sich zwischen mich und das Lenkrad. Die Tür geht nicht zu. Tati und Guido drücken, schieben, drapieren, ziehen und zerren. Und irgendwann sitze ich so einbetoniert in meinen Tüllbergen, dass ich immerhin lenken, Zwischengas geben und etwas sehen kann. Hoffentlich hält mich die Polizei nicht an.

Und so fährt Prinzessin Hildi nun über die Reeperbahn Richtung Eppendorf. Hin und wieder hupen ein paar Halbstarke, denn offenbar sieht das ziemlich speziell aus.

Im Kindergarten quetsche ich mich allein aus meinem Wagen, der Stoff rauscht mit mir aus dem Auto und schiebt sich irgendwie durch die große Sicherheitstür. Die Kinder, die bereits im Flur stehen, gucken nur und sagen gar nichts. Bis auf ein kleines Mädchen, das ein Elsa-Kleid trägt: »Hildi, bist du jetzt Prinzessin?«

»Schon immer, ich zeig's heute nur mal!«

Die Jungs machen sofort eine Verbeugung, während meine kleine Prinzessinnen-Kollegin gar nicht mehr aufhören kann zu schwärmen: »Das ist das schönste Kleid, das ich je gesehen habe. Bist du auch mit einem Prinzen in einer Kutsche gekommen?«

»So was brauchen wir doch heute nicht mehr. Ich bin mein eigener Prinz. Wo ist denn Ferdi?«

»Er sucht noch seine Schuhe. Guck mal, ich habe einen Zahn verloren, obwohl ich erst fünf bin, und auf meinem Hausschuh ist ein Einhorn.«

»Das ist wunderbar, Spätzchen, aber ich muss los. Das Kleid …«

»Löst es sich bald auf? Und dann stehst du hier in einer Kittelschürze?«

»Genau, deshalb haben Ferdi und ich es eilig.« Man sollte Kindern wirklich mehr Märchen vorlesen, dann haben sie viel mehr Verständnis, denke ich, als ich Ferdi entdecke, der sich gerade seine Jacke anzieht und bereits Straßenschuhe anhat. Gott sei Dank.

»Oma, wow, du siehst ja aus«, staunt er, und die Verblüffung ist ihm ins Gesicht getackert. »Ich komme!«

Und so laufen wir Hand in Hand aus dem Kindergarten. Omi im Tüllrausch und Ferdinand stolz wie Oskar, denn die anderen Kinder gucken uns tief beeindruckt hinterher. So schnell kommt man zum ganz großen Auftritt. Und nicht nur zu einem.

Als wir auf der Fahrt zum Loft etwas Gas geben, sagt Ferdinand ganz erfreut: »Omi, ich glaube, alle finden dich schön. Du bist gerade sogar fotografiert worden. Es hat rot geblitzt über die ganze Straße!«

KAPITEL 48

Vorlesung

*G*ehst du heute Abend wirklich aus?«, fragt mich Ferdchen, während er mich kritisch mustert. »Mit *dem* ganzen Lippenstift?« Wir sitzen in seinem Kinderzimmer, in dem bereits das Licht gedimmt ist, und er hat schon Zähne geputzt, Pipi gemacht und sein Outfit für morgen kunstvoll auf dem Boden drapiert. Zurzeit hat er einen Heidenspaß daran, alles so hinzulegen, als würde er bereits drinstecken. Da wird sogar noch ein Teddy reingestopft, damit Omi drauf reinfällt. Neulich dachte ich tatsächlich, er wäre es, der da auf dem Boden liegt. Das fand er unglaublich witzig.

»Ja, mein Schatz, Omi dreht heute mal richtig auf. Geht auf den Schwups, wie wir früher in meiner Jugend gesagt haben.« Ach, der süße Vogel Jugend.

Ferdi guckt mich irritiert an. »Du warst mal jung, Oma? So ganz jung?«

»Ja, verrückt, nicht? Ich war mal genauso klein wie du.«

»Ich bin ja schon groß. Du meinst, so klein wie Sophia.«

»Das auch!«, lache ich.

Das Witzige am Partymachen im Alter ist ja, dass man schon einige Feten gefeiert hat. Man erwartet nicht mehr so viel. Aber man ist auch viel cooler, da man natürlich etwas Erfahrung hat und nicht davon ausgeht, dass der Abend lebensverändernd sein könnte, weil einem der Mann fürs Leben über den Weg läuft oder man mit einem neuen Weltbild nach Hause kommt. Man ist nicht mehr so unerfahren wie in den Zwanzigern, in denen man sich ja besonders erwachsen gefühlt hat und gern moralisch altklug daherkam, gleichzeitig aber auch noch nicht kurz vor der Schnabeltasse. Tanzen kann ich auch noch wie mit vierzig – ich bin bereit. Alles kann, nichts muss. Ich kann auch einfach selbstzufrieden die Situation genießen, wenn es nichts Besonderes werden sollte. Einzige Bedingung von Tini war, dass ich die Mäuse noch ins Bett schaukele, damit sie noch etwas für ihre Präsentation fürs morgige Meeting schafft – die Arme ist wirklich im Stress! –, und dann werde ich mich wie eine Katze vom Hof schleichen. Nachtgrau wie ein grau melierter Panther in meinem kirschroten Textiltraum. Das Kleid ist perfekt, es hält mich fest, es umspielt mich genauso, wie ich es mag. Zu voluminöse Silhouetten machen mich oft unsicher, habe ich festgestellt. Ist ja auch logisch, man hat kein Körpergefühl mehr, denn es ist ja gar nicht mehr dein Körper, der da bekleidet wird. Deshalb werde ich immer ein Fan von körpernah bleiben. Ich hatte meine Taille selbst schon lange nicht mehr so gesehen, so in Szene gesetzt. »Eine Wespe ist 'ne Hummel gegen deine Kurven, Hildi!«, hatte Guido gestaunt. »Ich möchte auch so aussehen, wenn ich in deinem Alter bin.« Er biss dabei von einem Kinderriegel ab. Kann es kaum erwarten, in den Fetzen hineinzusteigen.

Im Kinderzimmer kuscheln Sophia, Ferdi und ich uns jetzt in das neue Kinder-Tipi der beiden, das Tini aus Paris mitgebracht hat. »Mein schlechtes Gewissen hat das gekauft!«, sagte sie. »Dann hat dein schlechtes Gewissen einen exzellenten Geschmack, auch wenn du dir das abgewöhnen solltest«, stellte ich fest, denn als das Teil stand, war es ein traumhafter Rückzugsort für die kleinen Mäuse. Wir holten noch Wimpel- und Lichterketten, eine Armee Kissen, eine Tipi-Decke für den Boden und ein paar Schafsfelle – und fertig war die Kuschelmuschelhöhle für Gutenachtgeschichten, Schmollen oder Hörspielehören und Nackenkraulen.

»Was lesen wir heute Abend?«, will Ferdi wissen.

»Ganz feministisch Cinderella!«, sage ich grinsend. Beide schmiegen sich von rechts und links an meinen Jogginganzug, den ich gerade noch trage und der in einer halben Stunde in der Ecke liegen wird.

»Und danach gehst du zur Party?«, fragt Sophia.

»Ja, genau, dann steigt Omi in ihr rotes Kleid, wirft das Cape über, schnappt sich die kleine Clutch auf der Bank im Flur, und los geht's. Morgen erzähle ich euch dann mehr.«

Beide nicken zufrieden. Dass genau diese Information mir später noch leidtun wird, kann ich in dem Moment nicht wissen. Jetzt bin ich im Tipi-Höhlen-Kosmos, die kleinen orangefarbenen Nachtlichter tauchen alles in ein diffuses Licht, sodass man gern ins Bett gehen möchte, und Sophia schläft noch unterm Lesen ein.

KAPITEL 49

Cinderella

*W*ird die Welt bei Nacht interessanter? Das frage ich mich schon mein halbes Leben lang. Es gibt Zeiten, da kann sie einen mal gernhaben. Wenn man Kleinkinder hat, einen Nachbarn, der ständig etwas anbohrt, oder man Jetlag von einem New-York-Trip mitbringt. Und dann wirst du älter und stellst fest: Ich kann nachts eigentlich alles besser. Malen, philosophieren, Wein trinken und nicht schlafen vor allem. Wolfgang Joop hat mal zu jemandem gesagt, der gern Künstler sein wollte, aber meinte, er habe leider keine Zeit dafür: »Dann mal doch nachts.« Die Antwort des verhinderten Künstlers kenne ich nicht, aber ich fand es amüsant. Vielleicht: »Da muss ich schlafen.« Und Joop hätte dann sagen können: »Das ist ja dann dein Problem!« Denn wenn du ein wahrer Künstler bist, dann muss es raus. Dann hält dich auch so etwas Triviales wie Nachtschlaf nicht ab. Sich der Biologie zu unterwerfen, das ist was für Kleingeister. Und das Glück, etwas zu erschaffen, kreiert vielleicht einen Sozialismus der Nacht, der es völlig obsolet macht, wie erschossen man sich am nächsten Tag fühlt. Das gilt auch für gute Momente, die man zu später Stunde erlebt. Stichwort: Party.

Mein Kleid und ich sind verschmolzen, der Lippenstift leuchtet mir in Tinis Badezimmerspiegel entgegen, und ich zupfe noch einmal das Volant-Oberteil zurecht. Gleich müsste der Wagen mit Tati kommen. Doch, dieser Abend könnte eine schöne Abwechslung werden. Ein bisschen Glamour und etwas Dekadenz haben noch keinem geschadet. Selbst wenn es nur ein Ausflug vom Gummistiefelalltag im Leihkleid ist. Ein bisschen Cinderella-Feeling ist tatsächlich: Ich bin reif für die Oscarverleihung, und alles ist nur geborgt. Das Make-up, die Wimpern, mein kirschrotes Textil. Ab morgen geht Omi wieder als Aschenbrödel in Tchibo-Beige zur Kita. Okay, kleiner Spaß, ich trage ja grundsätzlich Farbe und keinen Rentnerlook. Aber der Kontrast, allein die Vorstellung, war gerade so amüsant.

Mein Handy blinkt – Tatis Morsezeichen. Es geht los! »Ich bin dann mal weg«, rufe ich Tini zu, die mittlerweile von der Arbeit nach Hause gekommen ist und im Wohnzimmer herumwurschtelt. »Viel Spaß!«, kommt es postwendend zurück. Ein letzter Schluck Vitalpilzkakao – der wärmt von innen und verleiht alten Frauen Power –, Haare noch mal von einer Richtung in die andere geworfen, nur damit sie wieder in die Ausgangsposition fallen, und ich greife nach Schlüssel, Cape und vergesse meine neue Mini-Clutch auf der Bank in Tinis Flur. Das Schicksal nimmt seinen Lauf. Hätte ich geahnt, was das bedeuten würde – ich wäre daheimgeblieben und hätte das Kleid lediglich ein paar Gedichten von Kafka und Netflix präsentiert.

Tati thront im Auto, als wäre es eine Sänfte. Sie hat sich einen bunten Kaftan übergeworfen und einen silbernen Turban aufgesetzt und hält mir gleich ein Champagnerglas hin.

»Liebes, lass uns anstoßen! Das wird ein fabelhafter Mädelsabend!«

»Cheerio!«

Unsere Gläser klirren, der Fahrer schließt die Tür mit seinen Handschuhen, und die schwarze Limousine rollt Richtung Vorstadt.

»Das ist aber nicht das Kleid, das du anprobiert hast?«, bemerke ich.

»Nein, das war mir zu unauffällig. Als ältere Frau ist man sowieso schon unsichtbar – heute möchte ich mal auffallen. Und außerdem habe ich gerade Besuch von meinem Neffen Edelbert und seinem Dackel Tarzan. Der hat sich irgendwie in die Pailletten verbissen. Müssen für ihn wohl nach Würstchen geduftet haben. Na ja. Und jetzt bin ich halt ein indisches Märchen.«

Wir fließen durch den Hamburger Straßenverkehr in Richtung Niendorfer Gehege. Die Party findet in der Millionenvilla einer Tuppermillionärin statt, die ihr Geld mit Topfschabern, Spritzschutzdeckeln, Gefrierbehältern und Aufschnittstapeldosen gemacht hat. Hin und wieder verleiht sie ihr bescheidenes 15-Zimmer-Anwesen für besondere Events.

Tati und ich haben ja schon ein paar Partys gefeiert. In Irland zum Beispiel, mit löchrigen Dächern, wo es durchregnete, in Monaco bei der Formel 1 oder in Düsseldorf mit Claudia Schiffers Schwester.

Aber das hier ist anders. An der Türschwelle erwarten uns bereits lauter Models in Moop-Outfits mit Welcome-Drinks. Die jungen Frauen tragen alle kunstvolle Flechtfrisuren, und die Männer sehen allesamt aus wie aus Bayern: frischer Teint, gepflegt, kein Bart. Und dann ist da noch eine kurvige Kollegin mit leichtem Silberblick. Auch ihre Schönheit ist in diesen diversen Zeiten niemandem entgangen. Sie ist eigentlich das hässliche Entlein unter den Küken, mit dem Unterschied, dass sie schon längst kapiert hat, dass sie hier der einzige Schwan ist. Sie schiebt ihre Andersartigkeit so dermaßen auf ihrem Tablett vor sich her, dass die anderen Mädchen sich schüchtern in die zweite Reihe drängen lassen.

Der Schwan hält mir mit schiefem Grinsen ein Glas Bellini unter die Nase. Das trinkt man jetzt wohl wieder. Aha. »Als Alternative haben wir den neuen In-Drink hier, das Lebkuchen-Bräu aus einer kleinen, feinen Biermanufaktur aus Hamburg. Es schmeckt unglaublich, kann ich Ihnen echt empfehlen.« Sie beugt sich vor und flüstert: »Unter uns: Besser als der olle Bellini!

Das Craftbeer hat aktuell jede angesagte Bar, und es kommen noch mehr irre Sorten mit Eierlikör, Zimt und Lakritz!« Sie quietscht vor Freude, und ich muss erst mal schlucken.

»Tja, dann geben Sie mir mal eins! Den Bellini aber bitte auch – für den Geschmack!«

Und so stehe ich auf der Türschwelle einer Millionenvilla und trinke aus einer Bierflasche die Plörre meines Schwiegersohnes, um zur Neutralisierung im Notfall Bellini nachzukippen.

»Der Typ, dieser Henn, der sich das ausgedacht hat, ist ein Genie!«, fügt der Schwan noch hinzu, dann wird ihr Tablett verlangt.

Ich drehe die Bierflasche in der Hand und weiß nicht, was ich denken soll. Auf dem Etikett, das ein großer Affe ziert, steht »Monkey Beer«. Darunter ist mein Rostporsche abgebildet, in dem ebenfalls ein Affe am Steuer sitzt und über den Schriftzug »The brew for special people« fährt. Auf der Rückseite steht tatsächlich: »Danke, Hildi, du bist eine Inspiration!« Und: »Made by Henn Brew.«

Ich bekomme fast Schnappatmung. Erinnert mich unwillkürlich daran, wie Sascha mal mit einem Schlagerfritzen im Flieger nach New York saß. Ich hatte ihm einen schönen Platz in der Business organisiert, und neben ihm saß dieser Typ. Er hatte gerade einen Song geschrieben, den ein aufstrebendes Schlagersternchen singen und tanzen sollte. War ganz stolz, das Kerlchen, hatte auch Schnappatmung, sodass Sascha ihn erst mal in eine Kotztüte atmen lassen musste. Er hatte gerade die Nachricht bekommen, dass alles in Sack und Tüten ist. Die beiden bestellten Schampus, und Saschas neuer Freund sang ihm schief und krumm die erste Zeile vor: »Rastlo-hos durch die Nahaaacht …« Mein Neffe unterbrach ihn sofort und sagte: »Nein, nein, Unsinn, das muss ›Atemlos‹ heißen.« Der Herr war nicht beratungsresistent, bedankte sich brav fünfzigmal, schrieb die Zeile sofort um, und es wurde, glaube ich, ein Hit. Aber so genau weiß ich das nicht – ich interessiere mich nicht für Schlager.

»Das ist von … Chris, oder?«, fragt Tati und beugt sich vor, um besser lesen zu können. (Brille zum Kleid machen wir ja nicht. Und nur ich habe heimlich Adleraugen.) »O Gott, ist das süß, der gute Junge! Hildi, dem musst du verzeihen. Und jetzt gibt es eh keine Scheidung mehr – denn die Geldsorgen sind sie los.«

»Ich muss das erst mal verdauen«, sage ich und kann mir ein Lachen nicht verkneifen.

»Spül es doch einfach runter?« Tati hat sich auch ein Lebkuchen-Brew geben lassen, und wir trinken durch umweltfreundliche langstielige Nudeln aus den Buddeln. (Plastikstrohhalme machen wir ja auch nicht mehr.) Als wir im Anschluss in die imposante Eingangshalle treten, finden wir uns in einem Meer aus Märchengestalten wieder. Hexen, Prinzessinnen, Könige, Feen, Fabelwesen, sogar der Froschkönig mit der goldenen Kugel unterm Arm geht an uns vorbei. Auf der langen Bar gegenüber brennen Kerzen auf riesigen Ständern, die alles in ein dramatisches Licht tauchen. Vor einem alten Gobelin, in den eine Waldszene geknüpft wurde, erstreckt sich ein langes Büfett mit Kaviar-Etageren, Austern und feinen Pasteten im Glas. Hin und wieder kreist eine Film-Drohne über den Köpfen. Es wurde wirklich an alles gedacht. Sogar der Hofhund und Moop-Maskottchen Schweini (ja, die Moop-Gründer mögen Fußball) flitzt zwischen den Gästen herum und trägt einen Hahnenkamm.

»Und wenn sie nicht gestorben sind, dann feiern sie sich noch heute! Kann man machen«, kommentiert Tati und lässt sich vom Schwan das Glas austauschen, als der Moop-Design-Chef Wolfgang im indischen Maharadschagewand auf uns zukommt.

»Hildi, meine Liebe, schön, dass Sie da sind!«, begrüßt er mich stürmisch. »Sie sind mein heimlicher Star des Abends! Ich wollte

Sie noch unserem Anwalt vorstellen, der bei seinem letzten Consulting-Job in Dubai Komplimente für Sie einheimsen durfte. Leider kannte er die Kampagne nicht, da er seine Nase immer nur in alle rechtlichen Angelegenheiten steckt. Aber er sagte: Es war mehr als bemerkenswert!«

»Das freut mich natürlich sehr«, entgegne ich, »und vielen Dank für die Einladung. Dieser Abend ist ja jetzt schon mehr als gelungen.«

»Danke. Bitte amüsieren Sie sich! Im ersten Stock finden Sie auch eine Preview der neuen Kollektion, die wir hoffentlich bald mit Ihnen shooten.« Er grüßt charmant mit der Hand an seinem Turban, zwinkert Tati noch kurz zu, da sie fast wie Zwillinge aussehen, dann ist er auch schon weg.

»Die haben alle einen Sprung in der Schüssel, aber der passt hervorragend zu unserem!«, stellt Tati fest, als vor uns ein Wolf auf die Marmorfliesen klatscht, weil das dralle Rotkäppchen ihm auf den Schwanz getreten ist.

»Augen auf bei der Kostümwahl!«, sagt Rotkäppchen mit tiefer Männerstimme, packt die Pranke des zarten Wolfs und stellt ihn wieder auf. Dann guckt es mich an und pfeift durch die Zähne: »Wow! Das ist ja mal ein Kleid. Da kann ich mit meinem Proviantkorb aber einpacken. Wen verkörpern Sie?«

»Die Queen Mom?«, schlage ich vor. So genau habe ich darüber gar nicht nachgedacht.

»Dann ist die Monarchie gerettet!«, stellt Rotkäppchen trocken fest, rückt sich die Kunstbrüste zurecht und fällt fast über meinen überlangen Saum. Dieses Mal ist der Wolf schneller.

»Hab dich, Süße!«, keucht er. Entzückend, diese jungen Menschen, wenn sie einander so zugewandt sind, denke ich, als mein Handy sich meldet. Ich habe beim Verlassen von Tinis Wohnung zwar meine Clutch vergessen, aber dafür völlig gedankenlos meinen Chanel-Shopper mitsamt Handy, Geldbeutel, Schlüssel,

Feuchttüchern und Co. mitgenommen – der Mensch ist eben doch ein Gewohnheitstier und Berufsomi. Jetzt klingelt mein Handy in Tatis Kuverttasche, denn den Shopper habe ich an der Garderobe abgegeben. Und tatsächlich, es ist Tini, die mir freudig entgegenschreit: »Mamaaa, es gibt unglaubliche Neuigkeiten! Wir haben einen Kita-Platz für Sophia zugesagt bekommen, und zwar ganztags. Und Ferdi kann ab dem nächsten Quartal ebenfalls ganztags bleiben. Dann bist du wieder frei! Du kannst in deinen Ashram fliegen! Kannst du gleich mal mit Tati drauf anstoßen. Und dann gibt es noch mega Neuigkeiten von Chris und seinem neuen Bier – aber das erzähle ich dir morgen in Ruhe. Es ruckelt sich gerade alles zurecht. Ich bin so glücklich! Und jetzt feier mal schön weiter!«

»Ich hole uns mal etwas vom Büfett«, sagt Tati und huscht davon, während ich noch Tinis Jauchzern lausche. Ich nicke nur, verabschiede mich tonlos und lege dann in Slow Motion auf. Ein Kita-Platz. Ganztags. Ich werde nicht mehr gebraucht. Das zweite Mal Schnappatmung heute Abend. Will ich das überhaupt? Keine After-Kita-Partys mehr. Keine Spielplatzbank. Keine Defender-Fahrten in den Wald. Keine spontanen Harz-Kaminfeuer. Stattdessen nur alte Leute im Ashram. Gespräche über instabile Halswirbelsäulen und Hüft-OPs. Und über all das, was hinter einem liegt, anstatt ans Morgen zu denken. Diskussionen über Rentenpunkte. Das Wetter. Zipperlein. Dann Stille. Den Tisch decken für eine Person. Sport. Ruhe. Ich weiß gar nicht, wohin mit mir. Da tritt man jung und unerfahren in ein neues Lebensalter ein, bekommt eine Aufgabe, an der man wachsen kann und an der man plötzlich Freude empfindet, und dann wird sie einem durch eine Kindertagesstätte genommen? Schließt sich nicht ein Kreis, wenn eine liebende Oma die Enkel prägt anstatt einer Institution? Der Gedanke, dass die beiden Mäuse in Zukunft den ganzen Tag getrennt von ihrer Familie verbringen sollen, schnürt mir die Luft ab. Unsere ganze Tagesroutine ist damit vorbei. Struktur. Rituale. Mein Alltag bricht gerade weg. Der Boden scheint zu wanken. Gut, es läuft auch gerade der Rattenfänger von Hameln mit lauter sexy Mäusen in Moop-Cashmere-Zweiteilern an mir vorbei. Der Froschkönig macht ganz schöne Amphibienaugen, als wären die Mäuse leckere Insekten.

Ich mache ein paar Schritte vor an die Bar und setze mich auf einen Hocker. Ein junger Mann neben mir guckt mich an, dreht sich weg, um mich dann wieder anzugucken, und fragt: »Sind Sie etwa Hildi?«

»Ja, aber bitte niemandem verraten. Heute bin ich als Queen Mom ohne Stock unterwegs. Und wer sind Sie?«

»Ein Klimakleber. Die leben ja auch in einer Märchenwelt zusammen mit den Grünen. Wollen ja auch Kobolde in Autos verbauen«, antwortet mein Gegenüber.

»Stimmt. Aber wo bekommt man denn ein Stück Asphalt her?« Er hat tatsächlich einen Brocken Straße an der Hand kleben. Natürlich nur scheinbar, denn er hat sich eine Art Griff in den Asphalt gefräst, um ihn wie eine Pferdekardätsche durch die Gegend tragen zu können.

»Ach, das ist noch ein wenig Resteessen vom Mauerfall. Man muss ja improvisieren können. Wie sagt man so schön: Geschichte wiederholt sich nicht, aber sie reimt sich.«

»Dem habe ich nichts hinzuzufügen. Würden Sie mir ein Wasser bestellen?«

»Na klar. Können wir dann noch ein Selfie machen?«

»Natürlich.«

Gesagt, getan. Nachdem der Klimakleber 49 Fotos von uns mit seinem iPhone gemacht hat, schwanke ich in Richtung Tati, die sich am Büfett angeregt mit ein paar Gespenstern und einem Hollywood-Helden mit getönter Sonnenbrille und Cowboy-Chaps über den digital-finanziellen Komplex unterhält, der uns eine neue Weltordnung aufdrängen will, wenn wir nicht endlich aus dem Dornröschenschlaf aufwachen.

»Und wieder landen wir bei Dornröschen«, stellt eins der Gespenster fest. »Es ist einfach alles wahr. Von wegen Märchen!«

»Bist du okay?«, fragt mich Tati, als sie mich sieht. »Du siehst aus ...«

»... als hätte ich drei Geister gesehen, die dir zusammen mit einem Cowboy die größte Weltverschwörung aller Zeiten erklären?«, lache ich. Tati guckt mich strafend an. Sie kennt mich besser. »Okay, Tini hat sich gerade gemeldet. Sie haben für die Kinder Kita-Plätze.«

»Aber ist das nicht toll?«, fragt Tati. »Nein?«

»Nein. Aber ich schaffe das schon. Ich gehe mal kurz für traurige Omis.«

Tati streichelt mir über die Schulter: »Dafür mehr Zeit für dich und die Ashrams dieser Welt. Und mich!« Recht hat sie.

Ich raffe mein Kleid und laufe an der Bar entlang Richtung Halle. Ein Schild finde ich nirgendwo, und um mich herum wuselt es nur so von Mannequins, Mäusen und Hexen. Dafür kreuzt ein bekanntes Antlitz mit Schwimmhäuten meinen Weg.

»Entschuldigung, Herr Froschkönig, wo kann man sich hier denn die Nase pudern? Sie sind doch ein junger Hüpfer und haben bestimmt schon alles erkundet?«

»Ick nehm Se jerne mit dorthin. Aber nur unter eener Bedingung: Bitte keene Altersdiskriminierung, wa? Ick mag jung und amphibienhaft aussehen, aber ick bin eene alte Seele.«

»Stimmt. Sie setzen ja auch auf Gold. Nicht unklug bei der Inflation.«

»Seh'n Se?« Der Froschkönig hakt mich unter, und wir gehen Richtung Toilette, die sich am Ende eines endlosen Ganges befindet. Wir laufen an rauschenden Gewändern, tanzenden und lachenden Maskierten vorbei. Nur die Stufe, die wir nun nehmen müssen, hat mein wechselwarmer Kavalier nicht auf dem Zettel. Er stolpert plötzlich über die eigenen Flossen, und dann geht alles ganz schnell: Die goldene Kugel macht sich selbstständig und rollt den halben Gang entlang, bis ein Paar glänzender Budapester sie stoppt. Zum Glück bin ich ja gelenkig und habe mich aus dem Griff meines Froschfreunds befreit, bevor er unsanft zu Boden gesegelt ist.

Als ich ihm aufhelfe und er wieder auf seiner Schwimmhaut steht, realisiere ich, wer die Kugel gestoppt hat: mein Parkbankflirt.

»Sie?«, sagen wir beide gleichzeitig. Mr. Parkbank drückt dem Frosch die Kugel in den Arm, als wäre er ein Statist, der er jetzt auch ist, und schaut mich an, als wäre Weihnachten. »Was machen Sie hier, Hildegard?«

»Was machen Sie hier, Alexander?«, frage ich zurück.

»Ich bin stiller Teilhaber und Leiter der Moop-Rechtsabteilung beziehungsweise überwache gerade die Übergabe an die nächste Generation in den letzten Zügen. Außerdem investiere ich manchmal auch in vielversprechende Start-ups wie das Monkey Beer, das hier heute Abend serviert wird. Warum waren Sie nie wieder auf dem Spielplatz?«

»Es hat geregnet. Oder es brannte woanders. Kleine Kinder, Sie wissen schon.«

»Ja, ich verstehe. Ich hoffe, das ist nicht plump, aber ich falle jetzt mit der Tür ins Haus: Wir beide sind ja auch alt genug, wir haben alles gesehen, wir haben alle Partys gefeiert, alle Catwalks gewalked, alle Weine gewined, wie wir bei Moop immer so schön sagen, ich brauche Ihnen ja nichts mehr vorzumachen. Ich hatte schon Angst, wir hätten uns für immer verpasst. Ich möchte unbedingt Zeit mit Ihnen verbringen. Egal, wo und wie. Etwas Besseres als Lebenszeit kann man sich ja ohnehin nicht schenken, nicht wahr? Was sagen Sie?«

Mein Herz pocht. Aber es ist ein fantastisches Pochen, kein Vorhofflimmern. Fast hätte ich »Ja, ich will« gesagt, aber da klingelt mein Telefon, das ich immer noch in der Hand halte.

»Gehen Sie ruhig ran! Es könnte ein Notfall sein!«, sagt Alexander.

»Tini?«

»Mamaaa!«, schreit es aus meinem Telefon. »Ferdinand ist weg. Er liegt nicht mehr in seinem Bett. Er ist verschwunden! O Gott, mir ist schlecht. Ich weiß gar nicht, wie das passieren konnte. Eben wollte ich nach ihm sehen, da war sein Bett leer, und die Haustür war nicht abgeschlossen. Wo kann er nur sein?« Jetzt rast mein Herz noch mehr. Aber dieses Mal ist es kein gutes Pochen.

»Tini, ich bin gleich da!«, sage ich, bevor ich auflege und mein Gegenüber mustere. »Es ist tatsächlich ein Notfall. Sie wollen Zeit mit mir verbringen? Dann helfen Sie mir, meinen Enkel zu finden! Er ist verschwunden.«

»O Gott! Dann los! Darf ich Sie fahren? Sie sind bestimmt mit einem Moop-Chauffeur gekommen?« Ich nicke. Er hält mir seine Hand hin, warm legt sie sich um meine, als wir losrennen. Der Siegelring drückt sich glatt und warm in meine Handinnenfläche. Weich sind seine Hände. Alles andere als alt und gebraucht. Und er hält meine Hand, wie nur ein Mann es tun kann. Der Froschkönig kriegt den Mund gar nicht mehr zu, als er sieht, wie wir den Gang entlangstürmen. Eins der Gespenster schwebt an uns vorbei und nörgelt nur: »Je oller, je doller!« Aber da sind wir schon aus der Tür raus, an der der Schwan gerade alle Gläser fallen lässt. Im Hof steht ein lindgrüner Defender – wie meiner.

»Adresse Ihres Enkels?«

»Eppendorfer Weg 215!«

Wir jagen durch den späten Abend. Es ist schon so dunkel, dass es mir Angst macht. Was hat sich Ferdi bloß gedacht?

»Er muss rausgegangen sein. Aber warum? Und wohin?«

»Wir finden ihn ganz sicher. Er ist ein kluger Junge. Was sind seine Lieblingsplätze?«, fragt Alexander.

»Na ja, er liebt die kleine Bäckerei unten im Haus, den Italiener, den Hundefriseur an der Ecke. Aber da würde er doch nicht hingehen?« Ich schaue verstohlen zur Seite. Er nicht, stattdessen blickt er mich aufmerksam an. Hier spielt jemand mit ganz offenen Karten.

»Hildegard, wir werden ihn finden, das verspreche ich Ihnen. Selbst wenn wir die ganze Nacht unterwegs sind«, sagt er mit fester, ruhiger Stimme. Und fügt dann hinzu: »Ich freue mich so sehr, Sie wiedergefunden zu haben!«

»Ja, das geht mir auch so!« Hätte ich nur nicht so schreckliche Angst um Ferdi – mein Kopf wäre heiß geworden. Aber die Sorge um meinen Enkel nimmt mich gerade in Beschlag.

Wir biegen in Tinis Straße ein. Es sind immer noch viele Menschen draußen. Mein Herz hämmert in meiner Brust. Wie muss es erst Tini gehen? Wir parken mit Warnblinker und legen los.

Beim Italiener Al Volo machen alle sorgenvolle Gesichter. Eine Kellnerin erzählt uns, dass sie Ferdinand gesehen hat: »Doch, der ist hier vorbei! Er hatte ein Pyjama-Oberteil an und sah etwas lost aus. Und ich meine, er hielt eine kleine samtrote Tasche in den Händen. Da habe ich mich noch gewundert.«

»Ach, meine Clutch …«, entfährt es mir. »O nein! Wo ist er denn jetzt nur?«

Wir stürzen wieder auf die Straße. Ein Kind zu verlieren, die Angst, dass man es nicht wiederfindet, ist unerträglich. Und es auch noch zu verlieren, weil man zu dusselig war, seine dämliche Clutch mitzunehmen, ist noch unerträglicher. Ich fange an, Stoßgebete gen Himmel zu schicken, während wir den Fußweg entlanglaufen.

»Okay, gehen wir logisch vor!«, sagt Alexander. »Er wollte dir also deine Tasche bringen. Wieso dachte er, er könnte dir hinterherlaufen?«

»Wahrscheinlich weil ich auf den Wagen gewartet habe ...«, sage ich.

»Gut, dann war er zu spät. Was würde er also machen?« Alexander ist ganz ruhig, was unheimlich guttut.

»Zurück ins Haus kam er nicht – die Tür fällt sofort zu. Und wenn er geklingelt hätte, hätte er sich verraten!«

»Und wo könnte er dann hingegangen sein? Wo geht er sonst am liebsten hin?«

Und dann sagen wir es im Chor: »Der Spielplatz!«

Alexander rafft meinen überlangen Saum zusammen, und so joggen wir zum Spielplatz. Mit den High Heels in den Händen und meinem Schleppenträger direkt hinter mir biegen wir auf den Sandweg Richtung Park ab. Der Mond steht bereits am Himmel, als wir über die kleine Brücke rennen, an deren Ende das Spielareal beginnt. Schnaufend schwöre ich mir, dass ich alles akzeptieren werde, was das Leben mit mir als Nächstes vorhat. Ich werde nicht klammern, ich werde los- und mich fallen lassen. In was auch immer. Bin ja nicht im Seelennovember und brauche einen Rollator für meinen Geist. Ich bin neuerungsbereit, zukunftsmutig und voller Hoffnung. Ich lebe im Hier und Jetzt. Und habe vielleicht gerade ein kleines Glück wiedergefunden. Um das voll auskosten zu können, fehlt in diesem Moment nur noch eins.

»Ferdinand?!«, rufe ich, so laut ich kann. Wo steckst du nur?

»Omi!«, fiepst es aus einer Spielplatzecke zurück. Und tatsächlich: Da sitzt mein kleiner Mucki, auf der Schaukel, mutterseelenallein, meine Mini-Clutch auf dem Schoß, und weint. Ich laufe auf ihn zu, das verdammte Kleid nimmt schön eine Pfütze mit, und schlinge meine Arme um ihn.

»Ferdchen, was machst du denn hier, mein Schätzchen?«, nuschele ich in seine Haare.

»Ich wollte dir deine Tasche bringen, die du vergessen hast. Ich hab es gemerkt, als ich noch mal zur Toilette musste. Also bin ich dir hinterher. Du warst aber schon weg. Dann kam ich nicht mehr rein und dachte, ich warte einfach, bis du wiederkommst. Und so lange kann ich ja auch noch ein bisschen schaukeln gehen. Aber dann wurde es so dunkel, und ich habe mich nicht mehr losgetraut. Ist Mama böse?«

»Es ist alles gut, Ferdchen. Komm, lass uns nach Hause gehen!«

Und so gehen wir drei – nach einem kurzen Anruf bei Tini, versteht sich – Hand in Hand nach Hause. Liebe ist ja meist das gesprächigste aller Gefühle, aber heute braucht es keine Worte mehr. Ich halte Ferdis Hand in meiner rechten und Alexanders in meiner linken, und es fühlt sich einfach alles nur richtig an.

Und auch wenn ich keine Ahnung habe, was die Zukunft für mich bereithält, wie es weitergehen wird mit uns allen, bin ich einfach nur froh und erleichtert. Die Liebe für meinen Enkel überflutet mich wie die Elbe gelegentlich den Fischmarkt und den Stand von Aale-Dieter. Und neben mir geht ein Mann, der das nachempfinden kann. Umso schöner ist die Kraft der Gegenwart, die sich wie ein Mantel um uns schmiegt. Das Hineinspüren in den Augenblick, das Eintauchen in die Erleichterung, es könnte gerade nichts schöner sein. Menschen, die wie ich ein Leben lang international gelebt haben, sind normalerweise keine leidenschaftlichen Stadtteilromantiker. Aber heute Nacht, in einem Anfall von Schwerelosigkeit, gefällt mir Eppendorf mit seinen gelbgold erleuchteten Fenstern ausgesprochen gut. Es geht im Leben um nichts als um die Liebe. Und davon bin ich gerade erfüllt, von den Zehenspitzen bis in die Haarwurzeln. In Gedanken lege ich Max Raabe und die Streicher des Palast Orchesters mit »Der Sommer« unter diesen Moment. Gut, der Saum meines Kleides ist nur noch ein trauriger Klumpen Spielplatzmatsch, aber ist das nicht das wahre Leben?

Ach, hätte man mir das alles früher angeboten – ich hätte es kaum erwarten können. Aber da hätten mein Verstand und meine Seele das alles noch nicht verstanden. Zeit für den Sprung ins nächste Lebensalter. Ich bin bereit.

Dank
geht an

Meinen Mann, der mich erträgt, wenn ich aus der normalen Welt aussteige und nur in meinem Kopf unterwegs bin!

Meine Kinder, die alles für mich sind!

Frauke, Stephanie und Renate! Ohne die »Vier Engel für Henn« wäre Hildi nie so geworden! Und das Schreiben wäre nur halb so schön gewesen!

Daniela, die immer sofort alle »rentneraffinen« Artikel rübergejubelt hat und bei jedem Buch mitdenkt!

Johannes, denn nichts geht ohne Feng-Shui-Beratung (https://jmfengshui.com). Und ohne Tritt, aus allem etwas Gutes zu kneten!

An das ganze Kita-Team der Kita Bi-Ba-Butzemann, die natürlich gar nicht so heißt!

Johanna! Kein Buch ohne Inspiration von deiner Seite!

Alexander Herrmann und Philipp Amann von Samina Recovery (https://www.samina.com) für ein kulinarisches Erlebnis und NASA-Nächte!

Michael Kneissler, weil er einfach der beste Ratgeber und journalistische »Ziehvater« ist und mich immer versteht!

Lianne Kolf und Simone Sammer, Angela Gsell, Julia Gommel-Baharov und Artur Senger, die dieses Buchprojekt erst ins Leben gerufen haben. (Danke, Artur, für deine Geduld!)

Sascha, der weltbeste Friseur aus Eppendorf, der eigentlich ein Künstler ist und kein Friseur und den ich leider umbenennen musste, weil ich zu viele Saschas in meinem Leben habe.

Vanessa, die mich auf die beste Biohacker-Party aller Zeiten geschleppt hat.

Gina, weil sie astrologischen Überblick hat.

Dank geht auch an Julia und Ulrike, weil sie einfach wissen, was jahrelange Freundschaft und gegenseitiger Support bedeuten!

Und last, but never least: Sascha! Auch wenn du nicht mehr hier bist – deine Gedanken, Gags und philosophischen Ergüsse werden nicht verloren gehen!